瓜岛日记
Guadalcanal Diary

亲历丛林地狱中的
太平洋战场转折之战

［美］理查德·特里加斯基斯 著
胡毅秉 译

民主与建设出版社
·北京·

© 民主与建设出版社，2025

图书在版编目（CIP）数据

瓜岛日记：亲历丛林地狱中的太平洋战场转折之战／（美）理查德·特里加斯基斯著；胡毅秉译. —— 北京：民主与建设出版社，2025.1. —— ISBN 978-7-5139-4857-9

Ⅰ. I712.55

中国国家版本馆 CIP 数据核字第 202519GB39 号

瓜岛日记：亲历丛林地狱中的太平洋战场转折之战
GUA DAO RIJI QINLI CONGLIN DIYU ZHONG DE TAIPING YANG ZHANCHANG ZHUANZHE ZHI ZHAN

著　者	［美］理查德·特里加斯基斯
译　者	胡毅秉
责任编辑	宁莲佳
封面设计	杨静思
出版发行	民主与建设出版社有限责任公司
电　话	（010）59417749　59419778
社　址	北京市朝阳区宏泰东街远洋万和南区伍号公馆 4 层
邮　编	100102
印　刷	重庆亘鑫印务有限公司
版　次	2025 年 1 月第 1 版
印　次	2025 年 3 月第 1 次印刷
开　本	787 毫米 ×1092 毫米　1/16
印　张	16
字　数	210 千字
书　号	ISBN 978-7-5139-4857-9
定　价	99.80 元

注：如有印、装质量问题，请与出版社联系。

目录

序　幕 001

第一章 / 进军 007
第二章 / 登陆 035
第三章 / 交锋 057
第四章 / 远征马塔尼考 089
第五章 / 泰纳鲁前线 113
第六章 / 轰炸 135
第七章 / 山脊之战 181
第八章 / 去布干维尔的轰炸机 223

尾　声 229
图　集 235

序幕[①]

战争开局

1941年12月7日，一个将被美国人永远铭记的日子，大群涂着红日标志的日本飞机偷袭珍珠港，将美国拖入了第二次世界大战。我们的国会在次日对日本宣战，三天后又投票决定对日本在欧洲的盟友德国和意大利宣战，我国历史上规模最大的战争就此开始。

日本人对我国在太平洋的主要海军基地珍珠港发动的袭击是通过从航空母舰上起飞的轰炸机和鱼雷机实施的。这些飞机撒下一片火海和漫天浓烟，重创了我们的太平洋舰队，击沉5艘我国最大的战舰，还杀死了3000多名美国陆海军士兵。

我们面临一场横跨两个大洋的战争，而我们在陆地、海洋和空中的军事力量都比较弱小，在很多人看来，我们不可能赢得这一战。我们只有150万军人。而三个轴心国—— 德国、意大利和日本的军力10倍于此。

在太平洋，进军神速的日本军队在巴丹（Bataan）赢得惊人的胜

[①] 译注：本书的"序幕"和"尾声"两章写于太平洋战争结束后。

利，他们打垮了2万美国和菲律宾士兵组成的守军。美军指挥官道格拉斯·麦克阿瑟（Douglas MacArthur）上将不得不逃到澳大利亚，接管刚从美国赶到那里的新作战部队。

日本陆军通过乘船登陆和跳伞空降的方式，在太平洋地区辽阔的弧形正面展开攻击。在这道弧线的北端，他们痛击了守卫威克岛（Wake Island）的美国陆战队一部，迫使其投降。在南面和西面，他们轻松解决了香港和马来半岛上的英军部队。他们把缅甸的英军打得落荒而逃，攫取了这个国家的大半领土。他们征服了幅员辽阔、盛产石油和橡胶的荷属东印度群岛，并抓获9.8万名俘虏。他们入侵了澳大利亚人控制下的新几内亚群岛和所罗门群岛，气势汹汹地逼近澳大利亚本土。似乎没有任何力量能阻止这数百万顽强凶悍、训练有素的日本士兵，以及他们那拥有战斗机、轰炸机和鱼雷机密切配合的强大舰队。

而在世界另一边，在大西洋对岸，一场规模更大的进攻正把我们当时的盟友苏联打得焦头烂额。日本的盟友德国投入500万军队和不计其数的坦克、大炮及飞机，已经征服大半个欧洲和部分苏联国土，几乎打到了莫斯科。德国轰炸机正在将英国的许多大城市化作废墟。在北非沙漠里，英国和德国的坦克部队大打出手、难解难分。富兰克林·D. 罗斯福总统认为，最强大的敌人在欧洲和非洲。作为我国的三军最高统帅，他决定在扩大我国军力的同时，将大部分军队送到大西洋对岸。

因此我们只能用一只手对付强大的日本敌人，而且还是力量较弱的那只手。更确切地说，我们不得不用一根手指与日本人战斗——因为罗斯福总统的计划是将我们十分之九的作战人员和物资送到欧洲—非洲战区。

这意味着我们在太平洋只能依靠宝贵的少量部队作战，尤其是在战争初期，我们的工厂刚刚开始大规模生产飞机、坦克和枪炮，我们训练1500万战士的计划也才刚刚启动。我们必须靠战斗争取时间。我们必须以少量部队谨慎地迎战日军。

幸运的是，日军对珍珠港的大规模空袭并没有击沉，甚至也没有击伤我们的任何一艘航空母舰，这些大型平顶船注定要成为我们最重要的战舰。我们在太平洋有4艘航母："萨拉托加"号（*Saratoga*）、"列克星敦"号（*Lexington*）、"大黄蜂"号（*Hornet*）和"企业"号（*Enterprise*）。

我们在太平洋还有几支规模不大的海军特混舰队——总计约50艘作战舰艇，大部分是巡洋舰和驱逐舰。

我们还有2个师的陆战队——大约4万名配备大炮、坦克和后勤装备的战士。他们并未完成全部训练，但他们是陆战队。作为陆战队，他们随时准备为我们战斗，并且渴望在战斗中冲锋在前。

登陆部队

1942年3月，美国陆战队第1师仍在美国本土。但他们正准备登上轮船，开赴太平洋前线。

当然，这个计划是高度保密的。在珍珠港忙碌喧嚣的太平洋舰队指挥部里，只有一小撮高级军官知道这些部队正在登船，但无人知晓这些部队将被用于何处。这些军官只知道在日军长达五千英里的太平洋弧形防线的某处，不久就会有一部分美军部队冒着敌人的炮火登陆。无论这一战发生在哪里，都必须出乎日本人的意料。否则我们的小部队就会寡不敌众，惨遭屠戮。

我方的一些海军军官猜测，美军刺出的这第一剑应该扎进日军的侧翼，也就是澳大利亚和新西兰以北的某个地方。这两个富饶的英属自治领是南太平洋英国势力的支柱。如果它们沦陷，那么几乎整个太平洋都会落入日本人之手,我们再要想对日本发动进攻,难度就会非常大。

但是我军的剑尖究竟刺向何处,这是华盛顿的统帅部才能决定的。对于美国第一支登陆部队应该在澳大利亚和新西兰以北的哪个地点打击日本人,陆海军的将领们已经展开了漫长的讨论。这些高级军官一致认为,必须快速发起作战。

在珍珠港,当时我们这些战地记者也猜测会有一支登陆部队被派往日本征服圈的外围某地。我们竭尽所能地搜集各种信息,以求在第一时间了解登陆部队是否会出征、何时出征。

与此同时,我们还随美国海军的战舰出海,观摩并报道他们与日军的海战。这些发生在航母舰队之间的恶战令双方都损失惨重,但我们的航母舰队通常都能获胜,从而遏制了日本人横扫太平洋的侵略狂潮。

接着,在1942年6月的中途岛海战之后,我们这些记者在珍珠港休息了几天。当时我的一个朋友告诉了我一个激动人心的传言——有一支登陆部队很快将会发起进攻。

我直接找到指挥太平洋海军部队的切斯特·W.尼米兹(Chester W. Nimitz)上将的参谋之一——沃尔多·德雷克(Waldo Drake)中校,求他允许我随那支登陆部队出征。德雷克说他不知道有什么登陆部队,但他会核实此事。于是他向尼米兹上将询问此事。出乎意料的是,尼米兹上将秘密命令我加入那支代号为"瞭望塔"的登陆部队。

德雷克中校警告我,不能透露任何关于"瞭望塔"的消息。但事实上我也没法告诉任何人这支登陆部队将要前往何方,因为我根本不知道,德雷克也是。很可能当时整个珍珠港只有尼米兹上将一个人知道,这次登陆行动将在所罗门群岛进行,它位于澳大利亚和新西兰之间偏北的海域。或许在整个基地里,也只有他知道我们将要登陆的那几个岛屿奇特而陌生的名称:瓜达尔卡纳尔(Guadalcanal)、吉沃图(Gavutu)、塔纳姆博格(Tanambogo)。

接到命令后,我登上航空母舰"企业"号,出海前往那未知的目的地。

我们这支小规模的特混舰队向南航行了许多天,抵达了汤加群岛中一个美丽的南太平洋港口,它名叫努库阿洛法(Nukualofa)。当我们驶进港湾时,我的心激动得提到了嗓子眼,因为锚地里停泊着一支满载陆战队士兵的庞大运输船队!

当天下午,"企业"号驶出努库阿洛法,但我并未与之同行。我设法找到一条小艇,让它带我转移到一艘漂亮的运兵船上,它由远洋邮轮改造而来,船名是"新月城"号(*Crescent City*)。我终于追上了那支登陆部队。

第一章
进军

1942年7月26日,星期天

今天是星期天,上午在左舷的散步区举行了礼拜仪式。甲板上摆着一张张长椅,面朝一块用作背景的帆布,帆布上钉着一面红十字旗。来自费城的弗朗西斯·W. 凯利(Francis W. Kelly)神父做了布道演讲。他是个和蔼可亲、笑口常开的人,擅长用朴实的言语说教。这是他今天的第二次布道。他刚结束"第一场",那是给天主教徒讲的。这一场是给新教徒讲的。

我心情愉快地站在摇晃的甲板上唱赞美诗,顺便还能观赏左边风起浪涌的蓝色大海。我们运输船队的另两艘船随着长长的涌浪起伏,船头不时扎进白色的浪花里。

布道的主题是"使命",显然是指我们即将在日占区某地实施的登陆。凯利神父曾在宾夕法尼亚州的一个矿业小城担任牧师,他以简单直白的话语向面前穿着各色制服的水兵和陆战队员指出何为正道,并反复强调这一点。

有点讽刺意味的是,礼拜刚一结束,许多人回头就干起一项基础工作——装填机枪弹链。我在上午明媚的阳光下漫步于甲板,不时需要绕过这些小伙子们。他们坐在原来的沙壶球场地上,使用着一种能自动将子弹穿到弹链上的小机器。只要把子弹喂进这种机器里就行。

看来小伙子们干得很开心。其中有个人一直数着装弹器发出的叮当声。"一、二、三,又一个日本人完蛋。"他说。

其他人则有其他想法。有个人因为装弹器的声音想起了歌曲《查塔努加火车》①。他哼了几段曲调。

另一个小伙子说:"光荣的子弹给光荣的日军带去光荣的死亡。真抱歉②。"

"我在每颗子弹上都写了一个日本人的名字,"另一个人说道,"里面有三个将军。"

"哪颗是东条的?"一个家伙故作耿直地问道。

"哦,见鬼,第一颗就有他的名字。"对方回答。

这段对话虽然没有什么营养,但好歹反映了一个事实:这里的小伙子们至少很放松,而且情绪高昂。填得饱饱的肚子、明媚的阳光和怡人的海风很可能多多少少促成了这种心态。

我觉得自己也应该对整艘船上的士气状况做个总结,于是信步穿行于华丽的舱室间,转遍了所有的散步区。装潢豪华而新潮的后部贵宾厅在很大程度上保留了不久前这艘船作为客货班轮时的风貌,我发现这里一片宁静:一个军官坐在一张红色皮革和镀铬装饰的现代派长沙发上,读着一本埃勒里·奎因③的小说。一个红头发的坦克车长坐在一张黑色台面的细腿桌边,不久前那张桌上还曾摆满向来往于南北美洲的

---

① 译注:1941年好莱坞歌舞片《阳光谷小夜曲》中的插曲,曾在珍珠港事变前后占据美国唱片销售榜的榜首。
② 译注:此人故意模仿日本人的英语发音,将"sorry"读成"solly"。
③ 译注:美国推理小说家曼弗雷德·班宁顿·李和弗雷德里克·丹奈表兄弟二人合用的笔名。

平民乘客供应的鸡尾酒。他正在写自己的日记。

舞池里空无一人，只见黑色与米色相间的康戈鲁姆牌地板闪闪发亮。

在沙龙一头的酒吧间，一圈真皮火车座里坐满了正在消磨时光的军官们，他们显得惬意而快活，和士兵们一样，吃饱喝足，享受着令人愉快的天气。

轻质木材制成的半圆形吧台本身空空荡荡，没有人买卖香烟、剃须膏或"鲷鱼饵"——这是海军和陆战队里称呼巧克力的黑话——它们稀稀拉拉地占据着原本必定琳琅满目地陈列各色美酒的货架。

沙龙的音响系统里传出柔和的音乐。尽管吧台后面没有酒水，但乐声加上这地方舒适美丽的现代气息，都让人觉得乘坐这样一艘船奔赴战场是件乐事，是一种在老派冒险故事里踏上征程的精简方式。

离开怡人的贵宾厅，走进外面同样怡人的阳光里，我转到另一个散步区，在一个角落里发现了一群陆战队员，他们大多蹲坐在甲板上，围着一块黑板。

一个中士担任教员，逐一指点着他用粉笔在黑板上画出的有趣符号。这是一堂地图识别课。中士指向一个粉笔符号，那是一辆大车的简笔画，旁边还有一个马蹄铁。

"你说这是什么？"他问一个士兵。

"这是马车。"那个陆战队员回答道。

"答对了。"中士说。

我从那里走到船的前甲板。大多数士兵似乎都聚在这里。他们挤满了所有能站立和坐下的空间。在这个休息的日子里，他们各有安排，大部分人在"侃大山"，一些人悠闲地玩着牌，有几个人在纵横交错的钢丝绳、吊杆和舱门之间忙活着日常工作。

我攀下一道狭窄的楼梯，走进散发着一股霉味的2号底舱，里面光线昏暗，只有刺眼的黄色灯光带来些许光亮。我一到这里就发现自己身处一个宽敞的舱室，舱室中间摆满了机器、木箱和帆布行李袋。

四面墙边都是钢管制成的四层卧铺，一团团悬挂着钢盔、背包和其他装备。

但是这地方冷冷清清，只有两三个陆战队员在忙着清扫甲板和擦洗湿漉漉的淋浴间地板。其他住户显然正在船上的其他地方执勤和享乐。

其他底舱大多与这里相似，房间里的机器和闲置装备比人多。毕竟甲板上面远比这里舒坦。我在其中一个底舱里发现不少陆战队员在各自的铺位上睡觉，而在舱室中央，两个没穿鞋的陆战队员在一堆堆黑色的弹药箱中间相互追逐打闹。边上有几个凑巧醒过来的人坐在箱子或行李袋上给他们鼓劲。

我回到甲板上，对自己的发现心满意足：在船上几乎所有地方，这都是一个平和而慵懒的休息日。每个人看起来都很悠闲，尽管我们很可能在今天或明天就会知道自己的目的地，而且我们有可能在某个日军盘踞的滩头受伤或死去。

但是像今天这种令人愉快的悠闲状态是可以理解的。对于船队将会去向何方，我们已经好奇了太久，早就把所有可能的地方都猜遍了。大家都觉得，在等待真相大白的过程中，还是让自己开心一点为好。

我又回到贵宾厅，在那里看见了科内留斯·P. 范·内斯（Cornelius P. Van Ness）少校，须发花白、严肃认真的他是这支部队的策划军官。他正展开刚才一个年轻的海军上尉递给他的电文。

"和我们的目的地有关系吗？"我问。

他笑了。"没有，"他说，"但我真希望有。我也想知道啊。"就连上校也不知道我们要去哪里。午饭过后，我回到自己住的客房，整理了一下床铺来帮助消化,并且和我的两个室友——红十字会工作人员阿尔伯特·坎贝尔(Albert Campbell)和凯利神父一起消磨时光,这时第四位室友加里森大夫[约翰·加里森(John Garrison)大夫,来自洛杉矶的牙医,此时是海军的医务军官]兴奋地喘着粗气冲了进来。

"刚才来了好多船。"五大三粗的他一屁股坐在自己的床上,说,"整整一支海军啊。你们最好去看看。"

于是我们好整以暇地走到甲板上,远远看见地平线上密密麻麻的船只,围绕我们组成一个巨大的半圆。里面有客轮和货轮、巡洋舰、驱逐舰,还有航空母舰,后者修长高耸的盒状轮廓坐落在海天相接处。

散步区里的交谈陡然变得响亮而热烈。军官、水兵、陆战队员们都在忙着清点船只数量,并试图辨认不同的船型。我们的客房服务生查理(他是个说话慢条斯理的有色人种)一如既往地带来了最新的内幕消息。他缓步走到我们身边,给我们详细介绍了在场的一些船只。他列出的船名里有"百事可乐"号(Pepsicola)和"甘美"号(Luscious)。

在那样远的距离识别舰船很困难,但有一件事是确定无疑的。我们已经和我们特混舰队的主力会合。我们意识到这可能是有史以来海上集结的最大最强的舰队之一,肯定是这场战争中迄今为止最大最强的舰队。一想到在踏上征程时有如此强大的力量作后盾,我们就欢呼雀跃。随着新的船队和我们一起组成一支大军,这场即将展开的冒险看起来也比以往任何时候都更近了。

这天夜里,在舒适、华丽、特别现代化的军官餐厅里放映了电影。那是一部轻松的娱乐片《桃李争春》(Our Wife),演员有茂文·道格拉斯(Melvyn Douglas)和露丝·赫希(Ruth Hussey)。来自北卡罗来纳州尤宁(Union)的约翰·M. 阿瑟(John M. Arthur)上校就坐在我边上,他是个和蔼可亲、彬彬有礼的人——因为喜欢强调军容整洁,人称"时髦哥"。

我在放映员换胶片的间隙对上校提起，明明他的部下即将要迎接危险、杀戮等令人不快的现实，但此时却能像这样放松和享受，真是太奇妙了。上校说，是的，他也有同感。

7月27日，星期一

今天上午，在上校设置于后部贵宾厅边上、贴着地图的办公室里，人们忙成一团。我根据大家的窃窃私语得知，一条小艇从另一艘船带来一些公文，还带来了我们渴求的秘密，也就是我们的目的地。

我可以透过上校办公室门上的圆形玻璃窗看到里面的情景，但那里事情太多，我不好打扰。上校和他的参谋们在桌边弯腰工作，桌上摆满了地图、纸巾之类的东西。房间一角的金属书桌上堆着许多文件。看来很快就会有消息传出来。

午饭过后，来自旧金山的海军医务中校弗伦奇·摩尔（French Moore）大夫告诉我，上校请我在晚饭前去他的客房喝点茶。我猜在这场即兴的茶会上，我能听到关于我们会去往何方的消息。

我猜对了。范·内斯少校、摩尔大夫和费勒斯中校［威廉·S. 费勒斯（William S. Fellers）中校，来自佐治亚州的亚特兰大］都出席了茶会，上校拉下窗上的遮光挡板，打开写字台上方的电灯，准备泡茶。

在我们都端上茶杯以后，他对我说："嗯，看来我们将要做的事没有大家一开始料想的那么刺激。"

上校解释说，他的这支部队不会参加对日占地区的突击。他说，只有一队人会去战场附近，充当支援部队。其余的官兵，按照上校的说法，将要执行一项平淡得多的任务，不会参与和敌人的交战。

"不管怎样，这对我们是很好的训练，变成现在这样我也很高兴。"

他说。但是我能看出来,错过计划中最刺激的战斗还是让他很失望。

他很快换了个话题。"所以说,如果你想在登陆发生时去前线看看,"他说,"那么还是换一条船比较明智。"

我来这里就是为了报道战斗。我同意上校的建议,晚饭过后,就在拉下遮光挡板的客房里打包行李。做这件事需要下点决心,因为当天晚上我已经得知,我打算加入的部队将要进攻所罗门群岛中的瓜达尔卡纳尔岛和图拉吉岛(Tulagi)上的日军据点。

7月28日,星期二

我本来准备今天上午离开,但听说要等到明天才能转到别的船上。明天上校和他的参谋们要去旗舰上和这次作战的指挥官开会,我会一起过去,到那里再做安排。

7月29日,星期三

旗舰上一片喧嚣,简直疯狂,船上挤满了急着领受命令和敲定计划的陆战队军官。不过我成功说服了指挥这次登陆战的特纳将军,让他同意我转到另一艘运输船上。那是搭载登陆瓜岛的突击队的两艘船之一,船上的陆战队将会率先登陆,夺取滩头阵地。

靠近新船时我大吃一惊。它是个瘦骨嶙峋的老怪物,有着脏污的黑色船身,舷侧锈迹斑斑。我顺着绳梯爬上它高高的干舷甲板。踩到甲板之后,我明白了一件事:并非所有前往所罗门群岛的美国人都是乘坐新式舰船航行的。我肯定是从最好最新的船换到了最老最破的船之一。

甲板是黑色的,带着不少烂泥和沙砾——这是因为,正如我在当天晚些时候发现的，这艘船没有现代化的抽水装置。挤在甲板上的陆战队员们也不比甲板干净。

在昏暗的休息室里，我发现室内装潢是毫无美感的20世纪20年代初期风格。有漆成白色、光秃秃的金属圆柱，还有四四方方的木头台阶。室内四处散落着几件歪歪扭扭的肮脏家具。

我走到下一层，来到突击队指挥官勒罗伊·P. 亨特（LeRoy P. Hunt）上校（来自加利福尼亚州的伯克利，参见第236页图1、图2）的住舱。亨特上校的小房间里有一张铁床、两把快散架的椅子和一张书桌。不过，地板至少是干净的。这让我感到一点宽慰。

我跟上校谈起了这艘船和他的部队。"这里的东西都很脏，"他说，"现在没有足够的水用来清洗。"

"因为同样的原因，我的兵也很不整洁。他们的样子看起来就像吉卜赛人。"但他补充说，"不过，我认为他们能打仗。他们的这里有斗志。"他在自己胸口点了一下心脏的位置。

上校是个相貌堂堂的中年人，长得又高又壮，对待自己将要执行的任务很认真。"登上海滩将会很难，"他说，"会有人受伤。"

今天晚上我明白了他为什么会这样想。有个澳大利亚来的种植园经营者上了船，他曾在瓜达尔卡纳尔岛上一家农场里管理椰仁干生产，对岛上的环境很熟悉。在热得像蒸笼一样的军官餐厅里，他简单介绍了陆战队在登陆瓜岛和夺取滩头阵地时将要面对的地形。

他说，登陆部队穿过海滩后，还必须穿过一片草地。那里的草有4到6英尺高，不论有多少日本守军都能藏得好好的。然后还需要渡过一条河。

澳大利亚人指向地图上一根标着"伊鲁河"的线条。"这条河大概有20英尺宽，河岸高5—6英尺。很陡峭，河底是淤泥，"他说，"很不好过。"

从地图上可以清楚地看出，这条河是必须渡过的，因为它的走向和海岸线平行，而且就位于部队将要登上的海滩后面。

但是，我们的突击队必须"穿越"（澳大利亚人的口音把"penetrate"读成了"penetryte"）的天堑还不止这一道。河对岸还分布着已经废弃的旧灌溉渠，日本人可能利用它们作为堑壕。澳大利亚人说，这些水渠长满了又高又密的野草，只有走到非常近的距离才能看到。

澳大利亚人讲完了。陆战队的军官们对自己需要攻取的地形都不太乐观。但是他们没有抱怨，反而开始讨论起渡过河流、"穿越水渠"（澳大利亚人的口音将"penetrate the drains"读成了"penetryte the drayns"）的办法。

军官餐厅里肯定需要安装空调或一两台电风扇。我发现自己从头到脚的衣服都被汗水浸透了。快速扫了一眼我就发现，其他人也和我一样受罪。我离开餐厅，回到自己的客房，那是个小隔间，里面摆放着用漆成深色的木头制作的老式双层床铺；有一间和隔壁客房共用的浴室；地板黑黢黢的，净是尘土和沙砾。我按下水槽里的水龙头，没有水。一个邻居告诉了我残酷的现实："自来水一天供应三次左右，每次只有大约十分钟。而且，供水时间是个谜，只有海军和上帝知道。"于是我带着一身汗臭上了床。

7月30日，星期四

我的新室友是个矮壮结实、脖子粗短的汉子，名叫威廉·霍金斯（William Hawkins）。霍金斯上尉生于康涅狄格州的布里奇波特（Bridgeport），以前是个教师，正在担心自己要变成秃头。他是个很有幽默感的人，语速很快，妙语连珠。

今天上午，飞机在我们头顶盘旋了几个小时。它们都是体形粗短的格鲁曼战斗机（参见第237页图5），有着与众不同的方形翼尖。航空母舰肯定已经离我们很近了。

今天还进行了射击演练。远处的巡洋舰不断亮出黄色的火光。我们听见舰炮发出的沉闷"砰砰"声，以及高射炮弹在远方爆炸的轰响，还看见天上炸开的一朵朵黑色烟云。

在这艘船的一个底舱里——那里比我搭乘的前一艘运输船的底舱暗得多、脏得多、热得多，也臭得多——我听见士兵们在抱怨伙食和缺水。我向一个陆战队员询问有关情况。

"哦，"他说，"别往心里去。陆战队员一定要为吃的东西发牢骚。他们总是这样。"

今天下午，我们的船队暂时停了下来，好几个陆战队员跳进了有不少鲨鱼出没的海水里。一个士官告诉他们，就算他们没被鲨鱼吃掉，也可能会上军事法庭。

"我们有啥好担心的？"一个违纪的士兵说道，"反正我们要在瓜岛打头阵。"这样的反驳无疑是陆战队式的强硬风格。

7月31日，星期五

今天是做计划的日子。对于每个参与这次登陆作战的人，自少校和中校以下直到列兵，都有相应的命令要起草。

我听说，我的室友霍金斯上尉将是第一批登上瓜达尔卡纳尔岛的美国人之一。他是B连的连长，这个连将要攻打我们这艘船上登陆部队所负责滩头的左半边。来自纽约州锡拉丘兹（Syracuse）的威廉·P. 肯普弗（William P. Kaempfer）上尉将带着A连攻打右半边。在A连和B连将要占领的滩头左侧,来自另一艘船的另一支部队将要拿下同样长度的一片滩头。换句话说,整个滩头阵地被分成了两半:我们船上的A连和B连将在右半边登陆,另一艘船上的另一队人马将从左半边登陆。

我们的后续部队将穿过这几支部队占领的滩头,突入纵深。至少计划是这样。

午饭前,在火炉一样的军官餐厅里,才华出众的年轻副官戈登·盖尔(Gordon Gale)上尉向军官们介绍了这些计划。在黑板后面,餐厅的一面墙上挂着地图,显示了瓜岛的海岸和我们将要攻取的滩头。地图上没有陆战队的另一个目标图拉吉岛。我向别人问起此事,得知图拉吉岛将由陆战队奇袭营在其他部队支援下夺取,主力部队只要专心拿下瓜达尔卡纳尔岛就好。从我了解到的情况看,这是因为我军相信瓜岛是日军在所罗门群岛防御最坚固、守备兵力最多的岛屿。而且岛上有一个特别受重视的机场,是日本人刚刚竣工的。

今天上午,我曾下到一个昏暗闷热的底舱,和一些没有在四层铺位上睡觉的小伙子谈了谈。此时我告诉上校,小伙子们的士气令我印象深刻。

"这是一场你死我活的战斗,"他说,"在海滩上会有很多困难,有不少人会受伤。但他们都是好孩子,我想他们能应付。"

下午,我看到一群陆战队员在前甲板上清洗和架设他们的迫击炮与轻机枪。小伙子们简直像妈妈照顾孩子一样保养着这些武器。我看到活动部件被洗净上油,以确保它们能像钟表零件一样精确运转。

一些小伙子在磨刺刀,看来这确实是整条船上通行的消遣方式。我看到有个人带着一把巨大的波罗刀,那是他自己精心准备的。另一些人在给自己的步枪和冲锋枪擦洗上油。有些小伙子自己做了金属短棍,系上装着铅球的帆布袋,用于"肉搏战"。

在整备武器的同时，陆战队员们难免要闲聊"吹牛"，谈论他们在这里或那里认识的姑娘，在这个或那个港口的冒险经历，在这里或那里度过的愉快假日。但此时，有很大一部分闲聊偏离了常见的模式。很多话题是关于日本人的。

"听说日本人会把脸涂成灰色，在嘴边抹点红色的东西，然后躺下来装死，就等你路过——这是真的吗？"一个小伙子问我。我说，我不知道。"好吧，如果他们真这么干，"他说，"我就先捅他们一刀再说。"

另一个陆战队员说道："听说日本人有很多金牙。我要拿它们做一条项链。"

"我要带一些日本人的耳朵回去，"另一个人说，"腌过的。"

船上的陆战队员们都很脏，他们的宿舍是不折不扣的地牢。但是他们的团队精神却特别突出。今天，我听见有一群人在谈论一个"八球"，这是陆战队的黑话，指的是因为缺乏攻击精神而让伙伴们蒙受耻辱的士兵。一个小伙子说，那个"八球"总有一天会掉进海里。有人会偷偷走到他身后，把他推下船舷。其他人一致同意他的看法，我环顾他们的表情，发现他们是认真的。

今天晚餐时，我们谈到作战计划中陆军的B-17将对瓜岛进行的"软化"。按照计划，轰炸应该在明天上午开始。我们不知道我们实施登陆的确切日期，但估计大概不出一个星期。这样算来，"软化"过程应该持续一个星期左右。

今晚天上阴云密布，月亮被云层遮蔽，但我能听到甲板上到处传来陆战队员们各种高亢的歌声。看来很多人宁可睡在救生艇里、支柱周围或干脆睡在甲板上，也不愿待在下面的船舱里。如果在灯火管制的船上散步，很难不被睡着的人绊倒。

《夜半蓝调》似乎是最流行的歌曲，有段副歌唱的是"妈妈曾告诉我,女人有两张面孔"。

还有些比较老的歌也很受欢迎,比如《老磨坊溪畔》(带和声)和《马萨长眠地下》。我在船上好几个地方都听到了这首歌。

到了夜深人静,只有海水冲刷船身的声音相伴,这时就能再次听到黑暗中传来关于这个或那个姑娘、这次或那次冒险的常见闲聊。我还听见一些此时已经熟悉的"关于伙食的牢骚",陆战队员们按照老规矩抱怨伙房供应的"贫民窟"(炖菜)不好吃。

8月1日,星期六

今天早上用早餐时,对话转到了大家都喜欢的主题——家。我们吃的是豆子,这让人联想起"波士顿"①这个词,足以激起大家对于波士顿(因为这艘船上大多数人来自美国东部)、纽约和新泽西的贝海德(Bay Head)的思乡之情。拉尔夫·克里(Ralph Cory)中尉(以前是外交武官,现在担任我们的日语翻译)说:"我真想回到在切萨皮克湾开帆船的日子。"

人称"大夫"的海军医疗队斯蒂文森准尉说:"天哪,我要是回到那里,绝对不会再坐船。"

"也好,"克里说,"我在怀特山或科德角转转就满足了。"

我走下一道舷梯去我的客房,听见一个陆战队员对另一个人说:"今晚朝廷有什么事,杰克?"

"哥们,别那样说话,"另一个人说,"我听着不舒服。"

---

① 译注:波士顿的别名是豆城,有一道名菜是蜜糖烤豆子。

11:30,"战斗警报"的笛声响起,甲板和四处的楼梯上顿时人潮涌动,广播系统里发出喊声:"防空人员全体就位"。但是到了11:50,人们又下了战位。先前发现的那架身份不明的飞机被确认为自己人。

我看见上校站在船桥一侧。"这些小伙子都一心想打仗,"他说,"他们会好好打的。"

"如果是这样,那我就有好故事可写了。"我说。

"一定会这样,你千万不要有其他想法。"他说。

我停下来和斯内尔中尉[埃沃德·J.斯内尔(Evard J. Snell)中尉,来自新泽西州瓦恩兰(Vineland)]交谈,他负责这次行动中的许多文书工作,他估计在我军尝试登陆时,很可能每三艘登陆艇中只有一艘能到达岸边,他说,这是因为我军很可能要面对实力非常强的敌军。他还说,根据他的估计,参加突击的我军士兵只能活下来四分之三。

当我看到关于我军要攻打的地形的备忘录时,我就明白了,他为什么把伤亡数字估计得这么高。

备忘录写道:"我军从登陆地点推进时,需要在海滩以南400码渡过一条宽约20英尺的河流。这条河流名叫伊鲁河,它的流向是朝西,与海岸线平行,汇入泰纳鲁河。它实际上是泰纳鲁河流出的回水,河水一般是静止不动的,只有在雨季是例外。它的河岸陡峭松软,高出河底5—6英尺。河底是淤泥。渡河的一种方法是挖开河岸,把挖出的泥土丢进河里填平。如有必要,可以在这样的渡河地点覆盖椰子树干。"

备忘录接着写道:"在伊鲁河南岸,有平均高度达4英尺的野草,是足以隐藏机枪、步枪等武器的射击阵地,其射界可延伸至河对岸,直达海滩。"

备忘录还指出,我军需要渡过的另一条河是泰纳鲁河。

"泰纳鲁河的河岸高8—10英尺,覆盖野草和茂密的灌木,可以隐藏步机枪阵地。在泰纳鲁河西岸，还有深约6英尺、长约100英尺的深沟，是这条河发洪水时冲刷而成，因此形成了天然的隐蔽阵地。

"泰纳鲁河的河道蜿蜒曲折，平均流速为4节。在雨季和发洪水时，水流速度要快得多。河底密布深坑，可以轻易没过人的头顶。

"渡过泰纳鲁河之后，我军还要穿过泰纳鲁种植园……这个种植园整齐地种植着椰子树，四棵为一组，呈菱形排列。因此树林中的观察通道是向四面八方辐射的。这些通道大多宽27英尺，其余的要窄一些。现在通道中的杂草开始过度生长，但还是可以提供很好的观察视野和射界。

"离开泰纳鲁种植园后，我军将进入一片野草丛生的平原。这里的野草如果没被日本人烧掉的话，高度会有4英尺左右。虽然地面大多坚实，但前进大约半英里后就是鳄鱼溪①的源头，那里分布着一片片湿地，还长着不少树木。

"在这个季节，这些源头的溪流通常已经干涸，很容易穿越。但是树木非常茂密，能见距离只有5码。树林里没有大路或小路。树木之间长着多刺的藤蔓和茂密的灌木，必须把它们砍开才能通行。"

看来要在这样的地形中前进并不容易——也不安全。我估计船上还有许多人和我一样，对日渐临近的严峻考验充满不安。但是，我们本来也不该期待这是件轻松的差事。

今天下午，排级军官们在军官餐厅里开会。会议开了两个小时，满满一屋子的人汗流浃背地听着长官宣读命令。墙上挂着比上次更大的新滩头地图。

---

① 译注：当时美军认为鳄鱼溪就是泰纳鲁河，然而真正的泰纳鲁河在鳄鱼溪东边一定距离外。

一支大规模突击队的指挥官马克斯韦尔中校主持会议。会议是3点钟开始的。

"鲁佩图斯将军[威廉·H. 鲁佩图斯（William H. Rupertus）准将，来自华盛顿特区]会攻打其他岛屿，"中校说，"我们要拿下瓜达尔卡纳尔岛。"

"我们在这个海滩'这里'（中校的南方口音在他把'here'读成'heah'的时候特别明显）登陆以后，首先会碰到的是离海滩几百码的一条河流。这是个很严重的障碍。几天前我们才知道它。修改计划已经来不及了，所以我们要在这里登陆。"

中校介绍了我军登陆计划的细节，最后说："你们知道的背景情况已经够多了。现在让盖尔上尉来宣读命令。"

盖尔上尉开始朗读："……命令①，登陆计划附录D，登陆示意图……B连应前进……对临时发现的目标射击。"

人人都在等待关于登陆日期的那一条。但我们的期待落了空。因为，当盖尔上尉终于念到那一条时，他念的是："X. 作战发起日期和时间留待日后宣布。"

马克斯韦尔中校宣读了对敌军实力的估计，他提到的敌军人数是个不祥的大数字。他还指出，有迹象表明日本人装备精良，拥有机枪和大炮。

接着一个中尉站起来宣读"第3号一般命令附录E"，最后一段是："D. 埋葬事宜。坟墓要有合适的标记，所有尸体都要挂上身份牌。"

但是，命令中的"海军炮击与空中支援附录"多少给这次会议带来

---

① 译注：原文为"Order No. .—."，未说明命令序号。

了一点令人高兴的消息。里面提到我军在登陆前将对日军的岸上设施进行规模可怕的炮火打击和密集的俯冲轰炸。

附录里详细介绍了每艘参战的军舰将要发射炮火的强度和打击地点。这份清单念了半个小时，总数极为庞大。

接着还读了另一些命令，然后马克斯韦尔中校起身做最后的"战前动员"。他说：

"这一仗会很难打，有需要渡过的河流，有四五英尺高的野草，还有排水渠……

"但是这一仗能打赢，也必须打赢，我们要成为开路先锋。

"你们要做的事只有一件——从冲锋舟上下来，喊一句'跟我上'，然后带着这些人拼命往前跑……

"这是我们有史以来第一次拥有规模这样巨大，还有运输船伴随的远征舰队。这一仗对全世界都有重要意义。你们要是知道世界各地有多少人在关注这一仗，一定会吃惊的。你们可不能让他们失望。"

8月2日，星期天

今天上午的礼拜人满为患，随军牧师里尔登神父告诉我，这是因为随着登陆的日子临近，船上有越来越多的人希望在某种自我精神感悟中安抚自己，并为至少有可能来临的死亡做好准备。大家普遍认为，我们的登陆将在下星期天之前的某个时间发起，因此今天是举行"圣餐"仪式、"矫正灵魂"的最后一个星期天。

我注视着正吟唱弥撒曲的里尔登神父，在许愿蜡烛闪动的光芒中，他的面色显得格外苍白。他仿佛被施了催眠术一样机械地跪下、站起，眼睛半闭，嘴唇只有些微颤动，犹如身处梦中。

我看见陆战队员们从礼拜现场鱼贯离开，在升降扶梯上止步，朝着一面临时充作"神坛"的空白墙壁跪下。再过一两个小时，它就会重新变成一面平凡的墙壁，而教堂也会变回食堂。我看见一个肌肉特别发达的小伙子，他那宽阔强健的后背和粗壮的胳膊给人力大无穷的印象。但当他在墙边跪着画十字时，那张阔脸上是顺从而恍惚的神情。

天主教仪式结束后，是同样人满为患的新教仪式。一个身穿蓝衣、胖胖的年轻人做了布道，内容是关于记忆及其在使命中所占的地位，掺杂着恰到好处的科学道理。人们唱了赞美诗，并在仪式后领了"圣餐"。

午饭过后，我进入3号底舱，观看住在我隔壁舱室的多诺霍中尉[詹姆斯·V. 多诺霍(James V. Donoghue)中尉，来自新泽西州泽西城]对他的机枪排介绍登陆计划。今天是排长们第一次向部下介绍进攻计划细节的日子，船上到处都在开这样的会议。多诺霍的会议很典型，他的部下将参加第一拨上岸的突击队。

在昏暗的底舱里，一盏发着黄光的电灯下，多诺霍中尉（他是个人高马大的壮汉，曾是圣母大学橄榄球队的球员）展开一张已经破旧不堪的地图。

"进攻发起时B连将在这里登陆。"他伸出一根粗短的手指，指着地图说："你们知道，我们会和他们一起行动，我们就在第一拨突击队里。"围着他的士兵们一声不吭。

多诺霍接着说道："我们是给突击拨次带路的，瞧，这就是我们登陆的地点，在这右边。"接着他梳理了一遍行动细节。

"我建议你们带上一身换洗内衣。"他说。这句话引来一阵笑声。

"好了，"中尉总结道，"内容就这些。你们去那里时要做好最坏的打算。我估计海军的炮击会把那地方的防御软化不少。但要是我被干掉，就靠你们接手指挥了。"

下午2:30，两个突击连的连长——A连的肯普弗上尉和B连的霍金斯上尉在军官餐厅与他们手下的排级军官开会。他们花了两个小时仔细阅读计划。他们告诉我，这还只是开始。他们将用几天时间进行研究和心理训练，把作战计划中牵涉到每一个列兵的细节都熟记在心。

下午3:30，战斗警报响起，但这只是一次演练。我军的高射机枪和小口径火炮对着湛蓝的天空练习射击。这是一幅令人愉快的美景，只见曳光弹拉出道道尾迹飞向蓝天，然后随着曳光剂燃尽，缩成一簇簇明亮的光点，一时间犹如繁星满天，最后逐渐消逝。

在船桥上，我发现一群快活的官兵，他们是这艘船的船员。到这个时候，我们至少已经在直奔目标的路上。值更军官告诉我，我们的基本航向直指所罗门群岛。

在全船最高的露天信号船桥上，在明媚的阳光下，我发现亨特上校和他的参谋军官们正在休息。上校坐在一顶遮阳伞下的帆布椅上看着一本杂志，那神情就好像在他家乡的某个星期天午后，坐在自家门廊前一样平静而惬意。

今天晚饭时，我们登陆的日子终于宣布，是8月7日，星期五，离现在还有5天。作战发起时间还不知道，但将会在早晨。

晚饭过后，昵称"麦克"的米尔顿·V. 奥康奈尔（Milton V. "Mike" O'Connell）少校（他曾在纽约当过新闻记者和公关顾问）给军官们上了一堂关于日军丛林战术的课。面善体胖的"麦克"提醒这些小伙子，在向日军阵地前进时，要尽可能做到悄无声息。他风趣的讲解激起一阵笑声。

"我们可以在日军擅长的无声游戏里打败他们，"他说，"只要自己人之间别乱咋呼。你们知道那些陆战队员是怎样的。有些人会对自己的同伴喊：'嘿，比尔，那边的是C连吗？'"奥康奈尔少校夸张地挥动着短胳膊,模仿他口中那种典型陆战队员的冲动劲儿。

"管住你手下的兵,不要因为好奇就跑过去看那边是不是B连,或者看能找到什么吃的。要是你的兵好奇心太重,他就得自己吃自己了。"

少校警告大家,日本狙击手的惯用伎俩是把自己拴在树上,等待我军路过,然后射击。"不要有侥幸心理,"少校说,"浪费子弹射几颗椰子,总比错过一个日军的脑袋强。"

今晚在客房里,霍金斯上尉和我谈起了即将发起的进攻。他说士兵们都准备好了,他在船上到处都能看到他们磨刺刀、给匕首上油、擦洗和校准步枪。"而且他们没接到命令就在这么做了。"他的口吻中暗含对这种现象的深深敬意。

8月3日,星期一

今天午饭过后,我出门走到船头,只见在摆满甲板的一堆堆装备、小艇、绳索、舱盖、弹药箱和各式机器之间,散布着三五成群的陆战队员。此时阳光灿烂,吹着怡人的凉风。

一些人还在磨刺刀和匕首,另一些人在给他们的枪支擦洗上油。其他人正在围观一场四人纸牌游戏。一小伙人靠在右舷围栏边,悠闲地看着其中一个人朝海里丢半美元的硬币。那人左手攥着一大把这种硬币。

"他在打水漂。"这群人里的一个家伙向我解释。

这时候,另一个带着一堆半美元硬币的陆战队员也开始朝海里丢钱。"反正这些钱我也用不着。"他解释说。

"我见过许多人,上岸休假时花的钱跟他们现在丢掉的一样多。"一个旁观的水手告诉我。

"见鬼,"一个陆战队员说,"钱在这里本来就没有意义。即使你能活下来，也还是什么都买不到。"

这时候，水手们养的狗布朗尼开始叫唤。有些人在船头拿水管冲洗甲板，让它兴奋起来了。

"你们知道吗，布朗尼和我们一样，也打了破伤风针。"一个陆战队员说，"在打针的那天，它身上挂了一块牌子，写了它的名字，还写着，'种类，狗'。"

这时候，又有一些陆战队员和水手围到我们这几个人身边。他们看见我的"C"字臂章，知道我是新闻记者，便坦率地可爱地请求让自己的名字登上报纸。

我问他们，船上大多数陆战队员是哪里人。"波士顿和纽约，"一个小伙子说，"我们每天晚上都投票，目前波士顿领先。"

在我们说话时，一个剃了光头、矮矮胖胖的小伙子走了过来，站在我们这圈人的边上。"船上年纪最小的人来了。"一个陆战队员介绍说。那小伙子告诉我，他今年才十七岁，名叫山姆·吉尔哈特(Sam Gearhart)，来自宾夕法尼亚州的艾伦敦(Allentown)。

"你参军的时候肯定还不满十七，山姆。"我说。

"是的，"他回答说，"不过现在他们已经不能赶走我了。"

一个看起来更年轻的小伙子漫步走过甲板。我问他几岁了。"十八。"他说。但他看起来最多十五岁。他说自己叫托马斯·H. 皮兰特(Thomas H. Pilant)，老家在肯塔基州的哈伦(Harlan)。

其他陆战队员跟我说了皮兰特二等兵的事。"他的脸太小了，"一个人说，"一般的防毒面具根本戴不上。上头不会让他参加突击队的。"

其他年纪较大的陆战队员都在拿皮兰特的遭遇说笑。"没关系，"他们说，"你可以去厨房干活。"

今天下午，亨特上校向他的部队下发了一份油印的通知。他写道：

"即将在瓜岛地区打响的进攻战,标志着美国地面部队在这场战争中首次参与对敌攻势。陆战队被选中发起这场作战,而事实将证明,这预示着一系列的进攻作战,而结局将是我们事业的最终胜利。祖国对我们的期待唯有胜利,而我们也只能胜利。我们的字典里就不该有'失败'这个词,想都不要想。

"为了这一仗,我们已经刻苦努力,扎实训练。我们的能力和决心一定会让敌人屈服,我对此充满信心。我们将会遇到一个顽强而狡猾的对手,但是要想战胜我们,对方的顽强和狡猾还不够。我们可是陆战队(这几个字上校特地用了大写)。

"我们的司令官和参谋人员都信任我们,将会为我们提供全力支援和帮助。其他特混编队里的同行是和我们一样热血沸腾的陆战队员,而且也有优秀的指挥官。他们会和我们一起给敌人带去最终的毁灭。

"我们每个人都分配到了任务。让每个人发誓,发挥自己最大的潜力,再加上额外的努力,去保证完成任务。

"祝你们好运,愿上帝保佑你们,并让日本人下地狱。"

傍晚时分,我旁听了哈罗德·H. 巴宾(Harold H. Babbin)中尉向他的排传达指示。他是个皮肤黝黑、乐观开朗的纽约人,有着好听的布朗克斯区口音。他的大部分讲话都是围绕日军的丛林战术展开。在他身边听讲的全是硬汉,许多人胡子拉碴。他们听得聚精会神,偶尔发言打断中尉,但始终严守分寸。

巴宾中尉提醒大家小心诡雷,日本人可能会留下钢盔、刺刀或其他让人感兴趣的物品,在上面连接绊索,只要捡起来就会爆炸。

"如果你们看见一把点四五口径的手枪,带着漂亮的'珍珠'(他的口音把'pearl'读成'poil')装饰,还有漂亮的雕花,千万别去捡,"他说,"那可能会爆炸。"

"'世界'['world'发音成'woild']上最漂亮的'珍珠'。"一个小伙子故意学着他的口音说话。不过巴宾已经习惯了。他笑了笑,接着问:

"要是日军从树上朝你扑过来,你该怎么做?"

"揍他。"一个陆战队员回答。

"没错,"巴宾说,"你的回答完全正确。"

中尉接着说:"你们可能会看见日本狙击手倒挂在树梢上,像是死了,因为他们会用绳子把自己拴在树上。他可能是在装死。所以别犹豫,端起步枪给他补一枪,让他再撞到树上。这是好事。"

"好啊,"有人大声喊道,"那可够他受的。"

会议结束以后,巴宾对我说:"他们是帮硬汉子。"

一个中士告诉我:"那是机炮排,他们每个人要带大约50磅的东西,那可真不少。但是他们跑得不比任何人慢。有时候他们会赶到步兵前头。甚至还扛着收报机、迫击炮啥的。他们对谁都不服。他们会说,一边儿去,要是你能行,那我也行。"

8月4日,星期二

今天时间过得很慢。我们还在茫茫大海上慢吞吞地朝着目标前进,除了再次检查已经做好的准备工作之外,实在没什么事可做。突击连的连长霍金斯上尉和肯普弗上尉今天下午和手下的士官们开了三个小时的会。他们传看在昨天准备好的战区地图,在自己和部下的脑子里演练计划的各种细节。

甲板上是闲着没事的小伙子,他们还在侃大山,还在磨匕首。其中一个人对我说:"我就想杀个日军,就这样。"

一些人往船舷外丢空罐头,然后用点四五口径的自动手枪和冲锋枪射击，直到被军官们叫停才作罢。

许多小伙子在夹克衫背后用黑墨水写上"战斗"一词。关于怎样用凶狠的办法料理日本人的讨论达到了新的高潮。

在艏楼，一群人围着一门榴弹炮席地而坐，充满爱意地给零件擦洗上油。在他们身边，一场扑克牌赌博正在热火朝天地进行，成堆的钞票在空中飞舞。

"许多小伙子把钱存在团部的保险柜里，等着寄回家。"一个陆战队员告诉我，"今天有个人存了450美元，而我呢，我输掉了125块钱。我想过参与骰子赌博，但是后来我又想，万一我赢了，也不知道该怎么处理这些钱。"

8月5日，星期三

今天上午吃早餐时，克里中尉说："还有2天。"曼特菲尔德中尉接口道："48个小时。"然后大家谈论起一个令人惊叹的事实，那就是在船上竟然哪里都看不到明显的紧张迹象。还有些人暗地里取笑某个医生是例外，说他害怕得要命。[1]

今天各种"流言"——在海军和陆战队里，这指的是没有根据的小道消息——满天飞。这是理所当然的，因为我们正在接近这次远征的高潮，但迄今为止还没有发生战斗。我们都在期待战斗，而填补等待间隙的，自然就是各种杂乱的想象。

有一则谣言说，给我们护航的一艘巡洋舰发现并击沉了一艘在水

---

[1] 原注：后来我亲眼看到这位医生在炮火下以非凡的勇气镇静自若地工作。

面上航行的日本潜艇。有个陆战队员告诉我，他亲眼看见了炮火的闪光。我向副船长核实这个消息。他一听就笑了。"今天早上有一些闪电，"他说，"就在那艘巡洋舰后面。"

另一则谣言说，我军发现了一艘救生艇，里面满是黑皮肤的当地土著，他们是一艘商船上幸存的水手，那艘商船被日本驱逐舰击沉了。这个谣言的源头也不难查。它是今天早上传出来的，当时我们的特混舰队一度放慢航速，因为有条摩托艇带着公文从一艘运输船送到另一艘上。不知为什么，那条艇上的船员在谣言里成了黑人。

今天上午，在阳光灿烂的上层甲板，我看到亨特上校和他手下的军官在消磨时光。他兴高采烈地练着踢踏舞，据他说，在第一次世界大战前，他在斯坦福大学念书时就习惯这样练舞。他边跳边唱，那是一首低声调的歌，歌词大意是"我想要个姑娘，最好长得像嫁给亲爱的老爸的那姑娘一样"。

上校还能跟着一段非常流行的曲调跳踢踏舞。他在曲终时脱帽致意的动作也棒极了。我认为正是因为即将进入战区，他的青春活力才被激发出来。他曾是参加第一次世界大战的英雄之一。

今天晚餐时，每个人的盘子下都放着一张油印的传单。传单上写道："……（船名）承担着将美国地面部队本次战争中第一次进攻作战的第一拨突击队送上海岸的任务，这是无上的光荣。我们的船有一个好名字。我期望在这场即将打响的战斗过后，它成为一个光荣而可敬的名字。"传单上有船长的签名。上面还印了一条注释："我们预计从现在起，本船随时可能遭到潜艇或轰炸机的突然袭击。"

在我的客房里，我发现霍金斯上尉正忙着给他的冲锋枪和子弹涂油。他看起来并不紧张。在对话中，我问他作为突击队的领导者之一有什么感受。"我没觉得这很好玩，"他说，"但要说紧张吧，也不比当老百姓那会儿，被派出去做困难的工作时更紧张——你知道的，比方说在有很多销售阻力的情况下，推销一个大单子。"上尉以前是在波士顿卖杂货的批发商。

8月6日，星期四

很容易看出来，今天就是发生大事的前一天。水手们忙着把粗大的吊杆系到我们最重的几条登陆艇上，以便到时候让它们快速下水。船上好几个地方在分发罐头口粮：浓缩咖啡和饼干、肉和豆子、炖好的蔬菜、巧克力棒——在瓜岛上建起野战厨房之前，这些口粮足够让人维持两三天。

在船上的军械库里，一群官兵正在工作台边专心致志地工作，给他们的武器做最后的检查和调整。

午餐时，我的一个同桌帕特里克·琼斯（Patrick Jones）中尉（来自堪萨斯城）说，他估计自己明天上岸前会转到另一艘船上。据他说，那艘船上装着我们的备用弹药和汽油。要是它被炸弹或炮弹击中，那可就太糟糕了。

"以后我坐飞机经过堪萨斯城的时候，"琼斯中尉说，"我会丢一个纪念品下去，上面写着'来自帕特'。"

我们知道，我们的特混舰队早已进入日军的射程，大家奇怪的是，我们竟然一直没有遭到潜艇、飞机或水面舰艇袭击。连一次警报都没有。

天气对我们非常有利。今天一整天天空都是乌云密布，能见距离非常短。日本人除非靠到非常近的距离，否则不可能发现我们。但是包括我在内，还是有很多人担心，日本人也许已经准备好了陷阱，就等着我们踩进去。

今天下午,船上的资深医务军官马尔科姆·V. 普拉特(Malcolm V. Pratt)大夫(他在第一次世界大战中获得过嘉奖)给我讲了一个有趣的故事。

"昨天晚上我下到底舱去看了看,"他说,"我以为会看见孩子们在祈祷,结果却发现他们在学土著人的战舞。有个人拿毛巾缠在腰上,还涂黑了脸。他跳着康康舞,旁边有个人打手鼓。在房间的一个角落里,有四五个小伙子在玩摔跤,但是别人都没注意到他们。"

随着下午时间的流逝,我看见陆战队员们捆好背包,把行军毯认真地叠起来压在上面,然后把整套行李竖起,沿着舱壁整齐地排成行。许多人怀中抱满黑色外壳的手榴弹,在升降扶梯上匆忙上下。甲板上,几个炮组正在整备中大口径的炮弹。

今天晚餐时,有一部分军官流露出紧张的神色。有个人确信自己听到上层甲板的高射机枪在开火。另一个人也说自己听到了。但那只是沉重的铁桶被滚来滚去的声响。

今天晚上公布的消息是,明天的早餐将在凌晨4:30供应。我们将在6:20左右到达换乘登陆艇的地点。进攻发起时间还没定,但应该会在8:30前后。

晚餐过后,我和亨特上校交谈,我将搭乘他的冲锋舟上岸。他说马克斯韦尔中校和另一些军官将搭乘另一条。"把所有鸡蛋都放在一个篮子里没好处。"他的语气中有种令人不舒服的危险意味。

士兵食堂是士兵们从事包括礼拜在内的大部分活动的中心,我在那里看到一群把房间挤得水泄不通的陆战队员,和混杂在其中的少数水手。大多数人坐在长凳上——一边抽着香烟吞云吐雾,一边为了盖过自动点唱机的爵士乐声响而拉大嗓门说话。一个陆战队的爵士乐迷脱了衬衣,在点唱机旁边跳着风骚的摇摆舞,身上的汗珠闪闪发亮,另一个陆战队员扮演他的女舞伴。片刻之后,又有两个水手来助兴,跳了一两支舞。

军官餐厅里,三组军官分别玩着三场礼貌的红心游戏。

我在带着湿气的漆黑夜色中走上甲板。一丝月光也没有——真是幸事。晚上10点,我回到士兵食堂和军官餐厅。灯光都已熄灭。这两个地方都已空无一人。

第二章
登陆

8月7日,星期五

今天早上,哪怕没有借助闹钟,我也在4点毫不困难地起了床,因为我的头脑已经为这一天训练了很久。

早餐时每个人都很平静。我们知道,到这个时候,我们肯定离目的地非常近了,很可能就在日本人的炮口下航行。没有经过任何战斗就航行了这么远,这让我们有一种奇特的安全感,仿佛凌晨4点起床并准备在敌人占据的海岸上强行登陆,就是南太平洋8月的早晨最寻常不过的事情一样。我们吃了一顿分量很足的早餐,并带着通常的幽默感闲谈。

甲板上的情况也是一样。每个人似乎都随时准备着,一听见炮响就会跳起来,但不见什么兴奋之情。此时此刻的情形太不真实,犹如一场梦。我们沿着瓜达尔卡纳尔岛与萨沃群岛之间狭窄的水道穿行。船队实际上已进入图拉吉湾,几乎就在日本人岸炮的眼皮底下通过,但是岸上却一炮未发。

甲板上,陆战队员们排在右舷护栏边,举着望远镜,睁大双眼眺望远方。在波光粼粼的水面之外,在同行舰船无声移动的身影之外,有一团高耸的、形状不规则的暗影,那就是瓜达尔卡纳尔岛。此时天色依然昏暗，黎明前的晨曦尚未显现，但那崎岖的黑色山峦还是被颜色较浅的天空映衬得十分清晰。

平时爱闹腾的陆战队员们此时并没有太多言语。我只能听到船舷外浪花沙沙作响，以及前甲板上走动的人们发出的轻微声音。

在船桥上，我发现操船的军官们不像陆战队员那么平静。他们担心的是这艘船在进入锚地前可能会被击沉，他们显得非常紧张，满腹疑虑。

"我不敢相信，"一个上尉说，"我怀疑日军没这么蠢。他们要么就是蠢到了家，要么就是在耍花招。"

但是在我们驶进海湾的过程中，看不到任何敌人耍花招的迹象，前方的天空也开始泛起亮光，我们甚至能看到图拉吉岛和佛罗里达群岛的朦胧轮廓，分别坐落于东方和北方。

此时在我们右侧（南方），瓜岛突兀的暗影变得越来越清晰，可以看到高耸的陡峭山脊。但是岸上没有任何开火的迹象，也看不到一架敌人的飞机。

突然，我从船桥上看到，就在我们右前方，一艘巡洋舰灰色的身躯上闪出一道耀眼的黄绿色火光。我看见炮弹像红色铅笔一样在天空画出道道弧线，看见它们在击中瓜岛漆黑的海岸时亮起的火光。一秒钟过后，我听见了轰隆隆的炮响。我应该早有心理准备，但还是紧张得一听到动静就跳了起来。我们的海军炮火准备开始了，它的目的就是为我军登陆扫除障碍。我看了看我的手表，时间是清晨6:14。

两分钟以后，在我们右前方的一艘巡洋舰开始射击。各炮齐射时有同样黄绿色的闪光，同样的红色流星划过天际，炮弹击中海岸时红色的火焰喷泉腾空而起，然后是一阵恐怖的爆炸巨响。

此时，在我们的前方和后方，两艘巡洋舰朝着瓜岛海岸打出一排又一排炮弹。炮弹的飞行看似缓慢,带着红色火光在天幕上画出弧形轨迹,这番景象真是让人看得着迷。当然,是距离造成了这种缓慢的表象。但距离虽远,舰炮开火产生的冲击波还是形成猝然而至的狂风,震撼着我们这艘船的甲板,撕扯着我们每个人的裤腿。

清晨6:17,一束笔直而纤细的曳光弹轨迹从海湾洒向岸上,与此同时,我们听见了飞机发动机的轰鸣。我们知道,这是我军的飞机在对地扫射,只不过在昏暗的光线中,我们看不清飞机的轮廓。

接着,更多的曳光弹像一股股喷泉射进那片深色的陆地,我们能看见,许多红色的弹道在击中目标后又像打水漂一样反弹起来飞进山地,形成一个个浅V字。

片刻之后,我的心跳骤停了一下,因为我看见机枪曳光弹的红色喷泉从岸边低处喷出,显然是以一定角度射向了我们的船队。这是日本人的还击吗?更猛的火力还在后面吗?大型烟火秀就要开始了?

答案并不明确。几秒钟后,当岸上再度开火时,看起来比先前更像打水漂了。

无论这通射击是怎么回事,没多久就停止了,而从这以后,日本人就再也没有明显的抵抗了。

清晨6:19,位于我们正前方的另一艘巡洋舰开始射击。片刻之后,其他战舰也纷纷开火,它们射击的火光和炮弹飞行的弧线照亮了前方一大片天空。

我军的另一些船——鲁佩图斯将军指挥的那一队——已经左转驶向图拉吉岛,此时他们也在以隆隆炮声发来报告。

清晨6:28,我注意到前方水面上有一团明亮的白色火光,我出神地注视着它,正在猜想那是什么,却见它迅速扩大,变成了一大片红色的火焰。飞机像苍蝇一样在它上空来回飞舞。

"那是艘日本船。"站在我身边的海军军官说。他的双筒望远镜正指向那片火焰。"是飞机干的,"他说,"它们还在扫射。"

此时那片火焰已经延伸成一条细长的火线,接着它越蹿越高,变得就像一座低矮的火焰金字塔。我们久久凝视着那火焰,而我们周边海军舰炮的轰鸣越来越响,达到了高潮。

在我们前方,那艘仍在熊熊燃烧的日本船左侧,我看见一个明亮的白色光点突然闪现。那是引领我们船队驶进海湾的澳大利亚巡洋舰①(参见第238页图7)桅杆顶上的灯光。

但是我们的船还在前进,前方那艘燃烧的船离我们越来越近。借着橘红色的火光,我们能看出它并不是一艘大船,而且大半没入了水中。它的长度也许是120英尺。"这是哪种船?"我问一个甲板军官。

"他们说这是艘鱼雷艇。"他说。但它实际上是艘装了许多柴油和汽油的纵帆船——所以才有那么大的火焰。

我军的俯冲轰炸机在海滩上猛扑到低空。在逐渐明亮的晨曦中,我们能分辨出炸弹落地时爆炸的颜色。有些落在水边的,稍带点蓝色。另一些落点较远,命中了沙土地面,则颜色较深。

飞机一边俯冲一边扫射。曳光弹带着炽烈的轨迹击中地面,然后反弹到空中,形成我们此时已经熟悉的浅V字。

我们的船和另一艘在运输船队中担任前锋的船放慢速度,然后停了下来。吊艇架立刻铿锵作响,将一艘艘小艇放下。现场响起一阵杂乱的呐喊,然后就是许多人在船上跑动的声音。在前甲板上,一台辅助发动机开始突突作响。我们的登陆大冒险该开始了。

---

① 原注:那是"堪培拉"号,后来在所罗门群岛一带的海战中沉没了。

此时已是黎明,但是前方那条日本船燃烧的火焰还和夜暗下一样明亮。就在我们凝视时,火焰中又发生了新的爆炸——很可能是汽油罐。一条燃烧的油膜在船尾处的水面蔓延开来。我脑海中闪过一个念头:要是那条船上先前还有什么活人,这会儿肯定也没命了。

我们的船和其他运输船已经在摇摆中把船头对准了瓜岛,一些登陆艇已经下水。更多登陆艇正随着吊艇杆动听的曲调下降。我们听见周边环绕着发动机沉闷的运转声。一艘艘小艇以各种角度穿梭变道,盘旋往来,或贴近大船前行。我怀着雀跃的心情看到,每艘小艇的船头都插着一面小小的美国国旗。

一群穿着绿军装的士兵走来,挤满了前甲板。一个水兵举着一面信号旗,在护栏边探出身子,招呼那些登陆艇靠到充当下船梯的绳网边。这番繁忙景象中透着几分平和。我一度几乎忘记,岸上可能有日本人带着机枪和大炮等候,准备在我们登陆时,把我们打个人仰马翻。

和我们同行的巡洋舰先前消停了一阵,此刻又开火了。位于我们右前方的一艘巡洋舰朝着陆地上的一个黑点一次接一次地齐射。一道浓黑的烟柱从炮弹击中的地点升起。我们眼看着烟柱底部闪出红色和橙色的火光,接着就传来了遥远的爆炸轰响。

我们知道有一堆汽油或柴油被击中了,因为在那烟柱底部不断喷出红色的火焰,而且时不时传来新的爆炸声,结果火焰突然蹿高,钻进那漆黑的浓烟中。

我走进前甲板上聚集的人群中,发现气氛显得沉默而紧张——与前几天充斥其间的欢歌笑语形成鲜明对比。他们看起来没有多少话要说,但是有几个小伙子还是提到了免不了要提的事:"好了,是时候了。"

我们的第一批陆战队员翻过护栏,沿着绳网摇摇摆摆地爬进登陆艇。装满了人的登陆艇离开,然后其他登陆艇又聚过来,陆战队员们像瀑布一样不断流下船舷。

有人告诉我，到我下船的时候了。我在船上最后一次环顾四周。在瓜岛海岸方向，我能看见几艘巡洋舰还在向着陆地倾泻炮火。在登陆点库库姆(Kukum)，炮击点着了一堆燃料，此时有了一团新的火焰：两根烟柱腾空而起，而不是一根。在海湾对面的图拉吉方向，我能听到猛烈的炮击声。那里肯定也在登陆。

我跳上颠簸的登陆艇甲板时刚好是8点。亨特上校和他的参谋军官们已经在艇上了。这将是一艘"自由"艇，只要上校高兴，他可以在任何时候让它靠岸。他也许会在第一拨人员登陆之后上岸，不过无论如何，我们不会比第五拨人员晚。

上午8:06，一队掩护我们的战斗机出现，在运输船队上空低低地盘旋。它们来回穿梭，在空中织出一张保护网。

我们的登陆艇在我们运输船的后方兜了很长时间的圈子，我们坐在舱底，按照被认可的姿势低着头，不敢高出船舷。

上午8:34，海军的舵手操纵我们这条小艇离开，向岸边驶去。不过我们移动得很慢，特意减速了。

为了观望舷外，我换成跪着的姿势，看见此时靠近瓜岛海岸的战舰已经停止射击，不过北边图拉吉岛方向还在传来猛烈的炮击声。

上午9:02，我们的登陆艇全速向滩头驶去，同时前方的那一排巡洋舰和驱逐舰又开始猛烈地对岸上发起炮击。我们知道，这就是所谓的"软化炮击"，希望这能扫清滩头的所有日本机枪或火炮阵地，让我们的登陆容易一些。

命中目标的炮弹在岸上纷纷炸响。海军舰炮开火时的轰鸣也惊天动地。在由战舰组成的一字长蛇阵上，炮口喷出的黄色火舌此起彼伏，海滩上被炮弹击中的地方，则蹿起一排蓝黑色的喷泉。

上午9:05,这场猛烈的对岸炮击进入尾声。陆地边缘笼罩着一团暗淡的黑色烟雾。我们正在直奔那里而去。

我们跟在第一拨登陆艇后面,离得不太远,能看到歪歪扭扭的一行白点在蓝色水面上移动,每个白点的中央都是一团黑色。我们知道,白色的是浪花,黑色的是登陆艇本身,它们正在以最快速度冲向海岸。

我们看不到登陆艇冲滩的场景,但是前方的海滩上升起了信号弹。上校转向我们这些同船的人,脸上露出微笑。这是约定的登陆成功的信号。一个通信兵站在我们小艇的发动机盖上,用旗语把这个好消息发回母船。

很快母船就确认收到了消息。

但是,成功登陆的事实并不意味着我们夺取滩头的行动不会遭到抵抗。当我们到达冲锋出发线(事先划定的一条线,离岸有一定距离)时,大家都把头在船舷下面埋得低低的。

上午9:28,我们和第一拨登陆艇擦肩而过,它们正从滩头返回,去母船接另一批部队。我们探头观望,发现它们并没有被敌军火力毁伤的迹象。此时我们的胆子又大了一点,纷纷抬头观察前方战况。蹲在我身边的克里中尉用盖过发动机轰鸣的大嗓门冲我喊道,也许那里没有日军。但这样的好事还是显得太不真实。也许日本人只是在引诱我们往圈套里钻。

上午9:40,我们已经离陆地够近,能看到海滩上孤零零矗立的几株棕榈树——这说明无论敌人可能准备了什么圈套,都已经近在眼前了。

虽然这是个激动人心的时刻,但我们的船上没人言语。不管怎么说,发动机也太吵了。我们坐在那里面面相觑,偶尔探头观望一下周围裹着浪花冲向岸边的其他登陆艇,或是瞄一眼那安静得出奇的海滩。

上午9:47,我们离岸已经近到能看见一长串我军的登陆艇,它们停在暗褐色的沙滩上，还能看见一辆两栖坦克（参见第239页图9）沿着海岸线移动，车体前后掀起团团飞沫。我们能看见许多我军士兵在海滩上一排茅草屋顶的小屋之间移动。这时我们的胆子已经变得非常大，因为附近显然没有任何敌军士兵。

上午9：50，我们的登陆艇猛地一颠，搁浅在了暗褐色的沙滩上。我们好整以暇地下了船。我从船头小心地跳下，只湿了一只脚，而且程度轻微。这和我预想中伴着嗒嗒机枪声响，踩着浪花拼命飞奔的情景相去甚远。

一辆显然是头一个上岸的吉普车从海滩下面驶来，经过我们身边。海滩上到处都是嘈杂和忙碌的景象，因为有更多士兵不断从坐滩的登陆艇上跳下，一支支工作队正竭尽全力地从载着机器、装备和给养的大型驳船上卸货。

5架战斗机组成的机队飞近我们头顶。一辆拖拉机正费力地从一艘装载坦克的驳船上开下来。我看见两名陆战队员在两座被炮火炸塌的竹屋之间安装一台发电机。发电机将给电台供电。

一座千疮百孔的茅草屋已经被占用，成了某个陆战队工兵连的指挥部。体现文明的证据就是他们贴在指挥部外面的油布指示牌——带着绿色的"登岸队指挥部，A连"字样。工兵们正忙着整理屋子内部。一幅和平的景象。

但是就在这片沙滩后方，在深入内陆的地方，我发现气氛远不像海滩上那么祥和。我能看见散布在椰子树丛中的陆战队员，他们蹲在树后，手里的步枪随时准备射击。南边的丛林里偶尔传来步枪的脆响。几群陆战队员正在组织巡逻队，为了伪装，他们脸上涂着泥巴，帽子上也绑了一些小树枝。"你们要注意观察每一棵树。"一个军士长给他的排下达指令。

我试图查明他们是否遇到过抵抗。"我进来的时候听到机枪在响，"一个陆战队员说，"但我不知道那是我们的还是日本人的。"

"那里有人开过几枪。"另一个陆战队员指着丛林说,"看来日军会躲进山里。又一场尼加拉瓜战争①。接下来他们会在这里面活动一个月,在丛林里战斗。"

上午10:20,一队吉普车拉着装炮弹的拖车穿过椰树林,驶向我军的前沿阵地。这个车队提醒我,在岛上的腹地,我们的部队此刻可能正在和日军缠斗。

但是内陆方向并没有传来炮击的声音。只有在北边20英里开外的图拉吉方向,我们才能听到遥远的火炮轰鸣。

海滩上和平的卸货活动还在继续。此时沙地已被川流不息的吉普车和拖拉机犁开,形成了道道车辙。我军的第一辆坦克正从驳船上卸下(坦克的照片参见第237页图3、图4和第239页图10)。几门高射炮正在海滩上放列,炮管指向大海。

在一面红十字旗下,海滩上建立起一个医护站。主治医师C. 道格拉斯·霍伊特(C. Douglas Hoyt)大夫说,到目前为止没有伤亡——只有一个小伙子是例外,他在用大砍刀开椰子时割伤了自己的手掌。这(没有伤亡)真是让人高兴的消息。

到了这时候,风风火火的亨特上校已经带着他的参谋们从海滩上消失了。我决定利用他的指挥部电话线(它几乎转瞬间就在被占领的区域延伸开来)作为向导,出发去追赶他。

我穿过岸边的椰树林带,沿着一条被踩出的小路,穿过长着齐肩高枯草的野地,然后走进茂密幽暗的丛林,好在已经有人在那里砍出了一条道路。

---

① 译注:这里应该是指1926—1933年由尼加拉瓜民族英雄桑地诺领导的抗美游击战争。

伊鲁河,在船上众人传阅的备忘录里,这个名字听起来是那么不祥,仿佛一道不可逾越的天堑,然而实际情况却令我大失所望。它只是一条浑浊不流动的小溪,窄得几乎可以一跃而过。

过了伊鲁河以后,我可以轻松穿过潮湿发臭的丛林,因为陆战队员已经砍出一条三四英尺宽的道路——这个宽度足以通行弹药车。这条小路在丛林中延伸了几英里——而陆战队的尖兵所在的位置还要再远几千码——此时距离我军的第一拨登陆艇冲滩只过去了两个小时。这些美国人可真能创造奇迹啊!

我找到了亨特上校的指挥部,虽然挂着这个名头,但它实际上只是丛林中平凡的一角,一些通信兵正在那里忙着安装野战电话。该吃午饭了。我们在铺满松软潮湿的落叶的地面上蹲下,打开军粮罐头。

局势非常平静。上校说,我们的登陆部队显然没有遭遇任何抵抗。就算这一带有日本人,他们也已经躲到山里去了。我们的澳大利亚向导之一查尔斯·V. 霍奇斯(Charles V. Hodgess)上尉曾是瓜岛上一个椰树种植园的主人,目前为止我军占领瓜岛的行动如此轻松,这让他也开起了玩笑。"顶着这么猛烈的炮火登陆真是太辛苦,把我都累坏了。"他说。

吃完饭后,我一路走回海滩,发现运输船队停泊在近岸处,大群驳船还在穿梭忙碌。一些半吨卡车已被运到岸上,在海滩上来来往往,运输着成堆的箱子——里面是食品、医疗用品、零备件和弹药。

一些陆战队员还在忙着开海滩上到处都是的椰子。另一些人则下海游泳,让因为四个半小时的卸货工作而酸痛的肌肉放松一下。

我回到丛林里,去找上校的先遣队——因此错过了日军对瓜岛上的陆战队员的第一次空袭。

下午1:30分,我听到高射炮急促而低沉的"砰砰砰"声,看见空中布满炮弹爆炸形成的深褐色烟云。此时天色阴沉,看不到任何飞机,但能听到发动机的嗡嗡声。日本人的目标显然是海湾里的运输船和战舰,因为高射炮炸出的烟云集中在那片区域上空。当时我因为树木遮挡看不到船只,但后来我得知,那天我军的船只无一中弹。

有那么几分钟时间,飞机发动机的噪声变响了,然后在稳定的嗡嗡声中,我听到一架飞机俯冲时发出的逐渐增强的呼啸,接着就是清晰可辨的机载机枪射击声,很可能是我军的一架战斗机正在扑向日本飞机。

下午1:40左右,高射炮的轰鸣声停止了。片刻之后,18架我军战斗机组成的机队在阴云密布的天幕上展开队形,掠过图拉吉湾上空。显然,空袭结束了。

我在树林里找到上校一行人,和他们一起在林间小道上跋涉。最终在将近下午4点时,我们抵达了一片风景宜人的椰树林。我们刚坐下来喘口气,就听见可怕的高射炮开火声集中爆发,天空中再度出现了爆炸的烟云。

随着"隐蔽"的命令下达,我们溜进灌木丛,并猜测日本人会不会飞过来扫射我军士兵。但这次和上次一样,他们的目标显然是船只。这一次高射炮火持续了五分钟。我们既没有听到炸弹爆炸,也没有看到飞机。然后空袭就结束了。就和我们的登陆过程一样平淡乏味。[①]

在这个当口,普拉特大夫追上了我们这帮人。他说自己跟第一次空袭(下午1:30那次)的目击者谈过,据目击者说,他看见两架日本飞机被击落,飞行员跳伞。但是在士兵中间流传的"流言"说,第一次空袭中被击落的日本飞机多达6架[②]。

[①] 原注:但是后来我发现,对于遇袭的舰船来说,这场空袭是非常猛烈的。日本俯冲轰炸机攻击了我军的战舰,击伤其中一艘。我军高射炮火击落了2架敌机。

[②] 原注:此言不实,被击落的是3架,我军战斗机击落2架,高射炮击落1架。

我们在椰树林里休息了几分钟，然后继续前行。虽然我们周围的树林里时不时响起步枪声，但整体氛围十分平静。因此我们这群人普遍认为附近没有日本人存在。

一名工兵——威廉·A. 戴维斯（William A. Davis）中士［来自印第安纳州的埃文斯维尔（Evansville）］走过来对我说，他认为自己是瓜岛战役中第一个遭到枪击的陆战队员。登陆后不久，他在某个地方转错了弯，走到了尖兵分队的前头。他说，有人朝他射了两枪，子弹从离他几英寸远的地方掠过。

在椰树林里，我看见一个陆战队员拾起一部电话，听见他对着话筒说"接线员"，这让我感觉很是怪异。同样给我这种感觉的是在丛林里听到法国式喇叭的嘟嘟声。听起来就和时髦的敞篷跑车上的喇叭一模一样，只不过它们是装在坦克上。

"我这就出来。"一个陆战队员在喇叭"嘟"了一声以后这样回答，仿佛他的女朋友正在敞篷跑车外等候。

即便是这样的娱乐也有结束的时候。我们不得不再度起身，行军好几英里，穿过丛林，穿过片片椰树林，越过浑浊的溪流，并翻过陡峭的小山。

下午4:30，我们走出树林，来到一片长着高高杂草的开阔地。两个陆战队员站在草地边上。他们手里端着点四五口径的冲锋枪，看起来有点儿紧张。其中一个人朝上校走来。

"我们发现了刚被砍伐的树木，看起来大约是一小时前被砍倒的，长官，"他说，"我们认为那是一个日本人的炮位。"

但又是半小时过去，我们背着沉重的行囊继续进行了一番艰苦跋涉后，仍然没有看见敌人的任何蛛丝马迹。随后我们在一片高挑纤细的白色椰树林里休息——如果有人精心养护，这片林子一定很美丽。此刻地面上只见成堆腐败的棕榈叶和变质腐烂的椰子，但我们一句怨言也没有就安顿下来。经过这一天的远足,任何地方看起来都像家一样。

我们吃了一顿罐头军粮晚餐,因为没有水,许多小伙子忙着从树上敲下绿色的椰子,把它们砍开来喝椰汁。有些陆战队员已经掌握了快速开椰子的技艺。阿尔伯特·塔蒂夫[Albert C. Tardiff,来自新泽西州纽瓦克(Newark)]一等兵就是其中之一,他在短短两分钟内就为我开了一个。

在高耸的椰树和漫天星斗下露营,这本该是一种美好的体验——如果没有小虫、蚊子和难忍的口渴的话。不幸的是,这几个要素的存在感太强了。

随着黑暗降临,金刚鹦鹉开始在树梢尖叫,枪声也变得更频繁了。在这岛上的第一个夜晚,哨兵们都有些神经过敏。我时不时被"站住!"的呼喝和紧随其后的枪声惊醒。

有一次,在临近午夜时,我醒来后听见离椰树林非常近的地方有一支冲锋枪在射击。然后一支步枪发出吼声。接着是另一支。不久就有五六支枪同时开火,明亮的白色曳光弹沿多个方向掠过我们宿营的椰林上空。有些子弹带着嗖嗖声响钻进附近的林子。然后枪声减少,陷于沉寂,我们又再次睡去。

8月8日,星期六

今天早上,一个传令兵从我们的先头分队回来报告说,他们已经到达这次瓜岛登陆的主要目标——机场(参见第246页图27),而且直到此时都尚未和敌人交战。

但是据昨晚在椰树林外围放哨的一个哨兵说,就在破晓时分,有一队日军,大约150人,从我们的露营地附近路过,然后钻进了灌木丛里。

亨特上校向大家强调要打起精神来。"这可不是野餐。"他说。显然他对战役截至此时的轻松氛围忧心忡忡:"我们一定要小心。"

上校在这天早上显得精神焕发,我猜这很可能是因为他发现自己能经受一整天行军的考验,第二天早上还感觉浑身是劲——就和四分之一个世纪前,他参加第一次世界大战时一样。

上校把他的钢盔摆在地上,然后自己坐在上面,展开一张地图,而他的参谋们聚在一起注视着他,等待他下达今天的命令。

"我会告诉你们我知道的情况,这样你们掌握的情报就和我一样多了。"他一边说着,一边用一根粗大的手指往地图上一点,"我们就在这里。我们要一路往那里走,到达泰纳鲁河。我们也许要在河口附近涉水过河。"然后他介绍了作战计划的细节。

上校传达了一个好消息:海湾对面图拉吉岛和吉沃图岛的作战都很顺利。奇袭营攻打的图拉吉岛虽然有激烈抵抗,但已经"搞定"了。攻打相邻的吉沃图岛的部队"已经拿下了他们的第一个目标,剩下的目标也稳了"。

上校猛地折起地图,仿佛合上一本他刚看完的书。"好了,"他总结道,"计划就是这样。你们最好收拾收拾,随时准备出发。"他站起身来,拍了拍我的肩膀。"嗯,看来我们今天上午可能会遇到点事,"他说,"你做好战斗的准备了吗?现在看来就像生意有了起色一样。"显而易见,他正渴望着一场战斗。

但是我们在丛林里跋涉数英里,继而涉水过河,然后穿过又一片椰树林,费力地聚拢了一群马,又重新回到海滩——还是连一个日本人都没见到。

"我希望那些该死的日本人出来和我们打!"一个满身汗水和污渍的陆战队员抱怨道,"他们只会往林子里跑。"他的嘴里吐出一连串咒骂,陆战队面对任何不合心意的事物时都爱用那些形容词。

我们路过海滩上一个由铁皮屋顶房子组成的小村。涂着白色灰泥的墙壁被海军的炮火轰击得弹痕累累,有些已经支离破碎。屋顶则被纷飞的高爆弹破片打成了筛子。

这些小屋显然曾被日军用作兵营,因为墙上挂着带有日文字样的标牌。我拿了一块标牌给翻译克里中尉看。"上面写着3号单位,"他说,"负责这样那样的事。"

水兵真是搜刮纪念品的绝顶高手。我看见有些水兵和我们的先遣部队一起到了这里,他们正忙着收集日语标牌。

我们在海滩上深一脚、浅一脚地走着,一辆坦克隆隆驶过。坦克尾部还用大号白色字母写着名字"M. J. 鲍勃"。接着又一辆坦克开过,上面的名字是"埃德娜"。

我停下脚步,和弗兰克·B. 格特奇(Frank B. Goettge)中校交谈,他告诉我,有消息说图拉吉岛、吉沃图岛和塔纳姆博格岛的战斗很激烈,伤亡也很大。他说,图拉吉岛上还有一些孤立的小股日军负隅顽抗,有待肃清;在吉沃图岛上,陆战队损失了许多人。当时估计伤亡率高达60%(后来发现实际要低得多)。他说,陆战队曾尝试通过吉沃图岛和塔纳姆博格岛之间的堤道,但是遇到了特别大的困难。那条堤道只有88英尺宽,75码长,交战时被机枪火力从头扫到尾。

格特奇中校指出,今天日本人很可能再次尝试攻击仍然停泊在近岸水域的运输船队,因此,当亨特上校的人马从海滩返回丛林时,我留在了滩头,并目睹了有生以来最令我震撼的景观之一。

当高射炮快节奏的"砰砰"声响起时,正值正午时分,我看见黑色的爆炸烟云布满了图拉吉岛上空的整片天穹。我能看见海湾里那艘澳大利亚巡洋舰的灰色剪影不断喷出闪亮的火舌。接着其他战舰也加入进来,"砰砰"声此起彼伏,连绵不绝。头顶上方,高射炮的弹幕在天空中展开——越来越密、越来越大。

接着,在大口径高射炮的雷鸣之外,又增加了中小口径高射炮的密集"嗒嗒"声,然后所有声音逐渐增强,形成一种快节奏的调音,简直像要淹没人的双耳。突然间,我看见了第一架日本飞机,那是一架体形修长、扁平的飞机,它在运输船之间以低于桅杆的高度穿行,仿佛猎食的鲨鱼掠过水面。我心想:鱼雷机!

此时我看见了其他日本飞机,同样是扁平凶恶的体形,从水面上低空掠过,冲进运输船队中间。其间,还不时溅起黑色的水柱:也许是炸弹落水,又或者是敌机发射了鱼雷。

此时我军的船只在地平线上移动,争相驶向通往开阔海域的狭窄海峡——要趁着还没中弹逃出去。但是炸弹和鱼雷溅起的水柱变得更频繁,也更近了。

我军的战斗机俯冲加入战团。我看见其中一架把某架日本飞机赶出混战空域并紧追不舍,而那架日本飞机惊慌失措地逃向瓜岛西端。我听见美制机枪发出一连串爆响,持续了几秒才停止,而被追逐的日本飞机突然拉出浓烟,接着其烟流根部冒出火焰,机身开始坠落,持续发出明亮的火光,拉出一道横跨天际的壮观曲线。我出神地注视着这架飞机坠入水中,白色的粗大水柱缓缓升起,然后随着飞机爆炸,白色转为耀眼的橙色,一股火焰反冲至一百英尺的空中。

我把望远镜转回运输船队方向,刚好看见一艘运输船的上层甲板迸射出殷红如血的巨大火舌。然后,一股煤黑色的浓烟从血红的火焰根部涌出,直冲云霄。那艘运输船肯定是被直接命中了。①

---

① 原注:我后来得知,有一架日本飞机显然是出于巧合,刚好坠毁在那艘船的船桥后方。

几乎与此同时,地平线以外不远处又升起了三股烟柱。我猜测又有几艘船被击中了。

战场的全景从东至西充满整个视野。我看见在左边很远的地方,一架日本飞机起火坠落。与此同时,右边又有另两架飞机带着浓烟下坠。

在视野中央,那艘遭受重创的运输船还在燃烧。随着一次明显的爆炸,红色的火舌在烟雾中升腾,将团团火焰高高抛向云端。

但是突然间,天空中就没有了日本飞机的踪影。可怕的炮火风暴戛然而止。空袭结束了。我看向我的手表,时间是中午12:10。

中午12:54,运输船纷纷折返,驶向我军滩头附近的锚地。但是在海湾中间,那艘重伤的船仍在燃烧,火势显然失去了控制(后来它被放弃并凿沉)。

一个路过的陆战队员告诉我,他看见6架日本飞机坠落。[1]我回头往内陆方向走,去追赶正在向机场挺进的陆战队部队。下午1:30,我遇到两个陆战队员,他们押着第一批日本俘虏——这是我首次在近距离看到敌人。

共有3个日本人,他们排成一路纵队行走。相比之下,陆战队员显得特别高大,他们像赶鸽子一样一路用嘘声驱赶着俘虏。

这是一伙可怜兮兮的日本人。他们的身高都不超过5英尺,人又瘦又小。他们的皮肤是蜡黄色的。走在前头的两个人剃了光头,腰部以下一丝不挂,这说明陆战队员们在搜查武器时很是细心。

第三个日本人被允许继续穿着他的卡其色裤子。他留着一把蓬乱

---

[1] 原注:我后来得知,当时有40架日本飞机来袭;其中16架被当场击落,剩下的24架在空袭后匆忙返航时被我军的战斗机逐一消灭。日军的鱼雷轰炸机没有攻击战舰,它们只是满足于掠过运输船并进行扫射。

的胡须,这让他看起来更显得凄惨,他头戴一顶用便宜布料做的遮阳帽,上面缀有布制的船锚标志。

这些日本人看到我时,像好奇的鸟儿一样眨着眼睛。走在最前面的那个人咧开嘴,一颗金牙在嘴巴中央非常显眼。

翻译克里中尉说,他刚审问过这些日本人,后者招认自己是一个海军劳工营的成员。他们是在前头不远处的劳工营地里被俘的。

几分钟后,我在一片树林里追上了临时指挥部。比尔·菲普斯少校[威廉· I. 菲普斯(William I. Phipps) 少校,来自内布拉斯加州的奥马哈(Omaha),如今是中校了]骑着一辆缴获的日本自行车,在一条穿过树林的车道上来来回回。

这辆自行车显然是崭新的,是一件漂亮的产品,很像典型的英国自行车,配有手刹和窄轮胎。这是我们将要缴获的大批战利品中的第一件。

"路那头还有很多这样的,"菲普斯少校说,"还有很多其他东西,包括卡车。"

林格上尉[威尔弗雷德·林格(Wilfred Ringer),来自马萨诸塞州的布鲁克莱恩(Brookline)]准备带一队人去那个营地。我和他们同行。

我们沿着道路前行,又看见几个陆战队员骑着光亮的日本自行车。其中一个猛然穿过一队正在步行的士兵,险些撞上好几个人。"没有刹车!"他大叫道。不过最终他还是发现了让这部机器停下的机构。一个美国人学会了外国的门道。

道路一侧停放着三辆日本卡车,有着崭新的灰色漆面,显然车况一流。它们看起来就像最新的美国型号,但带有日本商标。

道路另一边是一辆福特V8轿车,涂着绿色迷彩,有一块日本海军牌照,上面画着白色的船锚标志——显然是某位官员的座车。

我们一走进那个日军的帐篷营地,就明白了为什么我们之前在日军炮口下驶进图拉吉湾,却没遭遇任何炮火阻拦。因为敌人完全没料到我们的行动。

在第一个大帐篷——这样的帐篷有几十个——我们闯进里面,只见一张完全保持用餐时状态的早餐桌。看起来就好像我们从前门进去时日本人刚从后门溜走。

摆在桌子中间的餐盘装满了炖肉、米饭和煮熟的梅干。围绕桌子边缘摆放的碗碟大多盛着一半的食物。筷子被搁在餐盘边上,或是出于匆忙掉落在地垫上。

其他帐篷里,我们发现了更多日军在遭到我军突击时惊慌逃窜的迹象。他们连鞋子、蚊帐、盥洗用品、肥皂和其他生活必需品都丢下了。

我们巡视日军的帐篷营地,明白了他们匆忙撤离的原因。许多帐篷被高爆弹破片扯碎,有些被夷为平地;成片的椰子树遭到炮火蹂躏,树干被撕裂,树梢被炸飞。在一片小树林里,我们还发现两具被炸死的尸体,此时已经落满了苍蝇。一具尸体坐在树根下,两眼直愣愣地看着前方。其左腿在膝盖处被炸断,还套着鞋子的半截腿就掉落在旁边几英尺远的地上。

另一个被充作医务室的帐篷里堆满了药品和手术器械,一个面容憔悴的病人坐在他的地铺上。他告诉克里中尉,自己正遭受疟疾折磨。

当天下午,随着我们在原日军占领区继续巡视,我们开始意识到从敌人那里继承的战利品数量是多么庞大。路过已被我军完全占领的机场时,我看见了成排的新造木板营房——全新的,日本人甚至都没来得及搬进去。

我爬上一辆坦克,搭车前往伦加角(Lunga Point),听说那里发现了最大的日军营地和大量装备。

我们在路上经过一座庞大的灰色轻型木框架房屋,据说里面是日本人的发电站——随时可以启用。我们穿过一片被我军炮火炸倒一半的树林，来到一个配有维修车间的巨大停车场。这里至少有100辆日本卡车，都是日本版的雪佛兰。

过了停车场，我们就来到一个庞大的帐篷营地，这是我们迄今为止发现的最大一处。几座显然是日军指挥部的建筑矗立在一个美丽的河湾地。这里的棚屋里摆放着铁床（周围几英亩地的帐篷里都只有盖着床垫的木板地铺）、帅气的法国造电话机、无线电台，角落里还立着几双马靴。

显然供指挥官居住的房子里放着不少奢侈品，例如大瓶的日本清酒、小瓶的葡萄酒、一部大号收音机，不远处还有一个浴缸，代表着这个热带岛屿上最奢华的享受。

在日军指挥部旁边的道路上，我军自己的卡车和吉普车排成长龙路过，将人员和给养送往前线，车队中还有一辆缴获的日本汽车。在道路另一边的日本卡车停车场里，陆战队员们正在发动这些日本车，大部分似乎只要有点火钥匙就能随时上路。

有一座在边墙上开门的日本房子，显然还没被我军士兵怎么查看过。我信步走进屋内，发现房子中央摆放着一张庞大的制图桌，配有带合理倾角的绘图板，而房子一头的门廊上还有一张写字桌。房间里贴墙摆了一圈置物架，上面摆满了蓝图、制图用具、备用纸张、记录本。这里显然是指挥部的办公室。

一块制图板上用图钉钉着薄纸，纸上是画了一半的草图。绘图笔横放在图纸中央，证明了主人撤离时的慌乱。不远处有一部法国造电话机，听筒放在一边——似乎有一场通话被我们的到来打断。

在指挥部建筑周边，我看见了大批食品：一堆堆装满罐头食品的木箱，一箱箱标着"三菱香槟果酒"的苏打汽水和两种日本啤酒。还有大号铁罐装的压缩饼干和盒装的甜饼干。

一些路过的士兵已经搜集了日本罐头食品的样品。我看见有罐装的梨子、桃子、菠萝、土豆烧肉、蟹肉、鱼肉松和三文鱼，远非日本人传统中用于果腹的粗陋饮食可比。

为了找到亨特上校的指挥部，我沿着道路前行，路过一台制冷装置，还发现一个装满食品的大型仓库。日本人"贴心地"把煮饭锅都留下了。

亨特上校告诉我，他这一整天都没遇到日本人。但是随着午后的天空逐渐变暗，夜晚临近，我们愈发怀疑可能钻进了圈套。未经一战就得到这么多战利品，这样的好事也太不真实了。

下午4:32，出现了第一个警报。我们听见左侧和后方有枪响，是从密林深处传来的。几秒钟的沉寂后，我们的士兵开始狂呼乱叫，他们纷纷寻找掩体，在灌木丛中飞快卧倒，面向我们的左后方。

我心想："来了！这是圈套。我们上钩了！"我从身边众人的表情上能看出，他们认为即将迎来他们一直在等待的生死之战。

然而只是虚惊一场。上校担心我们由于过于紧张，可能误伤从后方过来的增援部队，因此他勇敢地穿过我们匆忙组织起来的散兵线，走进林子里寻找传出枪声的地方。

我跟在上校后面，想查明警报的起因。原来营地的一个帐篷里突然冲出了3个日本人——可能我军推进到营地时他们正在寻找食物。最后3个人都中了枪，死了2个，最后一个躺在地上喘着粗气。他的衬衫背后有一小片血迹，颜色就像葡萄酒。一个医护兵扯开衬衫。只见那人背上有个大小和10美分硬币差不多的窟窿。

上校看着伤口说："他活不了多久，这是内出血。"

医护兵拿来一副担架，把这个受伤的人抬走，他得到了治疗，但是没多久就死了。

我们回到指挥部。晚上6:15，我军的一名军官被放在担架上抬了进来。这是上校的副官斯内尔中尉。

斯内尔中尉整个人都瘫痪了，不过还能言语。他是参加过第一次世界大战的老兵，人到中年，已经习惯了案头工作，这次被炎热和劳累压垮了。一个军官告诉我，当天早些时候，斯内尔曾四次失去知觉，但是他没有声张，一直在努力跟上我们的行军纵队。

上校想做些事让他的副官高兴起来。因此他拿走斯内尔的袖珍国旗——这是一面长12英寸、宽8英寸的星条旗，中尉曾带着它去过中国和菲律宾——让人在日军指挥部的空旗杆上把它升起来。我看见这面小得可怜但令人骄傲的旗帜升到旗杆顶部，看见斯内尔双眼注视着它，扭动嘴角挤出笑容，这一幕真是令人动情。[1]

这天夜里，我听说了亨特上校出于谦逊没有告诉我的一件事：他带着我军的"尖刀"分队越过了伦加河。

通常，进攻中冲在最前面的"尖刀"分队应该让士兵或下士率领。但是当上校赶到伦加河时，他发现我军士兵在那里止步不前，焦虑地观察着桥对面令人生畏的幽暗树林，于是他决定身先士卒过河。他的幕僚紧跟在他身后——包括手无寸铁的随军牧师里尔登神父。

我们打地铺过夜时，我和里尔登神父共用了他的雨披。我们用它尽可能周密地裹住彼此的身体，因为天色显得很暗，像是要下雨。

我们在晚上11点前后被枪声吵醒。"河里有动静。"有人说。周围的人纷纷抄起冲锋枪、手枪、步枪乱射。曳光弹再次在黑暗中画出令人眼花缭乱的图案。10分钟以后，射击停止了。如果河里有日本人，这时候他们也肯定不是被打死就是撤退了。

---

[1] 原注：后来，斯内尔中尉完全康复，又回到上校身边工作。

第三章
交锋

8月9日,星期天

午夜零点刚过,瓜岛上就开始下雨。我从里尔登神父的雨披下钻出来,躲进一个日本帐篷里。那里已经挤了不少陆战队员,但我还是找到一块地方躺下,一直睡到1点左右,这时周围的人开始骚动和说话,我在半睡半醒间听到头顶一架飞机的嗡嗡声。

这声音听起来不像我们的飞机。它的引擎发出的是一种不流畅的、高亢的声音。我们全都停止言语,用心倾听。"是日本飞机。"有人说。

这说法几分钟后就得到了印证。在我们登陆的海滩方向,天空中闪出一道带点绿色的白光。那是一发照明弹。我们默默地站在蒙蒙细雨中,目睹那架日本飞机在瓜岛上空盘旋,在多片空域投下照明弹。这会不会是日军登陆的前兆?我们都在猜测。那架飞机三次经过我们头顶,然后引擎声逐渐减弱,最后消失。

我躺下来,刚刚重新睡着,就又被人们的低语吵醒,这一次我听见大海方向传来轰隆隆的炮击声,显然距离相当近。

雨已经停了。我们静静地聚在棕榈树下倾听和观察。炮火的闪光充满天空,像闪电一样明亮耀眼、远播四方。每次闪光过后几秒钟,我们都能听见造成闪光的火炮的轰鸣声。

火炮的齐射越来越密集,到后来整个天空被接连不断的闪光持续照亮数分钟,隆隆的炮声几乎连成一片。接着,闪光和轰鸣中断了片刻,天空陷入沉寂,然后炮击再度开始,似乎比先前更响、更明亮也更近。

此时我们知道,一场海战正在进行。这也许就是争夺瓜岛的战斗。如果我们在海上的友军输掉这一战,日本人也许就会在天亮前上岸,我们将不得不为自己的生存而战。我们知道,这里所有人的命运都系于那场海战的胜负。在那一刻,我意识到我们有多么依赖船只,甚至是在我们的陆上作战中。并且在那一刻,我认为大多数观看炮火的人都突然有了一种可怕的感觉,觉得自己渺小得可怜,自己只是被卷入战争的巨大旋涡中的微末分子。人工制造的雷霆和闪电的恐怖伟力使这种感觉显得无比真切。我感到自己正在被某种远比任何人强大的聚合之力肆意摆布。此时此刻,我们只是诸神之战中的无名小卒,我们都知道这一点。

巨响和火光表明炮击还在继续,然后暂停片刻,又再度开始,持续了一个半小时。我们驻足观望,猜测着外面的战况。

与此同时,黑暗中有一架日本飞机在我们头顶上嗡嗡盘旋,投下照明弹——照亮我们登陆的滩头,照亮机场,也照亮西北方传来炮声的海域。

凌晨2:30左右,一些人很有把握地说,炮声正在减弱,这意味着日军被击退了。直到凌晨3点,最后一排沉闷的炮声也消逝了。

这一次我躲进一辆日本人的轿车,它很可能是日本指挥官的座驾,被丢弃在路边。柔软的坐垫感觉很好。除了蚊虫叮咬带来的小小困扰,我颇为舒适地度过了这一夜剩余的时间。

今天上午,我经过长途跋涉,来到范德格里夫特将军[亚历山大·A.

范德格里夫特（Alexander A. Vandegrift）少将，来自华盛顿特区和弗吉尼亚州的林奇堡（Lynchburg），参见第240页图11、图12］的临时指挥部。这位将军脸色红润，是个特别和蔼可亲的人。他告诉我，海湾对面的图拉吉岛和吉沃图岛的伤亡并没有最初估计的那么严重。他说，这两个岛上的日军都躲在洞穴和掩体里，战斗到最后一人。塔纳姆博格岛已经被我军完全占领，较小的马坎博岛（Makambo）将在今天被拿下。陆战队在海湾对面最大的岛——佛罗里达岛（Florida），或称恩盖拉岛（Ngela）——也获得了稳固的立足点。这些都是好消息。但是关于今天凌晨西北方向的那场海战，现在还没有任何消息。

我在傍晚时分回到亨特上校的指挥部，听到了一个有趣的故事。

今天上午，我军到达了库库姆，那里曾是敌军的一个坚固据点，但是我军一到，那里的日军就放弃了。我们在那里找到许多填满弹药、随时可以射击的枪炮，包括一门口径1英寸左右的三管机关炮。

陆战队员们今天用那门机关炮试射了几发，炮弹落在库库姆和马塔尼考（Matanikau）之间的水域。马塔尼考是在海岸边与库库姆相邻的村子。

炮弹落水没多久，马塔尼考就升起了一面白旗，这说明：一、那个村子里有日本人；二、他们急切地想投降。

上校说，那些日本人显然以为机关炮是朝他们打的，他们被吓坏了。

但这件事好笑的地方在于，陆战队员们当时非常忙碌，又要检查在库库姆缴获的枪炮，又要在那里设置新的火炮阵地，去马塔尼考接受日本人投降只会给他们添麻烦。因此陆战队员们继续忙着手里的活，完全无视了那些被吓坏的日本人。考虑到东方的面子观念，对那帮日本人最沉重的精神打击莫过于此。

8月10日，星期一

今天上午我去了库库姆，准备和一队陆战队员一起前往马塔尼考，调查日本人的投降提议。我发现库库姆就是建在海边的一组铁皮屋顶棚子，外加几座伸到水中的小码头。这些棚屋已经被我军的炮击严重破坏，没有一堵墙不被高爆弹破片打得弹痕累累。

在这些屋子后方，炮弹还打进一片椰树林，并准确命中了一个汽油堆放点，这就是我们在登陆那天早上看见的燃起大火的地方。显然爆炸曾像野火一样在这个汽油堆放点蔓延，因为一个个烧焦的汽油桶就像被烤过的棉花糖一样膨胀，似乎都是从内向外炸开的。

不过我听说，我们的部队在这里也缴获了许多可用的物资，其中有食品、大量机器和一些未被爆炸波及的汽油与柴油，还有枪支弹药。

指挥这次调查行动的肯普弗上尉向我说明了今天去马塔尼考巡逻的计划。我们准备用机关炮朝日军所占领村子的方向再打几发，希望能看见他们再次打出白旗。然后我们的巡逻队会进入村子调查。计划就是这样，但实际的情况却与之大相径庭。

我们准备出发，盖尔上尉要求我们注意观察，小心狙击手。他说，昨晚他有一个部下被一个日本人打中了肚子，后来那个日本人被击毙了。今天早上，又有一个陆战队员腿部中弹，他甚至没有看见枪手。

"我不想故意吓唬你们，"盖尔上尉说，"但是在这里，任何一棵树上都可能有狙击手。最好把眼睛放亮点。"

我们走出露营地，一边仔细观察树木，一边沿着海岸前进，并与海滩保持大约四分之一英里的距离，以免在接近马塔尼考的途中被敌人发现。

虽然有好几次虚警，但一连几个小时，我们始终没看见日本人。上午9:30左右，当我们停下休息时，一个传令兵从我们侧翼的一个排跑来。他对肯普弗上尉说:"上尉,我们左后方有几个日本人。"一听到这个消息,士兵们立刻散开,隐蔽起来。但是日本人并未出现。

上午10:10,我们发现前方路边的一棵树下有个人影。他似乎穿着棕色的衣服。当我们接近时,那团棕色并没有移动。

很快我们就分辨出,那是个背靠大树坐着的日本人,一条毯子盖在他的膝盖上。距离约50码时,肯普弗上尉抬起手枪瞄准那人。但是上尉没有扣动扳机,因为那个人仍像石雕一样一动不动地坐着。

上尉把手枪插回他的枪套。"不用在意,"他说,"他死了。"我们经过那具发臭的尸体时,上尉把毯子拉起来,盖住肿胀的面部。显然这个日本人在我们海军炮击时受了伤,后来不治身亡,尸体在这里招引苍蝇好几天了。

上午10:17,肯普弗上尉命令我们一行人停下。"前面有人。"他说。他用望远镜仔细观察了很久。"我觉得他们是陆战队。"他说。确实如此,那是一个走到我们前头的排。

"我们还以为你们要朝我们开火呢。"我们追上他们时,其中一个小伙子这样说。

"差一点就开火了。"肯普弗上尉带着点情绪说。

机关炮在我们身后按计划打了几炮,但是当我顺着海岸方向,通过植被的缝隙朝马塔尼考方向张望时,却没看见白旗。至少今天没有。

我们在一片林间空地暂歇,这里矗立着几株高大威严、树干纯白的面包果树,草丛中还有一间废弃的茅草屋。我们知道,这片空地离马塔尼考已经很近了。但是经过一番长途行军,始终没遇到一个敌人,一上午又连续虚惊几场,我们已经很无奈地相信自己不会遇到任何日本军队了。

我和两个陆战队员交谈,他们神采飞扬地向我叙述自己昨晚怎样和两个日本人搏斗并干掉对方的。"我们在库库姆的几个帐篷里搜查，"爱德华·P.安特基(Edward P. Antecki)下士［来自底特律(Detroit)］说，"这时我看见了日本人。我大喊一声，然后我们就开始追击。他们跑到一片灌木丛后面，开始射击。"

安特基下士接着说："我们直接朝他们冲过去。我只有一把手枪，所以得冲到他们跟前才能开枪。我开了五六枪。"

雷诺兹一等兵［特里·雷诺兹(Terry Reynolds)，来自费城］兴致勃勃地讲述了他的战斗故事。"那里有两个日本人，像是掉队的，"他说，"他们躲在一个坑里。我们朝他们跑过去。我边跑边开枪，打空了整整一弹匣。我只好跳进一个坑里，拿出另一个弹匣装上弹，好继续射击。"

我问雷诺兹一等兵，在开阔地里冲向日本人是不是很危险。他说："只要他们瞄准你打，你就没事。越是瞄准你，就反而越打不中。"

我们歇息的空地边上有一条小溪。一座摇摇晃晃的竹桥横跨溪流，桥对面有一片茂密的丛林。但这不打紧，我们到目前为止所走的小路继续延伸下去，可以穿过那片丛林，路面还平坦而宽阔。

我站在竹桥的空地这一头，用我的望远镜顺着小路观察，结果看见了让我大吃一惊的画面。数百码外，三四个人影直挺挺地站在小路中央。他们正朝我们这边张望。

其他人也发现了对方，其实那几个人影就是日本人，但当时我们还不能确定。

我们这边有三四个人站在路上，观察着对面。与此同时，对面也在眯着眼观察我们，同样不能确定我们是不是敌人（日本海军的陆战队制服和我们陆战队的常服很相似）。

"那是自己人。"一个陆战队员说。

"我觉得不是。"另一个人说。很快，也就一眨眼的工夫，我们确定了对方的身份，日本人也一样。"隐蔽！"有人高喊，我们立刻卧倒，与此同时那些日本人也离开了小路，像受惊的鱼群一样迅速消失了。

此后我们快速整队，通过小桥，沿着小路追赶。此时我们谨慎地分散在道路两侧，利用树木作掩护。左边的几个班在丛林里呈扇面展开，右边则沿海滩展开，保护侧翼。

上午11:10，我们听见左前方有人高喊"停下"，然后是一声枪响，接着又是一声特别刺耳高亢的枪响，随后是机枪的短点射。再之后就是沉寂，我们沿着小路向前推进。

"怎么回事？"我问一个看起来非常紧张的陆战队员。

"我听那声音像日军的点二五口径①。"他说。

上午11:20，一个传令兵从我们右翼过来，他说海滩上发现两艘日本登陆艇。

我在大片藤本植物、蕨类植物和生长不良的菠萝树之间奋力开路，终于来到了海滩，并仔细观察了那些登陆艇。它们约有40英尺长，船舷上缘出于装饰目的做成了形似佛塔的曲线——不像我们自己的登陆艇都是刚劲的直线。每艘艇都有箱式的人员舱和可活动的斜坡，斜坡放下就可以让人员从船头下到海滩。

船尾有一个带金属护盾的小型操舵室。但是护盾显然防护效果不佳，因为其中一艘艇上的护盾有子弹打出的窟窿。

日本人显然曾在这艘小艇上居住。在操舵室下方狭小逼仄的船舱里，我们发现了不少瓶装的日本清酒、成箱的压缩饼干和肉罐头。还有一个小信封，里面装着一颗变形的弹头——显然这是扫射操舵室的子

---

① 译注：指使用6.5毫米（约合0.25英寸）有坂步枪弹的枪支，例如三八式步枪和九六式轻机枪。

弹之一,被某个日本人当纪念品留了下来。

上午11:40,我们在丛林边缘沿着海滩行走时,左前方突然传来一阵激烈的枪击声。音调比较深沉的步枪首先发声,然后机枪加入合唱,密集的枪声犹如一场暴雨。原来是日军的步枪手和机枪手对我军左翼开火,我方的步枪、冲锋枪和机枪随即还击。

前方的海滩边也传来枪声,我只用了一两秒的时间,就和一伙陆战队员一起扑倒在横卧于沙滩上的一根白色长原木后面。

我们在那里趴了几分钟,陆战队员们朝着前方海滩和左边的丛林开火,然后我注意到,我们这边的几个小伙子突然深深地低下头,整个身子都平贴在沙地上。没过多久我就明白了原因。位于原木远端的一个陆战队员中弹了,他用一只手捂着他的下半边脸。

"医护兵!"有人叫道,"往后传,叫医护兵来。我们这里有个伤员!"

双方的交火变得更激烈了。原木后面的陆战队员们已经发现前方海滩上有两个日本人。他们把自动步枪拨到连发挡猛射。日本人则以音调平稳、快节奏的机枪火力回应。

前方海滩上有个日本人跳起来奔向丛林。"他往那里跑了!"有人喊道,"把那该死的家伙打成筛子!"于是那人就成了筛子。

枪声暂时停歇。我奋力跑到丛林边,然后穿过树丛回到小路上。刚到路边,我又听见前方爆发了一阵枪响。接着我再次听到有人喊:"往后传,叫医护兵来。"

我沿着小路边缘朝枪声传来的方向匍匐前进,一个气喘吁吁的陆战队员告诉了我战况。"盖特利中尉中弹了。"他说。

前方又传来呼叫医护兵的请求。我身边有三个医护人员,其中一个——韦斯利·哈格德(Wesley Haggard)医务上士站起身来,向前跑去。"该死,我去吧,"他说,"现在可能挨枪子儿,别的时候也一样。"

但是他没有中枪。不知为什么，日本人的射击停了一阵。

这一停就是好几分钟。我起身跟着哈格德跑去。日本人还是没开火。

交火的间歇还在继续，更多的陆战队员离开各自的掩体，开始沿着小路往前走。后来晚些时候，我们发现这是日本人惯用的伎俩，他们故意停止射击，等我们胆子大起来，忘记寻找掩护，就会重新开火。

我发现盖特利中尉［约翰·J. 盖特利（John J. Gately），来自马萨诸塞州的西罗克斯伯里（West Roxbury）］仰面朝天躺在地上，正在抽一支卷烟。医护兵哈格德给他包扎得很好。胸口和一条腿上的伤口都缠着干净的白色绷带。

"你感觉怎样？"我口中询问盖特利，心里也知道这问题很蠢。虽然这样，但面对一个受了伤的朋友，你还能说什么呢？

"还好。"他挤出一点笑容，无力地指向自己的胸口："只是皮肉伤。"

"我看见那个日本人拿枪指着我，"他说，"我起初还以为那是个陆战队员。我说，别开枪，然后才看出来那是个日军。我们两个都想开枪，但是两个人的保险都没开，打不响。"盖特利咧嘴一笑。"后来日军先开了枪，"他说，"但我打了个5发点射。"

一个陆战队员说，盖特利中尉用冲锋枪射出的子弹里，有一发击中了那个日本人的胸口。"他现在就在那边的一棵树下面。"

我发现那个日本人仰面朝天、直挺挺地伸着两腿躺在地上，一声不吭，脸上毫无表情。他那亮晶晶的小眼睛稍有眨动，但呼吸非常微弱。"伤得很重。"站在我身边的医护兵哈格德说。

我回到小路上，看见草丛里还有一个我军的伤员。他的胸口一侧缠着绷带。他的肩胛被射穿了。

而我之前在海滩上看见的那个中弹的士兵伤得不重。一枚跳弹打中了他的嘴。

这时候小路上已经站了不少陆战队员,因此日本人又开始射击了。首先是前方传来一支步枪的脆响,然后又有几支步枪加入,声音显然来自各个方向,还包括上方。

我们及时隐蔽起来,没有人被日军击中。我蹲伏在一棵树后面,身边是几株叶片锐利的菠萝树。但是这时我们后方也有日本人开火了。显然后面的林子里躲着狙击手。在这种情况下,很难找到合适的掩体。

我听到一发子弹嗖地飞过头顶,另一发"扑哧"一声打进我身边的矮树丛。我迅速移动到草木更茂密的地方。

然后枪声又停止了。我方几个军官匆匆开会讨论,决定回到库库姆,以后再动用更强的兵力攻打马塔尼考,并清除这一带的日军狙击网。因此我们把伤员放到一辆吉普车上后送,然后经过一番辛苦的长途跋涉回到基地。

在库库姆,我们听到了关于昨天瓜岛西北方那场大海战的"流言"。据传言说,在那场让我们在凌晨不能安睡、担忧许久的战斗中,我军损失了5艘巡洋舰。在昨天的后续战斗中,日军也被击沉了5艘巡洋舰。传言就是这样。陆战队司令部没有关于此战的官方消息,只是宣布澳大利亚巡洋舰"堪培拉"号不幸沉没①。②

夜里,我前往离海岸不远的一处帐篷营地,那是我乘船来瓜岛途中的室友霍金斯上尉的营地。霍金斯上尉告诉我,他的突击连在第一天与肯普弗上尉的连队一起占领了滩头,没有遇到任何抵抗。他们俘虏了5名日本劳工,仅此而已。

---

① 原注:后来我得知,昨天凌晨的战斗中我军损失了4艘巡洋舰。这几艘船是"堪培拉"(Canberra)号、"阿斯托里亚"号(Astoria)、"文森斯"号(Vincennes)和"昆西"号(Quincy)。

② 译注:这就是著名的萨沃岛海战。作者在文中列出了美澳联军的损失,而日方的实际损失为:日军重巡洋舰"鸟海"号、"青叶"号轻伤,"加古"号在返航途中被美军潜艇击沉。

我发现霍金斯上尉获得了在美国登陆部队中最先踏上瓜岛土地的荣誉。他的登陆艇是第一个到达岸边的。肯普弗上尉的登陆艇第二个到岸，比他落后了大约75码。

我决定在霍金斯上尉的帐篷里过夜，经过艰苦跋涉和紧张刺激的漫长一天，我已经累得够呛，非常需要安顿下来好好睡一觉。但是夜幕降临时，忽有消息说离岸不远处发现一艘潜艇。这一变故让我难以入眠，尤其是考虑到我们的帐篷离水边只有大约200码。

今晚日军会实施反登陆吗？会不会有一艘或几艘潜艇开过来炮击我们的营地？无论哪种情况，我们都将首当其冲。

帐篷里的其他军官也都心神不宁。他们像喜鹊一样七嘴八舌说个不停，连喘气的时间都没有，一直聊到深夜。最受欢迎的话题是故乡。

幸运的是，当晚日军没有尝试登陆，日本潜艇也没有发起炮击。

8月11日，星期二

今天是平静的一天。我在指挥部得知，8月8日空袭后，我亲眼见到的那艘熊熊燃烧的运输船是"乔治·F. 艾略特"号（*George F. Elliot*，参见第241页图14和第242页图15）；在控制火势的一切努力均告失败后，我们自己的一艘驱逐舰用鱼雷将它击沉。当天还有一艘驱逐舰"贾维斯"号（*Jarvis*）也遭到攻击（后来海军没能找到它的任何踪迹，将它列入了沉船名单）。但是考虑到日本人损失了那么多攻击机，他们在这次空袭中是得不偿失的。

从图拉吉岛传来的消息是，那片区域的作战目标基本上已经完成，只有零星的狙击手还在顽抗。至此，我军已征服并彻底占领了图拉吉岛、吉沃图岛和塔纳姆博格岛，并在佛罗里达岛稳固立足。我们听说，我军在图拉吉岛大约击毙日军400人，在吉沃图岛和塔纳姆博格岛击毙800人。鲍勃·米勒（Bob Miller）——岛上除我以外唯一的新闻记者——和我做了安排，准备明天去图拉吉岛。

今天我军的巡逻队在瓜岛没有遇到大股日军。沿岸的瞭望哨报告说看见多艘日本潜艇，但是我军在岸边的阵地无论白天还是夜里都没有遭到炮击。晚上安安稳稳地睡了一觉，真是美极了。

8月12日，星期三

今天清晨在海滩上耽搁了很长时间，之后终于登上了送我们去图拉吉岛的快艇。快艇一共有3艘，其中2艘是正规型号的登陆艇。第三艘是平底驳船，上面装满了一桶桶汽油。武器方面，登陆艇上有0.3英寸口径的机枪，驳船上是0.5英寸口径的机枪。

我们在灿烂的阳光下出发，负责我们这艘艇的是班塔准尉［谢菲尔德·M. 班塔（Sheffield M. Banta）枪炮准尉，来自纽约州斯塔滕岛（Staten Island）］，他提醒乘客注意观察，尤其要小心飞机。他还让我们注意潜艇，但我发现乘客们大多数时间都在焦虑地注视着天空。大家主要担心的是来自空中的敌机扫射，但事实证明这个判断是错误的。

没等我们开到图拉吉湾中间，班塔准尉就三次借用了我的望远镜来观察空中的物体。其中两次看到的都是鸟。

第三次，负责操纵一挺机枪的水兵约翰·R. 塔尔［John R. Tull，来自弗吉尼亚州的沃彻普里格（Wachapreague）］激动地发出警报。班塔准尉拿起望远镜，紧张地对焦。

"是飞机。"他喊道。我们的机枪立刻转过来抬高枪口，对准他正在观察的那片空域。

突然间,我们所有人都看见了那架飞机。它正直奔我们而来。我猜想就在那一刻,大家都意识到,一艘小艇在全副武装飞机的攻击下是多么无助。我突然感到非常孤独,我们身处海湾中间,和任何一边的海岸都隔着至少10英里的水面。

"别开枪,等识别了身份再说。"就在我们的机枪手给机枪拉栓上膛时,班塔提醒道,"别忘了,有一架PBY(水上飞机,参见第242页图16)预定在今天过来。"

于是我们紧张地等待着,只见天空中那架飞机从一个小点逐渐变大。最终我们辨认出了一架水上飞机独特的机体轮廓,以及PBY飞机特有的上单翼和成对的发动机短舱。

"是自己人。"班塔准尉说。于是我们都松了一口气。

那架漂亮的水上飞机冲着我们又飞了几英里,然后缓缓画出一道弧线,向瓜岛海岸飞去。

我们高兴地继续前行。地平线上,那个小绿点(图拉吉岛)和线条粗犷的蓝色背景板(佛罗里达岛)渐渐变大,越来越清晰。再航行四五英里就到目的地了。船头飘来的些许浪花让人感觉清凉宜人,而航行带来的迎面风更是令人精神振奋。

"我觉得那边那个可能是潜艇。"船上忽然有人说。我们看向他手所指的方向,心里非常不愿相信。

但那确实是一艘潜艇——修长、低矮的黑色形体,中间高出一截的地方是指挥塔。它正朝远离我们的方向移动。但就在我们发现它的同时,它也发现了我们。只见它缓缓转向,打算从我们的船头前横穿。

此时它距离我们一两英里,位于我们左前方。我们能看见它提速时细长的黑色艇体下泛出的那道白色浪花。眼看我们就要和它进行一场海上赛跑,我忽然明白,"生死竞赛"或"与死亡赛跑"之类的夸张修辞未必不会成真，至少我以后再也不会笑话这种说法了。

我们这艘小艇上一时有些混乱，因为每个人都在同时大喊。我们有些吃不准该怎么办。是回头去瓜岛，还是往开阔海域航行，或者奔向右手边的佛罗里达岛东端，赶在日本人截断去路前上岸？没时间讨论了。班塔准尉下令去佛罗里达岛，舵手查尔斯·N. 斯蒂克尼［Charles N. Stickney，来自密歇根州的纽伯里（Newbury）］操舵向右急转，同时加大了油门。

随着我们的小艇突然加速，艇身开始在起伏的波涛间剧烈颠簸，大片浪花飞过船头，劈头盖脸地浇在我们身上。

我们这支小船队里的其他船也开始全速航行，羽状的白色浪花不断拍打着它们的驾驶舱。

但是那艘潜艇正在拉近距离。它的移动速度显然很快，我们和它的赛跑将会难分难解。而且即使我们赢了赛跑，也有可能要下海游泳。

因为有一个因素是我们先前根本没有考虑到的——炮火。我们看到己方船只和潜艇之间升起一个个水柱，心中感到无比恐怖，因为我们知道敌人正在进行校射。我们听到炮弹爆炸的刺耳巨响，心里明白，它们很快就会落在近得可怕的地方。

接着又出现了几个水柱，却离潜艇比较近，我们困惑了一阵，直到听见图拉吉海岸传来大炮的轰鸣。此时我们才心怀感激地发现，有一个海岸炮台正在对那艘潜艇开火。

但是那些炮弹还没有落在潜艇附近。而敌人的火炮随着每次发射，落点就离我们更近一点。

我试图用望远镜盯着那艘潜艇，但是我们的船颠簸得厉害，浪花又不断浇在镜头上，这让我的努力都成了徒劳。

我们的衣服都湿透了。我一开始把望远镜裹在我的野战短外套里，但是随后又解开了包裹。现在给物品做防水工作也没用。我们就要下海游泳了。我能看出来,那艘潜艇越追越近,一发炮弹落在我们身后不过一百来码的地方。

就在这时,我们看见另一艘登陆艇上的人在拼命朝我们挥手。一个水兵跳到那艘艇的发动机舱盖上,试图用信号旗向我们发信息。那艘艇的发动机舱冒出一股烟。我们看得出来,它遇到麻烦了。我们的登陆艇立刻转向,靠向那艘遭重创的艇,由于两艘艇都在以最大速度并排航行,它们的船舷几次撞到一起又弹开,然后再度碰撞。那艘艇上的乘员连滚带爬地跳进我们的船。陆战队公共关系官员赫伯特·梅里拉特中尉[Herbert L. Merrillat, 来自伊利诺伊州的蒙茅斯(Monmouth)]素来仪表端庄,但这回他从那艘艇上跳过来,手脚并用、姿势不雅地落在我们船的舱底。他只穿着白色的袜子,因为走得匆忙,连鞋子都丢了。即使在这种危急关头,看到他这落魄的样子我还是忍俊不禁。

但是为了收容那艘艇的乘客,我们失去了宝贵的时间。这时潜艇已经遥遥领先,我们的命运似乎已经无可挽回了。我告诉自己,这就是我存活于世的最后一天,这似乎是必然结果。

但是海岸炮台射出的炮弹此时也离潜艇更近了。我们看见有几发似乎离敌艇的指挥塔不过数码。接着我们船上有个人喊道:"烟,它冒烟了!"我没看见烟。但是显然此时炮弹落点距离潜艇已经近得让敌人不安了。那艘潜艇开始转向,丢下我们朝西边的开阔水域驶去。我们及时得救,这场磨难终于结束了。

我们沿着绿树掩映的狭窄水道驶入图拉吉港的宁静水域,停靠在一个小型木制码头。再次踏上陆地的感觉特别舒爽。

岸边的建筑看起来并未被炮火严重毁坏,不过有几堵墙上还是密布弹孔。我们循路走进一座轻型木框架房屋,因为有人告诉我们,在那里可以找到鲁佩图斯将军和他的参谋军官。

鲁佩图斯将军（参见第243页图17）是个精力旺盛的人，比大多数将军都年轻。他带我们走进一个空荡荡的房间，我们就坐在一张桌子边上对话。这里是他的办公室。在图拉吉，人们还没有多少时间来安排物质享受。

将军总结了图拉吉、吉沃图和塔纳姆博格的战斗。他说，最困难的任务是清剿躲在几十个地下洞穴里的日本人。他说，每个洞穴本身都是一个要塞，里面的日本人都会坚决抵抗，直到全员战死。他还说，要解决这些洞穴，唯一有效的办法就是把炸药包从狭窄的洞穴入口丢进去。等到洞穴被炸过一遍，就可以带着冲锋枪进去，解决剩下的日本人。

在图拉吉和吉沃图发现的大量日军地洞被将军称为"地下城"。解决它们是一项费时费力的工作，尤其是在图拉吉，最后一个地洞直到昨天才被拿下。

"这样的洞穴和地下城是你们从没见过的，"将军说，"里面往往有三四十个日本人。除了一两个孤立的案例，他们绝对不肯从里面出来。"

将军对陆战队士兵在这里战斗中表现出的勇敢精神大为赞赏。"应该给这些人发四五十块国会勋章。"他说。

"我不知道该怎么表达。"显然他觉得很难用言语形容他的赞美之情，"我认为合众国应该为这些为国捐躯的人感到骄傲。"他开了口，又一时语塞，想找一个足够荣耀的修饰语，但就是找不到。最后他只好干巴巴地讲完了这句话："他们在我国历史上最辉煌的业绩中贡献了生命。"

接着他又解释道："我的意思是，说到勇敢精神，世界上没有人能赢过我们。我认为合众国的任何一段历史都不能和我们在这里的业绩相比。"

我们和奇袭营的指挥官埃德森上校［梅里特·A. 埃德森（Merritt A. Edson）上校，来自佛蒙特州的切斯特（Chester），参见第243页图18］谈了谈，就是他率部突击并拿下了图拉吉岛。他是个高瘦结实的人，瘦削而硬朗的面庞上长着一些稀疏的尖刺状灰色胡须。他浅蓝色的眼睛露着疲态，眼圈显得特别红，因为经过多日的战斗，他已经非常疲惫，而他的红色眉毛和眼睫毛稀疏得几乎看不见，从而更是加深了这种印象。但是他的眼神像钢一样冰冷，而且有趣的是，我注意到那双眼睛即使在他高兴的时候也不会展露笑意。他语速很快，一个个单词像子弹一样从他口中吐出，线条硬朗的嘴唇像捕兽夹一样有力地开合。他不是那种适合在光天化日下生活的生物，但我能看出，他是一流的战士①。

埃德森上校总结了图拉吉之战：

"日本人在这个岛上有一个营，大约450人。他们都是军人——不是劳工。他们的所有防御工事都位于这个岛的东南部。我们登陆（8月12日②星期五上午8:15）是在西北部。那里只有小股敌人干扰。

"日本人的伤亡大约是400人。日军没有一个人投降（抓到一个俘虏，他是被一发近距离爆炸的迫击炮弹震晕的）。在一个洞里，有一个士兵进去拿电台，发现里面有17具日本人的尸体，同时还有两个活口。这两个日本人打中了这个士兵，还有跟着他进去的另一个人。

"所有地洞里的情况都一样。在一个地洞里，我们发现有个军官还活着。我们派了一个翻译去劝降。翻译来到洞口，问那个军官要不要投降。得到的回答是一颗手榴弹。

"我们登陆的岛屿西北部，那里生长着非常茂密的灌木丛——丛林

---

① 原注：埃德森上校后来在瓜岛赢得两次辉煌的胜利，并被授予海军十字勋章。
② 译注：原文如此，历史上美军登陆图拉吉岛的日期应为1942年8月7日。

地形。在那片区域的海岸边,敌人只有几个警戒哨,我们登上海滩时只损失了一个人,是被冷枪打中的。我们的计划是朝内陆方向推进到纵贯全岛的山脊线,然后改变方向,沿山脊推进,让士兵们可以从山脊上居高临下射击。

"地形很难走。我们花了三个小时才前进了一英里半。

"我们走出丛林时,就遇到了真正的麻烦。日军在那里有200人,躲在地洞和岩石砌的掩体里,还有狙击手分散在各处。即使在我们控制大局后,地洞里的机枪火力点还是把我们的推进阻挡了几个小时。

"这些日军的地洞只能从一个方向接近。你得爬上山崖,再把炸药包丢进去,整个过程中你都会遭到射击。"

上校说,在奇袭营右翼忙于拔除日军的地洞据点时,中路和左翼绕过日军的抵抗中心,爬下构成这座岛屿主干的山脊。他们遇到了狙击手和机枪手的激烈抵抗,有一个连遭受了15%的伤亡,其中包括2名军官。

"狙击手会静静地等待我们的士兵路过,然后从后方开枪,"埃德森上校说,"到处都是狙击手,林子里有,建筑物里有,岩石后面也有。"

上校还说,奇袭营顶着抵抗和伤亡,冲下这座岛的背面山坡,推进到一个三面都是陡坡的铲形峡谷。在这里他们遭遇了日本人最激烈的抵抗。峡谷的峭壁围着一块平地,那里曾被英国人用作板球场。如今日本人在峡谷的石灰岩山壁上凿出不计其数的大洞,洞口开得很窄,他们就从那里用步枪、自动步枪①和机枪猛烈射击。"整个峡谷都是连绵不断的交叉火力。"

陆战队员们到达这片区域时已是黄昏,便暂停前进,就地过夜。但

---

① 译注:原文如此。后文作者也提到日军使用了"自动步枪",但暂不清楚具体指哪种武器。

是日军又组织了一次反击。

"当天晚上10:30,日军发动反击。他们在C连和A连之间突破,C连被暂时切断。日军沿着山脊冲过来,离我的指挥部只有50—75码。日军使用了手榴弹、步枪和机枪。士兵们奋力阻挡日军,伤亡不少。有一个机枪连损失了50%的士官。最后,敌人还是被击退了。

"第二天,奇袭营在罗斯克兰斯中校[哈罗德·E. 罗斯克兰斯(Harold E. Rosecrans)中校,来自华盛顿特区,参见第244页图20]率领的支援部队的帮助下,肃清了岛屿东南端的敌人。

"'口袋阵地'(板球场区域)的日军还在顽抗。但是我们在周围三面都建立起了机枪和迫击炮阵地。然后我们逼近'口袋阵地',肃清了一些地洞。到了当天(星期天)下午3点,我们实际上已经完全控制了这个岛。还剩一小撮狙击手和机枪手。我们花了几天时间把他们清除干净。

"日军的防御显然是围绕地洞里的小股部队建立的,他们没有逃脱的希望。只要还有一个日本人活着,他们就会继续抵抗。这些地洞几乎个个都配备了通信用的电台。

"我们从一个地洞里拖出了35具日本人的尸体。在另一个地洞里,拖出来30具。其中有些人已经死了三天了,但是其他人还在洞里射击。

"这些地方全都没有任何水或食物。显然在海军开始炮击时,日军就匆忙躲进地洞里,没来得及拿给养。

"在某个地方,三个日本人被逼入绝境。他们有一支手枪。他们就用这支手枪继续顽抗,直到只剩三发子弹。然后一个日本人打死了另两个人,最后自杀了。"

埃德森上校还列举了奇袭营里一些表现突出的英雄。肯尼思·D. 贝利(Kenneth D. Bailey)少校[来自伊利诺伊州的丹维尔(Danville),参见第244页图21]在拔除阻挡我军前进的一个日军地下掩体时表现出巨大的勇气。

"那个地洞在峡谷里，敌人的火力太猛，我军无法前进。

"贝利爬到那个地洞上方。他想在顶上用脚踢出一个洞。但是没有成功，随后他想把洞口的几块岩石踢开。当他尝试这么做时，一个日军把步枪伸出来，打中了他的腿。"

然后还有安格斯·戈斯（Angus Goss）枪炮军士长，一个人就顶得上一个爆破班。有个洞穴里的日军抵抗得特别顽强，戈斯军士长把手榴弹投进洞里，却很快被里面的日本人扔了回来。然后军士长把手榴弹拉火后等了3秒钟再投进去，竟然也被日本人接住扔回来。于是耐心的军士长拿来TNT，丢进洞里。但日本人又把TNT推出洞外，炸药在外面爆炸，炸飞的碎片扎进了戈斯的腿。于是他"火冒三丈"，冲进洞里用他的冲锋枪扫射，打死了4个还活着的日本人。后来这个洞里又找到另外8个已死去的日本人。

我们走访了日军抵抗最顽强的板球场峡谷。腐尸的臭味非常明显。在峡谷一边的石灰岩峭壁边，我们路过好几堆碎石。这些都是被炸药炸下来的洞口。

有些洞口还保持完好。我忍受着里面死尸散发的恶臭——奇袭营还没来得及埋葬他们的敌人——看到这些日军要塞的入口都又长又窄，提供了非常有利的防守阵地。

在一处洞口前面，我们不得不跨过六七具尸体。它们就像被塞了太多料的香肠一样膨胀。其他尸体则散布于峡谷地面。

在登上前往吉沃图岛的登陆艇前，我们又采访了另外几个参谋军官。其中一个是海军的罗伯特·L. 斯特里克兰（Robert L. Strickland）少校[来自俄克拉荷马州的伊尼德（Enid）]，他是空中支援作战的引导官。斯特里克兰少校告诉我们，在8月7日早上，图拉吉岛一带的所有日本飞机——总共18架——在升空前就被摧毁。

"我们海军的战斗机把所有日本飞机都歼灭在水面上或吉沃图岛的坡道上,"他说,"其中有9架水上战斗机、1架四发轰炸机和8架其他水上飞机。它们都着了火,大部分沉没,而且全都被摧毁了。我们在这里没有遇到空中抵抗。"

登陆部队随行的一名澳大利亚向导塞西尔·E. 斯宾塞(Cecil E. Spencer)准尉告诉我们,他所在的小艇是第一艘在所罗门群岛冲滩的登陆艇。他和同行的陆战队官兵在8月7日上午7:40登上佛罗里达岛西端的哈莱塔(Haleta)村附近。指挥他们的是克兰上尉。

他们登陆时没有遇到任何抵抗,但在村里一两座土著人的房屋中发现了日本人留下的痕迹。在一个俯瞰哈莱塔村的小山头留下警戒哨后,克兰上尉、斯宾塞准尉和大部分陆战队员就离开了那片区域,然后奉命前往吉沃图岛,增援当天中午在那里登陆后陷入苦战的部队。

斯宾塞准尉说:"我们在黄昏前后到达吉沃图,但是到那个时候,塔纳姆博格已经被我军控制了。只是陆战队没能穿过通向塔纳姆博格的狭窄堤道。现场指挥的军官要我们在塔纳姆博格抢滩登陆。

"登陆前海军给我们提供了大约5分钟的炮火支援。我们接近目标时,最后一发炮弹击中了海滩上的一堆燃油,把滩头照得亮如白昼。我们一靠近,日本人就从塔纳姆博格山丘的地洞里朝我们开火。

"我们只有两艘船的人上了岸。第三艘船的舵手头部中了一颗子弹,当场就死了,当时船上有点混乱,不知道该让谁掌舵。就在混乱中,那艘船改变了方向,结果其他船都跟着它走了。

"我们这些上岸的人挤在两座突堤式码头之间。我们只能依靠码头侧面获得掩护(码头是混凝土的)。我们一开火,日本人就根据曳光弹发现了我们的位置,而且燃油堆的大火也把我们的身影照了出来。

一艘船带着伤员返回，斯宾塞准尉也随船返回。然后他又在这艘船上重返塔纳姆博格。

他说："我们发现留在塔纳姆博格的那艘船里只剩6个人了，他们说日本人突袭了我们在码头边的阵地，还说他们认为克兰上尉和其他陆战队员都被干掉了。但后来克兰上尉带着6个部下过来了。他们躲在灌木丛里，避开了日本人的搜索。

"（晚上）9点或10点，又有两个陆战队员返回，光着身子朝我们的船游过来。我们的人开了火。但那两个陆战队员在水里大喊，最后都得救了。"

斯宾塞准尉说，在这之后，克兰上尉的残部就撤退了。罗伯特·G. 亨特（Robert G. Hunt）中校在第二天拂晓4点带着另一支规模大得多的部队登陆，拿下了塔纳姆博格。

之后，我们还采访了和蔼可亲的詹姆斯·J. 菲茨杰拉德（James J. Fitzgerald）神父，他是来自芝加哥的牧师，跟随士兵们进攻吉沃图岛。据菲茨杰拉德神父说，他冒着敌军火力刚上岸，在他前面的一个人就被击倒了。在这之后，这位牧师仿佛"有神力护佑"，虽然敌人的冷枪不断，但他硬是在吉沃图岛无遮无掩的海滩上为27名死者和47名伤者做了宗教仪式，最终毫发无伤。

我们渴望走访吉沃图和塔纳姆博格的战场，并获得了许可。我们搭乘登陆艇出发。导游是个身强力壮、穿着高筒靴的小伙子——斯托林斯上尉［乔治·R. 斯托林斯（George R. Stallings）上尉，来自佐治亚州的奥古斯塔（Augusta）］。他是临时指挥官。

我注意到斯托林斯上尉沉静的蓝眼睛显得非常疲惫，简直像被幽灵附身了一样。他说话时声音压得非常低，仿佛仍在敌军火力威胁下，担心大声说话会暴露位置一样。

从图拉吉前往吉沃图的途中，我们就坐在登陆艇的舱底，因为据斯托林斯上尉说,我们必须穿过一条狭窄的海峡才能到达,那里仍有狙击手活动。

登上吉沃图岛支离破碎的混凝土码头后,斯托林斯上尉向我们简要叙述了攻岛的经过。

据斯托林斯上尉所说,只有几百名士兵参与了对吉沃图岛的突击,因为预计日本人的抵抗会很微弱(预计瓜岛的抵抗强度将远大于它)。但打起来才发现,吉沃图岛和作为附带目标的塔纳姆博格岛上的日军估计多达1370人。

和其他各岛一样,我军的登陆完全出乎此地日军的意料。第一个连登陆时只遇到一些冷枪骚扰。而第二个连在离岸五六百码处就遭遇猛烈火力,一直持续到他们登上滩头。第三个连在接近海岸和登陆过程中遭受了严重伤亡。

按照计划,部队应该先拿下吉沃图岛,然后再攻打塔纳姆博格岛。这就意味着他们首先要冲上吉沃图岛一座148英尺高的陡峭山丘。这座山和塔纳姆博格岛上另一座120英尺高的山都可俯瞰突击队登陆的码头。和我军在图拉吉岛遇到的情况一样,这两座山(尤其是吉沃图岛的那座)都像蜂窝一样,布满了地洞式要塞。这些地洞里的日本人武器精良,拥有机枪、步枪和自动步枪。

"那些火力点可以用TNT炸掉,"斯托林斯上尉说,"但要解决那些日本人很难。很多洞穴是互相连通的,就像迷宫一样。朝一个洞口的日本人射击,他会从另一个洞口冒出来。"

我们从码头能将那两座山一览无余,因为实际看来,它们似乎占据了这两个小岛所有的陆地空间。仿佛每个岛上各有一个超大号的蜂巢或蚁冢。两块陆地被一条狭长的堤道连在一起,它显然是用海中的贝壳堆成的。

我们离开码头,路过几座混凝土墙壁、金属屋顶的建筑。它们显然曾是某家大型肥皂公司的库房。如今墙壁和屋顶都被子弹和炮弹破片打成了筛子。

岸边一座较大的建筑曾是公司的仓库。陆战队员们此时用它作为医院。"伯克大夫、艾森伯格大夫和索恩大夫在这里连续工作了三天,"斯托林斯上尉说,"冒着枪林弹雨工作。日本人特别执着,朝这地方打了许多弹药。"

斯托林斯上尉顺便告诉我们,我军在吉沃图—塔纳姆博格的伤亡数量是77人:27人阵亡,50人负伤。日军的损失很可能超过800人。有几船人逃到了附近的佛罗里达岛,"大约5人"被我军俘虏(后来经统计发现是9人)。

在攀爬岛上那座特别陡峭的小山时,斯托林斯上尉给我们讲述了一些吉沃图岛的英雄事迹。他说,第一批伤亡的陆战队员中包括罗伯特·H. 威廉姆斯(Robert H. Williams)少校[来自北卡罗来纳州的新伯尔尼(New Bern)],他率领第一拨部队向这个山头发起了冲锋。

表现最突出的英雄还得数哈罗德·L. 托格森(Harold L. Torgerson)上尉[来自纽约长岛的瓦利斯特里姆(Valley Stream),如今已是少校],他拿用炸药块拼装的土炸弹炸掉了50多个日军洞穴。他的办法就是把30根炸药棒捆在一起,在4个部下的步枪和冲锋枪掩护下冲到洞口,点燃导火索,再把炸药丢进日本人中间,然后飞快跑开。

一天战斗下来,托格森上尉用掉了20箱炸药和所有能找到的火柴。他的手表的表带被一发擦过手腕的子弹打断了。还有一发子弹擦伤了他的臀部。但是这都没能阻止他的焰火表演。

斯托林斯上尉说,有一次,野小子托格森把一个5加仑的汽油罐拴在一枚土炸弹上,好"让它更带劲儿"。那枚炸弹带着一声巨响爆炸,把托格森震倒在地,炸飞了他的大半条裤子——也炸飞了日军一个地洞的顶棚。对此,托格森唯一的评论是:"好家伙,火气还真大,对吧!"

斯托林斯上尉还介绍了在清除日军的地洞时表现突出的其他官兵。拉尔夫·W. 福代斯(Ralph W. Fordyce)下士[来自宾夕法尼亚州的康尼奥特莱克(Conneaut Lake)]拔掉了6个日军火力点,每一个火力点里至少有6个日本人。有一次他端着冲锋枪冲进某个地洞,然后从里面拖出8具日本人的尸体。

约翰尼·布莱克曼(Johnnie Blackman)下士用TNT炸掉了5个地洞;麦克斯·科普罗(Max Koplow)中士[来自俄亥俄州的托莱多(Toledo)]肃清了2个有地道相连的地洞里的日军,此前他还打死了3个在吉沃图海滩的尸堆里"装死"的日本人。

排军士哈里·M. 塔利[Harry M. Tully, 来自内布拉斯加州的黑斯廷斯(Hastings)]在超远距离上击毙了一个日军机枪组的3名成员。

日本人战斗时顽强得几乎令人不敢相信。他们中有些人会把步枪藏起来,然后游到岛外的海域,夜里再回来找到武器,对我们的士兵放冷枪。

但是陆战队官兵的斗志更是无与伦比。乔治·F. 格雷迪(George F. Grady)下士(来自纽约市)在吉沃图山上孤身一人冲向8个日本人。他用冲锋枪打死其中2人。在冲锋枪卡壳后,又拿它当棍子使,砸死1个日本人。然后他丢下枪,拔出腰间佩带的匕首,又捅死2个敌人,最后不幸被剩下3个没受伤的日本人杀害。

罗纳德·A. 伯多(Ronald A. Burdo)一等兵(来自密歇根州的底特律)冲上山顶,把自动步枪抵在腰间连射,打死了8个日本人。

在我们登上吉沃图山并在山顶小憩的过程中,斯托林斯上尉所讲述的大量英雄主义壮举中还包括其他许多人,但以上这些是最突出的。

我本想访问一些吉沃图战斗中幸存的英雄，和他们面对面交谈，但我们的舵手焦急地催促我们在日落前返回图拉吉。

"天黑以后，那些陆战队员看见任何会动的东西都会开火。"他说。

此时我们只剩下一点时间了，因此我们决定快速游览一下塔纳姆博格，作为这次旅途的收尾。

爬下陡峭的吉沃图山时，我不禁诧异，士兵们是如何拿下这个小岛的？从险峻的山头俯瞰陆战队员登陆的码头，一种居高临下、尽在掌握的感觉油然而生。我当时就想：假如我不知道陆战队员们已经占领了这座山头，我肯定会说这样的任务是不可能完成的，更何况敌人武装到牙齿，还有数量优势。

我们搭乘一艘船从吉沃图岛前往塔纳姆博格岛，绕过了两岛之间那条陆战队员们曾想穿越但未能成功的堤道。我们在塔纳姆博格岛码头登岸，那里就是另一批陆战队员最终登陆的地方。一路上，我们看见2辆被烧毁的美国坦克。据斯托林斯上尉说，这些坦克在我军登陆时担任前锋。日本守军用撬棍卡住它们的履带，然后蜂拥而上，用浸透汽油的破布将它们点燃。

斯托林斯上尉说："日本人大吼大叫，而且真的用拳头和刀子敲打坦克。"有个坦克车长打开舱门，用一挺机枪打死了23个围上来的日军，最后自己被刀捅死。"我亲自数过尸体。"斯托林斯说。

在塔纳姆博格岸边的一条坡道上，我们看见2架零式水上飞机的残骸，它们是被我们海军的战斗机扫射点燃的。

这时该回图拉吉了。日头已经开始西沉，我们那艘船的舵手越来越焦躁了。

回到图拉吉以后还有事要办。我们预定在明天拂晓4:30动身去瓜岛，我觉得一定要搭乘一艘快艇回去。我敢肯定，今天追杀我们的那艘日本潜艇就在港湾入口外面等着。

我们得到了想要的船。因为鲁佩图斯将军听说了我们今天上午惊险的逃生经历,知道我们当时有多狼狈。但是对于明天的航程,我越想越觉得那就是自投罗网。我十分确信,日本潜艇会挑个好位置等着,我们只要离开港口,就不可能逃过它的魔爪。它的探测设备会轻松地发现我们。再说我们的小船只有机枪可用来自卫,肯定不是潜艇的对手。

我们在离图拉吉码头非常近的一个棚屋里打地铺,睡在这里的好处是,明天早上动身时可以少过一条警戒线。但是我躺了几个小时都无法入睡,反复被一个念头折磨:如果我们不是傻瓜,就该等到有飞机可乘再走。比如今天上午飞到瓜岛的那架PBY能不能乘坐?我突然生出这个想法。

我跨过屋里另几个睡着的军官,叫醒一个应该知情的人,问他能否叫那架PBY把我们捎回去。他说不行,那架PBY已经离开瓜岛回基地去了。我又提议说,我们可以等负责空中支援的飞机抵达瓜岛机场再走。那样一来,我们的航程就有安全保障了。

但是我们急需把一些紧急公文带回瓜岛,而飞机不知要过多久才能来,我们等不起。只能冒险乘船走了。

这时我知道自己除了放手一搏已经别无选择,感觉也好受了点。但是在我看来,我们被发现并被击沉的命运是不可避免的,因为在今天上午,那艘潜艇显然已经确定我们的船上有某些官员,值得追杀——也值得等待。

我坐在棚屋门口的台阶上,沐浴在柔和的白色星光下,心想,这就是我人生的最后一个夜晚了。我对自己说,总的来看,我这辈子过得还不错,只是完结得好像早了点儿。

8月13日,星期四

今天拂晓,我们4:00起床,在黑暗中走下码头。夜里变得很冷,在这个气候带,这是常见现象。低垂的云层使天空漆黑一片。

我们这个船队有两艘船。一艘是我们搭乘的登陆艇;另一艘是80吨的小驳船,负责把日本俘虏带回瓜岛。此刻俘虏们正高举双手,被带进这艘船的小隔舱里。

共有10名俘虏,其中3名是海军官兵,另外7名是穿制服的劳工。他们一声不吭,顺从地走到各自的位置,他们似乎以为自己会被带到海湾里淹死,已经认命了(其中两人后来告诉翻译,他们曾以为自己在被俘时就会被杀掉)。

我们就此起航,并打出预先安排的信号,提醒哨兵不要朝我们开枪。经过警戒线以后,我们贴着海岸线,在岸礁掩护下低速前行。虽然航速不高,但海浪颇为汹涌,我们还是被浪花打湿了。

黎明5点前后,我们总觉得自己的行踪已经暴露。南方出现一个白色的亮点,犹如天边一颗明亮的星星,随后那星星亮度大增,闪烁的光芒照亮了整片天空。那是一发照明弹。我们心想,那艘潜艇正在搜寻我们。

片刻之后,另一发照明弹出现在离我们更近的地方,而且更接近我们的正前方。我们开始实施某种机动(出于保密原因这里不能细说)来迷惑日本人,后者此时可能正在通过探测设备倾听我们螺旋桨的击水声,并尝试锁定我们的方位。

15分钟以后,我们恢复了原来的航向,天空中没有再出现照明弹。但是我们又进行了几次旨在甩掉敌人的机动。

到了清晨6点,天空逐渐令人不安地放亮,我们经过最后一段有陆地掩护的航道,进入开阔水域。从此刻起直到航程接近结束,周边任何一块陆地都不是可以靠游泳轻易到达的。我们需要拼命冲过这段距离。舵手开大油门，两艘船一头冲进又高又急、汹涌起伏的浪涛中。大片海水结结实实地拍打着船头。每个浪头扑来，我们都会被浇湿一次，在海风吹拂下只觉得寒冷刺骨，但我们没有减速。现在不是讲究舒适的时候。

我们在某个地方消耗了太多时间，因此远远落后于原计划。我们曾计划在清晨6:30以前到达海湾中央。但是真到了这个时间点，我们离开图拉吉群岛的海岸才不过数百码。

不过那艘潜艇——谢天谢地——并没有出现。后来我们发现，大约在那个时间，它其实正在海湾对面沿瓜岛海岸行驶。

横渡到中途，舵手转身对我说："现在我们抵达瓜岛的机会大概有三分之一了。"不过，无论当时我们机会如何，肯定是比先前大大增加了。前方瓜岛那云雾缭绕的高山正变得越来越清晰。我们很快就能到达那里——如果潜艇没有出现的话。

我们离瓜岛愈发近了，天空映衬下，几株孤零零的棕榈树和一排排竹屋清晰可辨。我们知道自己将会度过这次劫难。

回到亨特（勒罗伊·亨特）上校的指挥部（那里也是我的宿舍）以后，我听到了一些坏消息：格特奇中校、克里中尉、林格上尉和另一些我方人员在一次远征马塔尼考的行动中失踪了。一起失踪的还有年事已高的普拉特大夫，这个不可救药的冒险家是出于兴趣和他们同行的。

据说有个日本俘虏（截至此时，在瓜岛已经抓到100多个俘虏，大部分是劳工）认为那个村子里的日本人愿意投降，主动提出要带格特奇中校去那里。

于是格特奇中校组织了一支包括26名官兵的队伍，搭乘一艘登陆艇前往马塔尼考。这队人在夜里登陆，不料闯进了日本人的伏击圈。格特奇中校是第一个中弹的。

全队只有3个人死里逃生，沿着海岸游回了库库姆。他们是约瑟夫·斯波尔丁（Joseph Spaulding）下士（来自纽约市）、查尔斯·C.阿恩特（Charles C. Arndt）中士［来自密西西比州的奥科洛纳（Okolona）］和弗兰克·L.菲尤（Frank L. Few）中士［来自亚利桑那州的巴克艾（Buckeye）］。菲尤和阿恩特在战斗中各打死了3个日本人。

菲尤中士今年22岁，皮肤黝黑，有一半的印第安血统，在部队里广受尊重，因为用陆战队员的话说，他这人是"真皮实"。这话的意思是，他是个硬汉，而菲尤的相貌无疑符合这一说法：他有一双眼神凶悍的黑眼睛，身材瘦长、肌肉发达，行动起来像猫一样轻巧敏捷。他留着鬈发以及蓬乱的黑色胡须和胡髭，笑起来时露出闪亮的白牙，这更是加深了人们对他的强悍印象。

菲尤中士向我叙述了那次不幸的马塔尼考远征的经过。此时谈起这段经历，他的声音还有点发颤：

"他们的子弹正中格特奇中校的胸口。斯波尔丁和我跑上去救他，但是手一搭到他身上我就知道，他已经死了。

"就在这时，我看见旁边有敌人走过。我向他喊话，他大吼一声就朝我扑过来。我的冲锋枪卡壳了。那人的刺刀戳中了我的手臂和胸口，但是我把他的步枪夺了过来。我掐住他的脖子，用他自己的刺刀捅死了他。"

菲尤说，知道格特奇中校已死，他就回头去找已经上岸的其他陆战队员。这时他突然发现在两棵树分叉的地方有个日本人。他说："我自己的枪还卡着，所以我就借了阿恩特的手枪，朝那个日本人开了7枪。

"后来我的枪又能打响了，但是我用不了弹匣。每次我想要射击，就得往枪膛里塞一发子弹。一次只能开一枪。就在这时，我又看见一个日本人。我开了一枪，打中他的脸。然后我用枪托砸死了他。"

找到陆战队主力时，菲尤发现他们就地挖掘了工事，正在战斗。他也用钢盔和手挖了工事，然后与敌人对射了很长时间。

又有几个美国人被击中，其中包括肚子中弹的翻译克里中尉，还有林格上尉。随着黎明前的曙光显现，天空逐渐放亮，日本人围上来展开杀戮。斯波尔丁先前已经退到滩头，此时开始游向库库姆。阿恩特紧随其后。接着菲尤脱得只剩内衣，也冲进水里。

"海滩上的其他人就这么完了，"菲尤说，"日本人冲上来砍杀我们的人。我看见太阳底下刀光闪闪。"

菲尤必须游4.5英里才能到达库库姆，而且那片水域有鲨鱼，但是他活了下来。我和他对话时，这一切才刚刚过去几个小时，而他看起来一点儿都不累。

我前往范德格里夫特将军的指挥部，那里有一张桌子可以用来打字，这在瓜岛可是不同寻常的奢侈品。但我却很难写出什么——前后响起三次空袭警报，搞得我们来回往防空洞跑，然而日本飞机并未出现。

我发现瓜岛的机场确实是非常重要的战利品。据指挥部的人说，跑道状况极佳。有一条3778英尺长、160英尺宽的巨型跑道，表面铺着珊瑚砂和水泥，在我们到来时只有197英尺长的一段尚未铺好。

日本人还搭建了机库。他们留下了5辆压路机、2辆拖拉机、大批品质一流的水泥，还有一套遍布整条跑道的电灯系统。

今晚回到休息的帐篷，我感到一种无可排解的孤寂。克里中尉和普拉特大夫都在这次远征马塔尼考的行动中失踪了，可能已经丧生，而他们的铺盖还在这个帐篷里。

帐篷里的其他人，包括菲普斯少校、纳德尔上尉［来自马萨诸塞州的伍斯特（Worcester），如今已是少校］和迪克森上尉（也来自伍斯特，如今也已晋升为少校），各自躺在床铺上交谈了一阵，这多少安抚了我们得知噩耗后的震惊和对生死不明的友人的担忧。

夜里我一度惊醒,透过帐篷门观望天空并倾听动静。天上有白光闪烁,北方还远远传来隆隆的轰鸣。我听到帐篷里的其他人也有所骚动。他们也在注视天空并倾听。我们一言不发地躺了许久,最后唐·迪克森[唐纳德·L. 迪克森(Donald L. Dickson)少校,来自马萨诸塞州的伍斯特]总结了大家的想法:"只不过是一场雷暴。"我们其他人也得出了相同的结论。我们笑话了一下彼此过敏的神经,然后再度断断续续地睡着。

第四章
远征马塔尼考

8月14日,星期五

今天敌机第一次在瓜岛投下炸弹。之前它们曾几次飞过,而这是它们第一次真正攻击这个岛屿。

时间是中午12:15,我在范德格里夫特将军的指挥部里,试图找回我的写作思路。这时一个岗哨打电话过来说发现敌机。共有18架轰炸机,都从高空飞来。

空袭警报(一个破旧的开饭铃)发出刺耳的声响,人们纷纷跑向避弹坑。但是包括我在内的几个人却来到一片林间空地,试图观看刺激的场面(后来我发现这是非常糟糕的做法)。

几秒钟后,有人高喊"它们来了!"并伸手指示,我们都望向他所指的地方。然后我就看见了高空中3架银白色的、体形优美的日本飞机。由于飞得极高,它们看起来就像一朵朵纤细的、缓缓划过天空的白云。但是我通过望远镜能够十分清晰地看见那银白色的机体:薄薄的机翼、两个细长的发动机短舱、螺旋桨画出的闪闪发光的圆弧。这些从头顶飞过的敌机显然是打算向我们投掷高爆炸弹,但令我惊讶的是,它们竟然可以如此美丽。

其他人说，他们还看见了另外15架日本轰炸机，但此时我还没有看到它们。我用望远镜紧盯着那3架飞机，目送它们在机场上空慢悠悠地、从容不迫地巡航。

突然，从我们正前方传来一连串爆炸声，我们瞬间做出反应，卧倒在地。其实我们听到的是一门我军高射炮开火的声音。高射炮此时正在快速射击。我们能看见炮口冒出闪光，听到连连爆响。

头顶的蓝色天幕上，我们看到那3架银色飞机前方突然冒出像小片乌云似的灰色烟团。在一些烟团中间，橙色的火光一闪而逝。那是炮弹正在爆炸。然后我们就听到因距离太远而姗姗来迟的沉闷爆炸声。接着，我们的高射炮发出更多怒吼，天空中出现更多小乌云，传来更多隆隆闷响。

但是高射炮的射击速度还是太慢了。那些飞机还在悠闲地巡航，我们看见它们的机翼在高射炮打出的团团烟云上掠过。

然后我们就听到一串密集而刺耳的爆炸声，显然来自附近。这些声音特别响亮，而且比我以前听过的任何声音都要刺耳。紧接着，我们脚下的土地颤抖起来。日本飞机在库库姆附近投下了6枚炸弹（幸运的是，它们都掉进了水里）。这些飞机在空中缓缓画出一个圆弧，甩开在其身后纷纷爆炸的高射炮弹，消失在了南方的天际。

今天晚上，我们坐在亨特上校的指挥部里，在一片黑暗中交谈。我和大家紧挨着坐在一起，听他们在身边说话，只能靠烟头的亮光辨认说话者，有一种平和而宽慰的错觉。这时电话铃响起，参谋军官约翰·威尔逊（John Wilson）中尉一边说着"哦哦，来了"，一边拾起电话听筒，结果他对坏消息的预感又应验了。这次的消息是，有人看见5艘日本驱逐舰正朝着瓜岛海岸驶来。

我们判断，大家等待已久的日军反登陆正在进行。但是此时我们除了等待后续情报，也无他事可做，于是谈话又转向了不太严肃的话题，例如唐·迪克森刚刚长出的红胡子。此外，此地蛮荒的丛林也引发了一些怨言。

按照我过去的想象，在这样的情况下，气氛应该更紧张才对。但此时此刻，在日军即将登陆之际，大家却显得极为淡然，还在拿胡子开玩笑。

接着电话铃声再度响起，这一次却是好消息。"经过调查，那5艘日本驱逐舰其实是4艘当地人的小舢板和1艘潜艇。"威尔逊报告说。

险情解除了。但我们还是睡得不太踏实。那艘潜艇当然是日本人的，有人看见它朝岸边驶来，然后潜入水中。我们知道，它在夜里随时可能浮上水面，朝我们这边打几发炮弹。和往常一样，我们都是和衣而卧。

夜里哨兵开枪的声音并没有惊扰到我。这种声音多少已经成为日常，就像城市里马路上汽车开过的声音一样。

8月15日，星期六

今天中午，还是在12:15，日本人的双发轰炸机又一次飞临瓜岛上空。我还是看见了其中3架，飞得和先前一样，高射炮也再度开火，爆炸的烟云布满了天空的一角。

日本飞机的炸弹这次落得更近了。它们一共投下两串炸弹，命中了机场附近。没有造成破坏，只有一个人受伤。他的背部被弹片划出了一道小伤口。

但是一辆冲到范德格里夫特将军指挥部前的吉普车带来了真正的重磅消息。这辆吉普车飞速驶来，然后一个急刹停下，扬起一片尘土。驾驶员跑到将军跟前，递给后者一个红白两色的小物件。那是一个红色的穗子，上面连着红白两色的装饰布条。驾驶员气喘吁吁地说，那是一架日本飞机投下的，里面包着一张给瓜岛日军提供指示的地图。驾驶员说，敌机还用降落伞投下不少物资。他说我们的人正在出动，准备去抢一些包裹。

那幅便宜纸张上的油印地图非常耐人寻味。图上画出了海滩和机场，还有一个指向内陆的箭头指示了一个地点，旁边用日语写着"开阔地"。一条虚线从标有食品库存的"开阔地"连接到机场。虚线旁边写着"六千米"。

下午晚些时候，两名陆战队员带来两包今天日本飞机空投的补给品。他们还报告说，空投物资总共约有14包。其中过半被我军截获。

这些包裹是用柳条编成的容器，里面装着食品和弹药，底下还加了软垫来缓冲落地时的冲击。其中有牛肉罐头、袋装饼干、小盒装日式糖果，以及装在弹匣中的点二五口径子弹。另外还有一些油印的传单，显然是为了给瓜岛上陷入绝境的日军打气鼓劲而制作的。高级译员莫兰上尉［舍伍德·F. 莫兰(Sherwood F. Moran)上尉，来自马萨诸塞州的奥本代尔(Auburndale)］快速做了翻译。

其中一份传单的开头是，"你们面前的敌人正在崩溃。"——范德格里夫特将军觉得这荒谬得有点可笑了。接着是："友军部队，一支登陆队（海军陆战旅）即将前来解围。"这就有了更多不祥的意味。

然后是："坚信我军自有天助神佑。你们务必自重。千万不要从现在的营地撤离。我们也会坚持到底。"

另一份给日军打气的传单的标题是"大东亚新闻, 特刊"，上面大肆渲染了日军所声称的在所罗门群岛获得的海战胜利：

"8月7日及后续数日，'帝国海军'在所罗门群岛沉重打击了美英联合部队。

"击沉战列舰(舰型不详)1艘、装甲巡洋舰(阿斯托里亚型)2艘、巡洋舰(舰型不详)至少3艘、驱逐舰至少4艘、运输船至少10艘。"

这份"新闻"还将2艘明尼阿波利斯型装甲巡洋舰,以及至少2艘驱逐舰和1艘运输船列入"击溃、大破"之列。它还宣称,日军击落至少32架战斗机和9架"战斗轰炸机"。文中列出的日方损失总计为7架飞机和2艘巡洋舰,我们都知道这是故意撒谎。

今天下午,有一大拨"流言"席卷了范德格里夫特将军的指挥部。流言的主题是:有一支日本登陆部队正在路上,今晚就可能发起攻击。

每个人似乎都在忙着准备迎接这场预料之中的登陆。在将军的指挥部,陆战队员们忙着挖掘额外的散兵坑。夜里,部队排着长长的纵队开到对我们至关重要的机场,占领了防御阵地。

在我住宿的亨特上校指挥部,我发现参谋军官们在小声交谈。显然他们也认为日本人会在夜里发起进攻。

但是到了夜里,除了我军岗哨的例行射击外,一片宁静。

虽然日军后方发了鼓劲的传单,但岛上残余的日本兵肯定是越来越饥饿,越来越绝望。也许是为了寻找食物,他们日益频繁地跑到我军防线附近,结果不是被击毙就是被俘虏。

8月16日,星期天

除了在伦加角附近发现一艘潜艇外,一整天都平安无事。那艘潜艇静卧在火炮有效射程之外,并未靠近。

中午12:15,我们坐在亨特上校的指挥部里,就"整个上午都没有出现空袭警报"一事展开讨论。

"我们的黄皮小对手今天怎么了?"威尔逊中尉沉思着自言自语。

"现在还早,"迪克森少校说,"我愿意等到12：30。"但是过了中午12：30,然后又过了几个小时,还是没有出现空袭,连一次警报都没有。我们都感到迷惑不解,但也非常高兴。

格特奇中校、普拉特大夫、克里中尉、林格上尉和其他参加了那次不幸的马塔尼考远征行动的人已经被认定没有生还希望。但是我们正在筹划再次前往那个村子,这一次的远征队将配备足够兵力,并准备大开杀戒。

今天下午,我们被日本官方电台的一次广播逗乐了,日本人说同盟国的所罗门群岛作战已经失败,而我国最精锐的部队——陆战队第1师已被歼灭,所有运输船都被击沉。如此荒谬的吹嘘真是好笑。

8月17日,星期一

今天上午8：30,我军一个重武器连的岗哨又通过电话给指挥部发来警报。这一次是发现7艘身份不明的船只向岸边驶来。"还没识别出身份,它们就消失在萨沃岛后方了。"传达报告的威尔逊中尉说。

我们再一次认为日军的登陆终于要来了。但是上午10：05,指挥部里的电话再度响起,威尔逊接听后笑着告诉我们:"那些船原来只是一些小岛。"

身处这个登陆威胁无时不在的地方,我们也不能责怪瞭望员神经过敏。大家日日夜夜承受着巨大压力,更何况我们依然没有空中支援——日本人只要知道了这一点,我们就只能在他们的海空打击下听天由命了。不过,幸运的是,他们要么不知道,要么就是还没做好大举进攻的准备。我们现在就盼着我们的飞机比日本人的先到。

这种局面造成的精神压力已经让极少数陆战队员不堪重负了,其中有位高级军官还出现了癔症性质的神经症。但是除了这一小撮人以外,我们的官兵在这样严峻的环境中却表现出了特别出色的幽默感。

之前在我们第二天的艰苦行军中暂时累倒的斯内尔中尉已经重返岗位,继续担任亨特上校的副手。他已经从那次造成瘫痪的中风中完全康复,显得非常健康。他说自己拒绝被送回国。

今天上午,亨特上校的某个指挥部打来电话。"今天又抓了12个?"接听电话的斯内尔问,"是死的还是活的?"

在我军占领区的各个地方,投降的俘虏一直在增加。大部分人都饿疯了,据他们说,他们在8月7日连食品都顾不上拿就从营地逃离。有些人在这段时间里除了几个椰子啥都没吃。

今天上午,空袭警报——在亨特上校的指挥部,警报器是一只破旧的汽笛,那声响与其说是尖啸,不如说是耳语——是10:40来的。但是只来了一架敌机,那是架爱知双浮筒水上飞机,它没有投弹,也没有接近机场或我军的阵地。

敌机的这次光顾有着颇为不祥的意味:这表明附近某个地方至少有一艘日本巡洋舰,因为这架飞机显然是巡洋舰的舰载机,不可能从北边的日军陆上基地飞到这里。

今天下午,我在战俘营见到了宪兵队负责人麦克·达维多维奇(Mike Davidowitch)上尉(来自纽约市),他现在看管着203个日本人。

我看到俘虏们像供人观赏的动物一样蹲坐在铁丝网围成的长方形营地里,心情有些复杂。尤其对于那群来自劳工队的,任何人都不能不感到至少一丝同情,那是一群看起来温顺而弱小的人,大多数的身高明显不满5英尺,体格就像孩子。毕竟他们大多是被征召入伍的,并且始终手无寸铁。

但另外那些军人俘虏,也就是日本海军的官兵,给人的感觉就不同了。他们是一伙看起来脾气暴躁、眼神阴沉的人，和"弱小"二字完全不沾边。他们被单独关押在铁丝网围成的另一小块区域里，因为他们拒绝和劳工混在一起。我们朝他们瞪眼，他们也回瞪我们。此时此刻，我们和他们想干的事是不言自明的——假如我们忘记了自己的文明准则，或者他们没有被解除武装的话。

达维多维奇上尉告诉我们，日本劳工似乎对他们在这个美国战俘营里得到的待遇很满意。有美国的食品吃，他们活得好好的。

我们再次前往范德格里夫特将军的指挥部，发现一个身高体壮的金发男子正在和参谋军官们谈笑风生。他穿着英国人的传统短裤和短袖衫，肩上还有红色的肩章，这是某种殖民地主管机构的标志。

他是W. F. 马丁·克莱门斯(W. F. Martin Clemens)，一位英国驻瓜岛的特派员，他在丛林里躲了3个月，刚刚来到我军营地。在日军占领期间，他一直坚守在岛上。

克莱门斯进入营地时没穿鞋子，他还颇为轻描淡写地表示："我只剩几个食品罐头了。"虽然他没有明说，但事实再明显不过，我军的到来使他摆脱了窘境。

珊瑚海之战于5月5日打响，一个星期后日军进驻瓜岛，克莱门斯就是那个时候躲进山里的，他好几次险些被日本人发现。有一次日本人找了一个本地的向导带路，试图找到他的临时指挥部所在地伍奇科洛(Vuchikoro)。但是那个向导一边说着"那条路非常糟糕"，一边把日本人从通向伍奇科洛的大路带到了另一条小路上。

有一次，他正在一条小溪里游泳，一架日本飞机以非常低的高度从他头顶掠过。很快那架日本飞机又绕回来查看小溪里的水花是怎么回事，而克莱门斯已经光着身子躲进了树林里。

到了我军登陆所罗门群岛时，这位特派员从林子里钻出来，爬上一座2000英尺高的山头"看好戏"(他的原话)。从那时起,他就一直在设法穿越丛林,来到我们的营地。

我在临近傍晚时回到亨特上校的指挥部,发现上校被一群神色颇为严峻的军官围在中间。他们正在制订计划,意图对马塔尼考开展一次大规模远征行动。不难看出,这一次他们打算把那村子里的日本人一网打尽。这次进攻将在后天发动。计划是从三面包围那个村子:斯珀洛克上尉[莱曼·D. 斯珀洛克(Lyman D. Spurlock)上尉,来自内布拉斯加州的林肯(Lincoln)]指挥的一个连将在明天上午出发,穿过马塔尼考后方的丛林进入出发阵地,从陆地一侧发起突击;霍金斯上尉指挥的另一个连将从库库姆沿海岸向马塔尼考进发,露营过夜,然后进入出发阵地,届时从东面展开进攻;伯特·W. 哈迪(Bert W. Hardy)上尉[来自俄亥俄州的托莱多(Toledo)]率领的第三队人将乘船在马塔尼考村西边很远的地方[比该村西邻的科库姆博纳(Kokumbona)村还远]登陆,然后沿海岸从西面进攻马塔尼考。

霍金斯上尉的部队将在明天下午1点离开库库姆。我问他,我是否能随队同行。"当然可以,"他说,"一起来吧。"

8月18日,星期二

今天中午12:45左右,我正准备去库库姆加入霍金斯上尉的马塔尼考远征队时,空袭警报拉响了。我们立刻隐蔽起来。下午1点左右,机场的高射炮开始射击。

这是我第一次清清楚楚地看见所有敌机:它们排成两个浅V字飞来,每个V字包含4架飞机,在晴朗无云的天空上组成两条银白色的队列。看到它们如此从容不迫、四平八稳地飞来,我感到了某种震撼。

但是我军的高射炮火正在接近它们。天空中冒出朵朵高射炮弹的爆炸烟云,几乎就在为首那组飞机的正前方。突然间,左翼的飞机有一台发动机喷出了一团烟雾。随后那团烟雾变成拖在其后方的一条又细又长的白色烟带。但是那架飞机并没有掉队,整个编队仍在稳稳地沿着原先的航线飞行。它伤得不重。

接着我们就听到一串串炸弹飞来的呼啸,先前还在注视天空的我们一起卧倒在地,让钢盔的边沿抵着地面。在预警时间只有一秒的情况下,我们能给自己找的掩体也就这样了。

这一次炸弹落地的巨响比上一次还大,轰隆隆的爆炸声似乎近得伸手就能抓住,我们身下的地面都在颤抖。敌机投下了两串炸弹,两组爆炸声清晰可辨。

炸弹击中了机场边缘,离我们卧倒的地方可能只有半英里。我们看见暗褐色的尘土和烟柱冲天而起,还看见一场小火灾的火焰,燃起于一片灌木丛中。

日本飞机好整以暇、四平八稳地向南绕了个大圈。高射炮追着它们打,但是炸点离得不近。我们注视着那架发动机还在拖出烟带的飞机,失望地发现烟带变得越来越淡,然后消失了。

"它们还要回来再炸一次。"当敌机继续沿曲线飞行时,有人这样说。但是它们没有返回。

我和陆战队的新闻通讯员吉姆·赫尔伯特〔詹姆斯·赫尔伯特(James Hurlbut)中士,来自华盛顿特区〕、鲍勃·米勒在空袭后立即搭乘一辆吉普车前往库库姆,去加入霍金斯上尉的马塔尼考远征队。空袭使远征的准备工作稍有延误,我们等到下午2点才出发。

我们基本沿着上次的路线走,和我上次远征马塔尼考时一样,又一次穿过那片间隔均匀的椰树林,向着那几株白色面包果树和那座通向茂密丛林的小桥走去。这一次,我们的计划是先行进到距离那些白树和那座小桥几百码远的地方,就地露营过夜。明天上午我们将经过那些白树,穿过丛林继续前进几百码,到达离马塔尼考不远的一处地点。我们将在那个地点暂停,让我军炮兵对那个村子来一次猛烈炮击。然后我们将继续前进到河边,可能渡河进入村子。

我们是在下午2点左右出发的。下午2:40,当我们的大队人马正在椰树林中行进时,前方忽然爆出一阵枪响。

"丛林里可能有些日本人。"霍金斯上尉说。接着传来更多枪响,几分钟以后,我们继续前进,发现有两个日本人跪在路边,显然是劳工。

"哦,瞧啊,他们抓了一对信天翁。"一个正在行军的陆战队员说。

这两个日本人显得特别可怜。"他们好像在祈祷。"一个陆战队员说。

"很有可能。"另一个说。

我们沿着小路前进,小伙子们精神很好。到这个时候,他们已经习惯了在瓜岛上行军,体格也比先前壮实了一点,此时身强力壮的感觉显然让他们心情格外舒畅。有些人唱着《乐队继续演奏》和其他小曲。

下午3:30,我们又路过了上次沿这条小路远征时看见的那具日本人尸体。那尸体仍然在树下一动不动地坐着,全身肿胀。好在一条毯子盖住了脸。

"你做的饭就是这副德行,'反贼'。"一个小伙子对绰号"反贼"的霍姆斯中士[奥尔顿·B. 霍姆斯(Alton B. Holmes)中士,来自佐治亚州的奥克帕克(Oak Park)]说。霍姆斯中士是这个连的厨师,这句话是在揶揄他所做饭菜的质量。

"那个日本人被丢在这里太久了,都没臭味了。"另一个陆战队的幽默大师说。

到了下午4点,小伙子们还是很有精神,虽然浑身是汗却不觉得累,他们直接在椰子树下露营。他们欢快地从树下草丛里翻找完好的椰子。树上掉下的椰子里,有几百个已经被割开并剥了皮,显然有些日本人不得不在这里觅食。

我们的晚饭大致就是一个C级军粮罐头或一个糖果棒,不可避免地又引发了人们对那位厨师的饭菜的嘲讽。

"这东西比你给我们吃的鱼头和米饭还好,'反贼'。"他的一个战友说。

"明天早饭做个水果味的日本人怎么样,'反贼'?"另一个说。

"你敢找个日本人来,我就敢做。"厨师回答。

这时候"反贼"身边已经围了一小群陆战队员,因为他在同伴中间显然是个名副其实的"人物"。我发现通常在这样的人物身边总是会聚集一群追捧者,特别是在晚饭后的闲暇时间里。

下午6点,天空变得阴暗,预示着坏天气即将到来。"看来要下雨吧,'反贼'?"一个陆战队员说。

"反贼"回答:"下雨没什么好怕的,你们知道老兵怎么说吗?'把衣服脱下来,盖住你们的武器——雨水里可没有肥皂。'"看起来"反贼"自己就是个老兵,他接着聊起了西印度群岛的雨。

随后话题变成了日本狙击手,大家都说他们很难被发现,因为他们善于伪装,使用的是无烟火药,而且他们的步枪没有枪口焰。

"那些家伙是天生的隐身人。""反贼"说。

这就难免让人意识到,在到处都是日本狙击手的林子里行走很危险,我们眼下的任务很危险。

"反贼"说:"我在出发前立好了遗嘱,兄弟。我说把这包香烟留给这个人,把……"他的话音逐渐变小,陷入沉默。"知道吗,你每天都在变丑。"他对一个战友说。

"就是因为你给我们吃的那些猪食。吃了才变成这样的。"对方回答。

于是"反贼"用了陆战队员惯用的一个词"咕咕佬"(gook)来应对，它指的是任何外国或陌生的事物。

"要不是你上了这个咕咕佬的破岛，兄弟，"他说，"你也不会吃到那些猪食。"

黑暗降临这片椰树林。一些小伙子搜集了棕榈叶，把它们当成软垫铺在地上，再把雨披盖在上面。但是"反贼"身边的小圈子还围着他。话题转到了日本香烟，我们在登陆后缴获了几百箱。"反贼"评价说，这些香烟都像屎。

这句话让人联想起一则关于一位香烟推销员的笑话，那位推销员像着了魔一样疯狂推销某个品牌的香烟。据说有一天，有人对这位超级推销员说："你知不知道那些香烟是一半屎一半烟叶掺和的？"

"这下我可比以前更爱它们了，"推销员回答说，"我还以为它们全是屎呢。"

"反贼"说日本香烟全是屎，只要身边有美国烟，他的自尊心就不允许他抽日本烟。

"现在我已经抽了日本烟，天啊，"他说，"我要变成眯眯眼了。"

风还在"喷着"（这是陆战队员的说法），我来到另一个对话圈子，在那里霍金斯上尉和沃尔特·S. 麦基尔亨尼(Walter S. McIlhenny)中尉正认真地讨论着明天的任务。如何渡过马塔尼考的那条小溪是他们担心的问题之一。如果日本人用机枪控制河滩，渡河难度就会很大。他们担心的另一个问题是部队可能前进过快，容易被自己人的炮火杀伤。

我披上雨披，把防蚊网罩在钢盔上，然后以上身略微抬高的姿势平躺。我发现深盔型的美国钢盔在睡觉时可以成为很舒服的枕头。钢盔内部用于套在头上的吊带可以作为某种软垫。只要把钢盔边缘铲进土里，两边再放两块石头支撑，就能得到一个稳固的头枕。

这天晚上，我感觉地面很硬，杂草很扎人，尽管有这些障碍，要不是被炮击声惊醒，我本来可以睡个好觉的。

晚上10点刚过，远方就开始了第一次猛烈的火炮齐射。两声沉重的"轰"紧挨在一起，接着又是两声，然后是一长串的轰响。躺在椰树林里的人们纷纷被惊醒，站起身来，朝着传来炮声的方向张望。那是从北边图拉吉岛方向传来的。

炮声似乎越来越近，越来越响。站在我身边的军士长认定日本人正在炮击机场。其他人明白，这意味着我们等待许久的日军登陆行动正在开始。

霍金斯上尉派出一支巡逻队前往海滩，观察瓜岛上有没有可见的火势。有个人报告说看见我们在瓜岛最初登陆滩头的方向有火情。但是其他人都说没看见。

"打炮的是潜艇吗？"有人问。

"我不知道。"同伴回答。于是我们继续睡觉，同时抱怨我们在瓜岛上至今没有得到任何空中支援。

8月19日，星期三

午夜过后，我们又陆续被新的炮击声吵醒几次，但大家都没有再起身。到了清晨6:40，我们起来继续行军时，又听到更清脆的重炮轰鸣声，表明距离更近了。一支巡逻队前往海滩再次观察，但报告说没有看见任何船只。有个人声称自己看见海上有个大家伙，但无法确定那是鱼还是潜艇。

上午8点过后不久，我们到达了那片有白树的空地，并停下来等待我方炮兵轰击马塔尼考。但炮击迟迟没来。我们一边等待，一边担心日本人会不会已经在我们后方的机场登陆，这才导致炮击延迟。关于昨夜和今晨听到的炮声，我们还没收到任何能说明其意义的消息。

麦基尔亨尼中尉沿着通往机场的小路向后张望。"我觉得最好还是用电台问问出了什么事。"他说。于是他叫来一个传令兵："去找霍金斯上尉，请他批准我们使用电台，去问问我们的炮火准备出了什么问题。"

传令兵带来的答复是批准。片刻之后，野战电台的天线就在路边高高竖起，一台发电机也被捆在树上，我们能听到它送出电流时那稳定又刺耳的噪声。

报务员发出了信息。"今天上午信号很好，"他说，"他们确认收到了。"

我们坐下来等待回电。空气中一时安静下来。海上传来的炮击声也停止了。然后我们听到许多台发动机的噪声，那是我军的登陆艇，它们正载着部队去科库姆博纳后方登陆，然后那些部队会与我们相向而行，进攻马塔尼考，从而形成对那个村子的三面包围。

"我们的回电怎么还没来？"麦基尔亨尼中尉问报务员。

报务员乐观地回答："他们要先把电文交给副指挥官，再写好回复电文，最后再发过来。"

就在这时，电台的收报键开始发出蜂鸣。"那条电文可能构成对询问的答复。"报务员用非常正式的口吻说。

"我不知道要不要前进，"麦基尔亨尼中尉沉吟道，"没准我进了村子，他们就开始炮击了。"

但是回电让人放心。"对你们先前的电报，"电文写道，"答复为，还不到时候。"

麦基尔亨尼中尉下令前进，于是我们经过长着白树的林间空地，穿过架在空地边小溪上的小竹桥，沿着前方宽阔的道路进入丛林。我们贴着路边,利用各种掩护小心地隐蔽前进。我们正在进入敌方控制区。

上午8:19,一个陆战队员从我们右翼(靠近海滩的那一侧)过来报告说:"我看见一艘船。"

就在这时,隆隆的炮声又响了起来。我来到海岸边,用望远镜搜索地平线,但没看见任何船只。随后我又回到我们的行军纵队里。

上午8:30,一个陆战队员从海滩那边过来,上气不接下气地说:"那边有一艘日本驱逐舰。"我来到海岸边,原本以为又是虚惊一场,不料却被眼前的景象惊呆了。虽然在地平线上看起来像玩具船,但那分明是一艘日本军舰,正在朝库库姆驶去。我用望远镜能清晰辨认出船头和船尾的炮塔,甲板上挤作一堆、特色鲜明的上层建筑,以及弧形的船头,甚至还看见桅杆顶上一面橙色的旗帜,上面画着一轮红色的旭日。这可能就是那艘一直在对岸炮击的敌舰。①

我看见那艘日本军舰缓缓掉转船头,直指我站立的地方,然后继续转向,以一侧船舷面对岸上。它没有开火,而且显然位于我方岸炮射程之外,因为后者也没有开火。

几分钟后,当我回到行军纵队时,我军炮兵开始按计划炮轰马塔尼考。我们听到后方的大炮发出轰鸣,然后炮弹低啸着飞过头顶,在落地时产生一连串的巨响。

我们暂时停下,然后继续前进,此时我军的炮火越来越猛烈,最后大炮的开火声、炮弹掠过的呼啸声和落地爆炸声重叠并混合在一起,变成一种连绵不绝的声响。当我们再次停下时,我又设法来到海边,发现只能看见一艘日本军舰的桅杆从图拉吉那边的地平线下方伸出来。我

---

① 原注:后来我发现,确实就是它。它曾贴近库库姆航行,对岸上阵地发射了不少炮弹,但没有造成实际破坏。与此同时另一艘日本军舰炮击了图拉吉。

知道那艘军舰正在开火，它的桅杆顶上弥漫着一团稀薄暗淡的黄褐色烟云。我不会认错，这就是火炮射击时产生的烟雾。

当我回到主力部队那边时，刚好听到左翼和前方爆发出一阵枪响。有人用冲锋枪打了好几个点射，然后有步枪射了几发，接着一挺日本点二五口径机枪发出脆响作为回应。这时候我已经能认出这种声音，便躲进一棵树后的灌木丛里。又有几挺点二五更密集地发出声响，随后交火断断续续地进行。我看着蚂蚁在我鼻子底下的植被间忙碌穿行。一共有三种蚂蚁：大小两种红蚂蚁和中等个头的黑蚂蚁。在枪声停止前，我除了观察蚂蚁也无事可做。

枪声大约在上午9：45停歇，我们再次探出头去查看情况。显然前方有一两个狙击手被干掉了。但我们还是谨慎行动。左翼派出了一个班去扫清灌木丛。海滩上过来了一个传令兵。"岸边有条小船，我觉得里面有日本人。"他说，"我看见有个脑袋冒出来。"

军士长派出一个班去那传令兵指示的方向。我继续沿着相当开阔的小路边沿前进，突然听到一挺点二五机枪开火。那声音是从海滩传来的，显然离那个传令兵报告的小船不远。接着我又听到同一区域传来勃朗宁自动步枪那比较低沉的声音，以及两声手榴弹爆炸的轰响。

接着，前方有更多日本点二五开火，丛林里顿时爆发激烈交火，枪声大作。我扑向最近的一棵树，但不幸的是，这棵树比较孤立，周围没有茂密的植被。随着交火持续，我偶尔能听到子弹击中附近的树木或打断小枝的声音。我一时举棋不定，不知道是该留在这个比较暴露的位置好，还是该冒着中途被狙击手打中的风险转移到他处好。

我还在琢磨这个问题，一发子弹就几乎擦着我的左肩飞过，"砰"的一声钻进地里。然后我才听见射出它的步枪发出的脆响。这可太险了。在我前面10—15英尺处趴着的2个陆战队员转过身来，查看我有没有受伤,显然他们也听见了子弹掠过的声音。我因此下定了决心,赶紧跳起来冲进一大片灌木丛。我发现里面满是蚂蚁,这些小东西还顺着我的裤腿爬上来,不过这样的烦恼此时都无关紧要了。

那个朝我开枪的狙击手还在盯着我。他可能发现了我的双筒望远镜,认为我是个正规的军官。

我细细察看附近的树林,但没看见任何动静,也没看见烟雾,找不到任何狙击手的踪迹。接着一支点二五再次响起,我又听见子弹飞过——好在没有先前那么近。我一跃而起,冲向更好的掩体,那是在两棵紧挨着的树后面,周围有不少蕨类植物、矮菠萝树和其他树苗。此时我开始希望自己有一支步枪。我认为自己很想还击那个狙击手。我已经实施了可耻的退却。我的尊严受到了冒犯。这次马塔尼考远征已经掺杂了我的个人恩怨。

不久天上下起大雨。雨水淋得我们浑身湿透,地面满是泥泞,然而交火还在继续。

在我们右前方,一挺日本点二五机枪又开始射击,它发出特有的清脆声响,打着15—20发的长点射。但是我们在那个方向的尖兵已经确定了这挺机枪的位置。几秒钟后,我军对日军试射的一发迫击炮弹发出轰响。接着,从那片区域以接力的方式传来一句低语。

"往后传,迫击炮再往右修正一点。"

几秒钟后,我听见迫击炮"嗵"的一声,经过惯常漫长的炮弹飞行时间后,又传来炮弹爆炸的声响。

"迫击炮再往右修正一点。"前方又传回这样的指示。接着又是"嗵"的一声,然后炮弹爆炸——那挺日本机枪陷入了沉默。①

---

① 原注:后来我们听说,这个机枪火力点隐藏在一条搁浅的小船上,被这一炮炸飞了。

惠林上校来到我们阵地上,了解我们的进展。他带来消息说,哈迪上尉的部队已经在科库姆博纳后方登陆,并且穿过了那个村子,没有遇到多少抵抗。此刻他们正从西面向马塔尼考进发。斯珀洛克上尉的部队也已经成功就位,他们开出一条小路,穿过马塔尼考内陆一侧难以通行的丛林,此时正进入村子的外围。

但是,我们这队由霍金斯上尉指挥的人马仍然受阻于密集的步枪火力。除此以外,我们前方还有几挺机枪在断断续续地开火。

雨又下了起来。我们蹲在泥水里,利用灌木丛作掩护。惠林上校是搭乘登陆艇来到我们这里的,他告诉我们,他的船曾被一艘日本军舰追击,也就是我们先前看到在岸边不远处游弋的军舰。那艘军舰朝他的船射了几发炮弹,好在没有人受伤。

先头分队通过传令兵带来消息,我们的部队正在向村子挺进。此时交火激烈程度已经显著降低。我们只能听到零星的步枪射击声。

但仍有一些日本人有待清剿。突然间,我们听到左边传来一阵可怕的自动步枪点射声,还混杂着步枪与冲锋枪的枪声。不久枪声沉寂。几分钟后,一个陆战队员带着一个穿制服的小个子日本人沿小路走来。

当日本人朝我们走来时,陆战队员们纷纷发出怒吼。"宰了他!"他们喊道,"踢他屁股!"

这个日本人并没有露出故作高深的表情。此刻他脸上是连西方人都能轻易看出的恐惧神色。看管他的陆战队员解释了原因。"他们有4个人,"他说,"他的3个同伙都被打成肉酱了。"

这时候我和赫尔伯特中士、米勒已经商定要回指挥部去。因此我们顺道押送这个俘虏返回后方,由赫尔伯特中士来看管他。

我们在上午11:30启程,仍然沿着小路边缘行走。我们周围的丛林一片寂静,我们这4个人,3个美国人和1个日本小矮个儿,显得很孤单。

我们都担心，前面会不会有一伙狙击手正等着猎杀落单的人。

确实有一个狙击手在等着我们。当我们走到小路的一个转弯处时，他从背后开了枪。我们听见了步枪的脆响和子弹的呼啸，但听起来离我们不是非常近。不过我们还是拔腿就跑，同时赫尔伯特用他的点四五手枪指着日本人，命令他和我们一起跑。那个日本人非常听话，他跑得比我们还快。也许他觉得自己当了俘虏已经名誉扫地，他的同胞会毫不留情地打死他。

我们在那个狙击手再次开枪前跑过了转弯处。此后也再没遇到他的坏脾气同胞。

但是这一天的惊险还没有结束。当我们走近库库姆时，发现一群登陆艇正朝岸边驶来。因为离海滩还远，很难确认它们是不是美国船。就在这时，我们听见一架飞机接近，然后就看见一架B-17飞临海面，从那些登陆艇上空低低掠过。这番景象让岸上某些神经过敏的哨兵按捺不住。在他们看来，B-17似乎在扫射海面——这就证明那些船是日本船。

"日本登陆船队！"他们大叫起来。边上站着的几个陆战队员拼命跑向掩体。

一时间我们也被充斥于空气中的紧张因子感染了。但是我停下脚步，用我的望远镜观察那些"敌军登陆艇"。它们是美国船。

但我和米勒、赫尔伯特仍然不能确定。万一日本人缴获了我们的登陆艇，或者制造了一些和它们很像的船呢。这支船队也许确实是登陆船队，B-17也有可能确实在扫射。

"如果这是登陆船队，我该怎么处理这个俘虏？"赫尔伯特用枪指着日本人说。

这时候那日本人看起来完全绝望了。显然他看懂了我们的警报，估计自己会被立刻处决。

但是我们一直用望远镜观察着那些登陆艇，此时我们已经能看到每艘艇上都有几个人影。如果那些船搭载着日本兵，它们应该伪装成空船的样子，也许只有舵手会站在甲板上，其他人都蹲在船舷后面不露头。不管怎样，我们是这样推理的。我们也确实猜对了。

那架B-17一直飞向图拉吉，此时我们看到它正在转向。我通过望远镜发现，在这架轰炸机的正下方，另一艘船的桅杆伸出了地平线。我们知道飞机投下了炸弹，因为我们看见比后桅杆更靠近船尾的某个地方冒出一朵暗褐色的蘑菇状云朵，然后是一道连续不断的浓烟。

桅杆从地平线上又升高了一些，我们可以看见那艘船的烟囱和上层建筑。那是一艘日本重巡洋舰，它的船尾正在燃烧。B-17的炸弹直接命中了它。①

我们能听到那艘日本军舰用高射炮猛烈开火，又看到空中炸出朵朵烟云。但是轰炸机已经完成了攻击，此时它爬升到高空，开始返航。

日本军舰受了重伤，但并未停下。它全速驶向佛罗里达岛和萨沃岛之间的水道，那里通向开阔水域。船尾还在不断冒出棕色的烟云。

当天临近傍晚时，我在亨特上校的指挥部听到了关于攻克马塔尼考和科库姆博纳的官方消息。爱德华·S. 拉斯特（Edward S. Rust）准尉（来自密歇根州的底特律）是隶属于亨特上校参谋部的军官，他给我们讲述了激动人心的马塔尼考攻坚战的故事。拉斯特跟随在丛林（即内陆）一侧包抄马塔尼考的斯珀洛克上尉的连队行动，目睹了大量战斗。斯珀洛克上尉的连队遇到了日军的堑壕工事，质量很好，层层设防，很难攻打。他们击毙了六七十名守军，只有一小撮敌人逃走。

---

① 译注：根据日方资料，这艘被 B-17 击伤的军舰是日本海军阳炎级驱逐舰"萩风"号。

8月20日，星期四

今天早上，我被图拉吉方向传来的炮声惊醒。这几乎快成为日常了。我迅速前往库库姆，那里有一群陆战队员正站在海滩上向北张望。

"有一艘该死的日本巡洋舰开进来，朝图拉吉打炮。"一个观望者说。他指向一架在天边慢悠悠巡航的"飞行堡垒"说道："那架B-17把它吓跑了。"

今早得到的消息是，在我军昨天的马塔尼考远征行动中被击毙的日本人约有100名。其中，官方认定斯珀洛克上尉的连队击毙65—75人，其余战果归从西面进攻的哈迪上尉的连队，以及米勒、赫尔伯特和我跟随的霍金斯上尉的连队。我军自身伤亡合计不到25人。

今天上午，我走访了斯珀洛克上尉的指挥部，听他讲述了马塔尼考之战的经过。他说这次进攻战中，最困难的环节是突破村子外围大约600码纵深的堑壕阵地。他说，日本人构筑了一套用木料加固的堑壕体系。他们有好几挺机枪，其中包括一挺口径约0.60英寸的重机枪。上尉说，当敌人的堑壕被一个接一个扫清时，日本人做了殊死一搏，他们发动了一次白刃冲锋。

"有几个家伙就是在这时候跑掉的，"斯珀洛克上尉说，"但是大部分人都被打死了。我们的士兵瞄得很准，把他们都干掉了。我们有些人甚至在日本人冲锋时站起身来，用无依托的姿势射击他们。"

上尉说，拉斯特准尉是这次攻坚战中的英雄之一。他以近乎超人的技艺在非凡的距离上掷出手榴弹，炸掉了一个日本机枪火力点。虽然他的官方身份只是观察员，但当某排的排长阵亡后，他挺身而出，接管了那个群龙无首的排，让士兵组成散兵线顶住了敌人的反扑。

但是这次战斗中表现最突出的英雄可能要数尼古拉斯·西莱奥（Nicholas Sileo）一等兵，一位来自布鲁克林（Brooklyn）的铁血斗士。

西莱奥是勃朗宁自动步枪射手，在部队接近马塔尼考的过程中，他出色地完成了肃清日本狙击手的任务。当部队在村子外围遭遇最顽强的抵抗时，他负责压制一个日军机枪火力点，但是他在机动到射击阵地时暴露了自己，因而连中三枪：第一发子弹击中他的胸部，第二发击中大腿根，第三发打坏了他的手，将两根手指齐齐切了下来。如果是稍微软弱一点的人，受了如此重伤就该倒下了，但西莱奥没有。他用剩下那只完好的手扣动扳机，继续坚持射击。

斯珀洛克上尉说，他在马塔尼考的混战中失去了一个最好的朋友，陆战队最优秀的军官之一。这位朋友兼军官是乔治·H. 米德（George H. Mead）中尉，他是米德纸业公司老板的继承人，还曾是耶鲁大学有名的马球运动员。在率领"尖刀"排的士官阵亡后，米德接替指挥，冒着日本狙击手的冷枪率领该排英勇作战，最后被一发子弹击中面部，当场身亡。

今天在范德格里夫特将军的指挥部，我听说由查尔斯·H. 布拉什（Charles H. Brush）上尉率领的一支巡逻队昨晚在机场以东的科利角（Koli Point）附近伏击了一支大约25人的日本巡逻队，经过一场短暂而血腥的战斗，击毙了其中的18个人。

将军说，那些日本人都是海军官兵，而且装备精良。显然他们是从一艘日本战舰登陆的，任务是进行侦察。

有个日本中尉在交火中受伤，当布拉什上尉靠近他时，他举起手枪对准头部，开枪自杀了。①

今天下午，这个岛上的陆战队员们享受了他们期待已久的待遇，那就是快乐地目睹我军的空中支援到达。好几队战斗机和俯冲轰炸机在

---

① 原注：这个日本人贯彻了武士在受辱前要剖腹自杀的传统——和我们的那群日本俘虏形成鲜明对比，后者显然对美国人提供的食宿很满意，完全没有自杀的念头。

机场上空盘旋，然后进场着陆。它们发动机的强劲怒吼让人安心。听到这样的声音，我们却不必冲向防空洞，这简直令人难以置信。

"那是我这辈子见过的最美景色。"一个陆战队员说。

我还听到一个军官说："今天下午，士气上涨了20点。"

第五章
泰纳鲁前线[①]

8月21日,星期五

今天凌晨2:30左右,我们被东边传来的密集机枪声惊醒。机枪打了好几个长点射,然后步枪也加入其中。枪声响成一片,但此后逐渐稀疏,我们判断这只不过是我们某个警觉的岗哨和日本巡逻队之间的摩擦。

但是在凌晨4:30,我们再次被惊醒,这一次我们知道,先前听见的动静不是单纯的巡逻队交火。这次的枪声很响,仿佛有成百上千支步枪和机枪一起开火。而且这一次除了轻武器的射击声外,还夹杂着沉闷的巨响,那只能是大炮或迫击炮发出的。我们匆忙穿上衣服,前往亨特上校的野战指挥部,那里已经聚集了一伙人。考虑到我们听到的交火声很可能标志着大家等待已久的日军登陆行动,每个人看起来都情绪高涨。当然,昨天空中支援力量的到来可能也是原因之一。

我们在黑暗中坐下,倾听交火声。我们听到一串特别长的机枪点射。

[①] 译注:本章涉及的战斗并不发生在真正的泰纳鲁河。传统说法认为,战斗发生的这个地点就在伊鲁河周围,但也有说法认为,战斗发生地与伊鲁河距离较远。可以确定的是,这个战场就在前文提到的"鳄鱼溪"的"入海口"附近。不过这个说法不够严谨,因为"鳄鱼溪"实际上是个潮汐潟湖,退潮时潟湖内的水被一道沙洲跟海水分隔开来,主要的战斗就发生在这个沙洲及其附近区域。

"那家伙的手指肯定粘在扳机上了。"黑暗中有个声音说。

"换条弹链,换根枪管。"另一个说。

"亲爱的妈妈,"亨特上校说,"请再寄根枪管给我。"

"还有配件。大兵敬上。"另一个人说。

我们听到交火声越发激烈。"听起来是场规模相当大的交战。"亨特上校说。

我们看到海滩方向的天空中升起红色信号弹,然后是白色的,接着又是红色的。"也许是日本人的登陆船队。"威尔逊中尉说。

在凌晨5点左右,我们听到声音很大的沉闷炮火声。我们能分辨出火炮发射,以及随后炮弹落地时的爆炸。但是爆炸的声音听起来比火炮轰鸣声更远。我们判断这是我军的大炮,正在对日军射击。

在亨特上校的指挥部,不含恶意的玩笑还在继续,不过大家频繁又略显焦急地提到一个事实——黎明正在临近。"等到我们的飞机飞起来,去打那些宝宝,"斯内尔中尉说,"他们该不会大吃一惊吧?"他瞥了一眼自己的手表。"离日出还有40分钟左右。"他说。

话题一转,大家闲聊起陆战队过去在尼加拉瓜和中国的日子,聊起这个或那个有名的陆战队人物,但每隔十分钟左右就认真计算再过多久就是拂晓。

在清晨6点左右,东方的天空开始放亮,我们也听到了飞机发动机的声音。

"啊,"威尔逊中尉说,"飞机!"他还搓了搓手,仿佛正要享用一场盛宴。我们的飞机正在预热发动机。

我们之前一直在尝试把电话打到范德格里夫特将军的指挥部,了解前方战况。此时威尔逊中尉又试了一次,得到了回电。

"炮火都是事先安排好的弹幕射击,"他报告说,"敌人的前锋线就在泰纳鲁河。"

我听到这个消息略感吃惊,因为如果敌人的前锋在泰纳鲁河,那么他们很可能有一支强大的登陆部队在机场以东区区三四英里外,企图突破我军的防御。

飞机的声音更响了。它们的发动机已经提高转速,随时准备起飞。

亨特上校在电话里严肃地交谈。"显然这次他们解决了某些人。"他说,随后挂断电话。"叫预备队做好出发准备,"他对威尔逊中尉说,"泰纳鲁河那里可能需要增援。"

我一吃完早饭就赶到范德格里夫特将军的指挥部,寻找杰里·托马斯(Jerry Thomas)中校,他是所罗门群岛我军部队的作战参谋,所有作战行动的发起者。我想向他核实日军登陆的情况。我发现直到此时,我还是难以相信敌人的大规模突击已经开始。

托马斯中校证实了此事。敌人显然已大举登陆,并沿海岸自东向西推进,直至到达泰纳鲁河。他们在那里遇到了我军的一个前哨阵地。随后双方发生激烈交火,日本人冲过了横跨泰纳鲁河口的一条狭窄沙洲。好在这些日本人撞上铁丝网障碍,被铁丝网和我军的激烈抵抗延缓了速度,最终我军调来更多兵力封堵了缺口。

此时我军炮兵正在轰击日军。一如往常,对于敌人武器装备的具体情况尚有不能确定之处,在任何这样的战斗中,这都是很正常的。这些情况都是托马斯中校用简明的语句告诉我的。电话铃声响得颇为频繁,常常打断他的叙述。他干脆利落地向交战地段的不同指挥官下达简要的命令。

"我现在要去凯茨上校的指挥部,"他说,"你要一起来吗?"

克里夫顿·凯茨(Clifton Cates)上校就是在泰纳鲁河沿岸前线阵地防守的我军部队指挥官。我说,我当然愿意去。

我们跳进一辆吉普车，沿着道路匆匆来到一处帐篷营地。凯茨上校（参见第245页图23、图25）是个快人快语、非常精瘦的中年人。我知道他曾在第一次世界大战中立过战功。他和托马斯中校立刻开了个短会，讨论正在进行的战斗。凯茨上校展开一张地图，用铅笔在上面指点。考虑到一场争夺瓜岛的战斗正在不远的地方进行，会议气氛可以说是非常平静。

我们能听到步枪和机枪的开火声，偶尔还有沉闷的爆炸——那是迫击炮或大炮。

托马斯中校说："我们不会让那些人（日本人）在那里待一整天。"

"今天我们一定要把他们赶出去。"凯茨上校说。

一个头发斑白的人出现了，他脸上皱纹密布，有一双浅蓝色的眼睛。他穿着马裤和带绑带的高筒靴，衬衣已被汗水浸湿。显然他先前一直在那边的林子里。他是L. B. 克雷斯维尔（L. B. Cresswell，参见第245页图25、第246页图26）中校，来自路易斯安那州的科利奇城（College City）。

托马斯中校点了点头。"你了解这里的地形，L.B.。"他没说什么客套话，直接指着地图说，"有没有可能把坦克开到那里去？"

"有，"克雷斯维尔说，"这些林子里有干燥的地面，可以穿过去。"

"很好。"托马斯中校说。他转向凯茨上校。"我们要给L.B.一个坦克排。"他说。

我们听到了我军火炮开火，也听到了炮弹在前线落地爆炸。一个炮兵联络官站在不远处，对着电话说着什么。他有一路电话直通一个观测所，另一路电话则直通炮兵连。

"怎么样？"他问。

他听了一会儿，然后给炮兵连打电话。"正中目标，"他说，"让G连上调200。"炮弹显然落在了敌军阵地里。

克雷斯维尔中校、凯茨上校和托马斯中校俯身查看地图。他们在谈话中制定出计划——派出克雷斯维尔中校率领的一支强大的部队包抄日军阵地侧翼。

托马斯中校在地图上标出日军阵地的粗略位置。敌军显然集中在一个相当狭小的区域,位于瓜岛北侧沿岸。他们的前锋在泰纳鲁河边,这条瓜岛上的河流大致呈南北走向。海岸线则呈东西走向。

克雷斯维尔中校将率领他的部队——如果坦克能够通行,也将包括在内——机动到敌军阵地的南方侧翼。然后他将向北推进,把敌人赶向大海。

与此同时,另一部分美国陆战队将坚守泰纳鲁河一线[指挥他们的是阿尔文·波洛克(Alvin Pollock)中校],确保敌人无法再前进一步。敌人将会遭到两面夹击。

"我要你去那里,把这些人压制住,"托马斯中校对克雷斯维尔中校说,"你和阿尔(阿尔文·波洛克中校)两面夹击。"

"到了那里就不要退缩。像布拉什(前天晚上消灭日本巡逻队的布拉什上尉)那样勇猛地杀进去。"

克雷斯维尔中校立即开始行动。他向站在旁边的副官喊道:"叫B连马上机动到那里,等其他人会合。"然后他就走了。

"伤亡有多少?"托马斯中校问凯茨上校。

"现在还很难说,"凯茨上校说,"已经有2辆救护车装满人回来,第3辆正在装人。他们只能在战斗间隙装人。"

那个炮兵联络官正在对着电话讲话:"每个连打5次齐射。"

我们听到一连串爆炸,似乎是射向泰纳鲁河前线方向的迫击炮弹。托马斯中校和凯茨上校暂停对话,仔细倾听。

"我们的还是他们的?"托马斯中校说。

"不知道。"凯茨上校从他的长烟嘴里吸了一口,说道。"这就是这场战争的麻烦所在",他笑着说,"你总是不知道。"

"上次战争,我们是知道敌人在哪里的。"他说。

托马斯中校笑着发动了他的吉普车。但是一个陆战队员跑到车边说,刚刚发出了空袭预警。"大队敌机正在路上。"他说。

我军自己的格鲁曼战斗机(参见第247页图30)正在起飞。我们看见它们沿弧形轨迹跃起,爬向高空。几分钟后,空袭预警变为紧急警报。

"好吧,"凯茨上校对他指挥部周围的所有人喊道,"去防空洞里待命。"

但是日本飞机并未出现。在上午11:12,传来"警报解除"信号。①

我们听到泰纳鲁河方向又传来一长串响亮的"砰砰"声,像是迫击炮弹在爆炸。

凯茨上校做了说明:"该死的日军在朝我军阵地打枪榴弹。"

上午11:15,凯茨上校接到克雷斯维尔中校发来的一份电报。"克雷斯维尔中校说,他开始进攻了,"他说,"他的右翼在伊鲁河边(伊鲁河在泰纳鲁河东边,大致与其平行)。没有坦克。"显然坦克被某些地形障碍挡住了。

托马斯中校再次爬进他的吉普车,准备返回将军的指挥部。我要不要回去?凯茨上校刚接了一个电话。"干得好,"他说,"白旗吗?"他转身面向我说:"日本人打着白旗过来了。"

"我要在这里待一会儿,可能会上前线去。"我对托马斯中校说。

"好的,"他说,"祝你好运。"

他的吉普车加速开走了。

---

① 原注:我们后来听说,那些日本飞机是零式战斗机,被我军飞机赶走了。

"你们别开枪,叫小伙子们俘虏他们。"凯茨上校对着电话说,然后挂断了电话。

"只有一个人打着白旗过来。"他说。他叫来配属他部队的翻译沃尔夫(Wolf)上尉。他指示上尉去泰纳鲁河前线,和那个已经受伤的俘虏谈谈。于是我和沃尔夫一起动身去前线。

我们穿过一片原来的椰树种植园,走了几百码,来到一个前进指挥部。在这里听到的枪炮声十分响亮,指挥部里的人都趴在地上。

"最好趴下。"其中一个人说。于是我们都蹲伏在地上。

一个军官正在对着电话讲话。"好的,"他说,"我们会派两个人去检查。"

"我们和波洛克中校的电话线断了,"他说,"可能是迫击炮打断的。谁去查?"

两个看上去很害怕但意志坚决的陆战队员主动请缨。"要是你们跟着去,我们就给你们指路,去找波洛克中校。"他们说。

于是我们就出发了,弯着腰快速移动,时不时在树后停下,观察前方。陆战队员发现了线路断开的地方,开始修理。

"波洛克中校在那边,"他们指着泰纳鲁河方向说,"他就在那个地方。"

此时我们比先前更加小心地移动,弯着腰从一棵树跑向另一棵树。时不时有狙击手打冷枪。我们听见他们的枪响,和子弹在树木间反弹的声音。我们的炮兵还在朝泰纳鲁河对岸的日军阵地射击。日军则在朝我军这边打枪榴弹。我们看到一发枪榴弹就在前方爆炸,弹着点激起一团尘土。偶尔我们还能听到日军机枪——点二五口径的轻机枪——清脆的点射声。

我们在敌军射击间隙奋力前进,终于看到了那条河,看到横跨其入海口的那条又长又弯的灰色沙洲,以及河对岸隐藏着日军的幽暗椰树林。

当我们蹲伏在一棵树后时,神色非常平静的波洛克中校挺直身子走了过来。"俘虏就在那里。"他说。他指着大约50英尺外,那里有三四个人正趴在一个散兵坑边。

我们朝那个散兵坑飞奔过去,扑倒在坑边。坑里就是那个日本俘虏,仰面朝天躺着,一条胳膊还缠着绷带,上面有红色的血迹。他看起来昏昏沉沉,闷闷不乐的样子。

沃尔夫上尉立刻开始用日语和他交谈。但是那个俘虏答话的速度很慢,身体状况显然不是很好。一个陆战队员告诉我,那俘虏从一个散兵坑里爬出来,孤零零一个人走过两军之间的无人地带。"像个幽灵一样,"他说,"或者就像在梦游的人。"显然那是一幕令人惊骇的场景。

那个日本人说,他认为其他人不会投降。当被问及登陆部队如何到达瓜岛时,他回答得非常含糊。对于他们来瓜岛时搭乘的船只,他要么一无所知,要么就是守口如瓶。①

离俘虏所在的散兵坑不过100码,就是泰纳鲁河前线。

河对岸的狙击手开始朝我们射击。我们听到他们手中点二五"砰砰砰"的枪声,子弹也开始在相当近的距离发出呼啸。我在枪击持续时趴了一会儿,忽然想到,我们这些人围成这么一个小圈子,真是特别好的靶子。接着另两个旁观者也同时得出了和我一样的结论,于是我们各自寻找掩体。

一个红脸上尉和我躲在同一棵椰子树后。当我们观察河对岸幽暗

---

① 原注:后来我们发现了导致他含糊其词的一个原因,我们从其他俘虏口中得知,新来的士兵并未被上级告知他们所在的地点或要前往的目的地。他们有些人甚至不知道自己身在瓜岛。

的树林时,他告诉我,在这一地段作战的就是他的连队。他说他的名字是詹姆斯·F. 谢尔曼(James F. Sherman),来自马萨诸塞州的萨默维尔(Somerville)。"连队里有许多波士顿来的小伙子。"他说。接着我们听到一挺点二五口径轻机枪的吼叫,立刻不约而同地低下头,停止了交谈。

当敌人的火力略有减弱时,上尉挥手指向某个地点,那里是泰纳鲁河西岸最靠近大海的地方。"那里是地狱角,"他说,"日本人企图从那里过河。为了获得更好的射界,我们有些人也机动到那个地点,然后日本人打了照明弹,亮得像白天一样。""我们在那里损失了一些人。"他补充说,"但是,我们拦住了日本人。"

不难看出,他把这场战斗说得太简单了。我趁着敌人射击间歇向地狱角匍匐前进,每当有迫击炮弹或枪榴弹爆炸就赶紧贴在地上,到了地狱角后向外张望,只看见成堆的日军尸体,足有几百具。

日本人的企图是显而易见的。一条沙洲横亘在泰纳鲁河的入海口,大约有15英尺宽,顶部高出水面10英尺。

日本人想冲过这条沙洲,拿下我军在西岸的阵地。他们中许多人离目标只有几步之遥。但是他们在泰纳鲁河我军一侧的地狱角遇到了几道意料之外的带刺铁丝网。

"要不是那些铁丝网,这次可能就糟了。"趴在我身边的一个陆战队员说。

我望向河对岸幽暗的椰树林,那是敌军前锋所在的位置,距离我们不过150码。我们能听见那里传出步枪和机枪射击的声音,偶尔还有我军炮弹落在日军阵地的炸响。但是我连一个日本人都看不见——我已经明白,在这种丛林战中,这是再正常不过的情况。

我听见在我军这边的河岸,从右边非常近的位置传来某个狙击手的步枪射击声。声音似乎是从上方传来的。我看见一个陆战队员弯着腰从一棵树下跑到另一棵树下,然后站起来隔着枝叶窥视对岸,手中的步枪随时准备射击。

接着,他像幽灵一样无声地招呼另一个陆战队员,后者随即沿之字形路线跑到同一棵树下。这第二个陆战队员有一支汤姆式冲锋枪。第一个陆战队员抬手指向对面的丛林,第二个人顺着他的手势观察。随后,拿着汤姆枪的陆战队员跑到附近一个树桩后面蹲下,注视着对面的树梢。我决定好好观察他如何找出敌方狙击手并将其射落在地,然而从横亘于泰纳鲁河口的沙洲那边传来一挺点二五口径轻机枪的声音,这立刻吸引了我的注意力。

"在沙洲的反斜面有几个日本人,"我身边的陆战队员说,"每过一小时,他们就准点从沙洲后面开火。我们找不到他们的方位。"

我看得出来,日本人只要紧贴沙洲的反斜面,确实不会被我军士兵看到。沙洲呈浅浅的弧形,向大海方向弯曲,而且两侧有很陡峭的坡面,就像老式公路一样。在这样的条件组合下,确实在某些位置有绝佳的掩护。

那挺机枪又朝我们打了一个长点射。"要是我们能找到那家伙,就可以招呼迫击炮揍他了。"我的线人说。

战场上到处都是让人分心的事物。此时我的注意力又转到了左侧,我军的几支步枪正在那里猛烈开火。我看见一排陆战队员挤在一起趴在沙袋后面,朝海上射击。

我看见在碧蓝的水面上,子弹落水处激起阵阵水花。"他们看见那边有个日本人,"我的朋友说,"他想游过来,绕到我们背后。我们已经杀了许多想这么干的家伙。"

一片名副其实的弹幕轰然入水。陆战队员们显然都渴望亲手打死一个日本人。

我设法回到谢尔曼上尉那里,他正和波洛克中校一起站在一棵树后面。波洛克依然显得镇定自若、游刃有余,他正用双筒望远镜观察河对岸成排的椰树。

此时椰树林里出现一连串亮黄色的爆炸火光。树木间弥漫着一团白烟。而且在椰树林后方,显然有许多步枪和机枪在猛烈开火。

波洛克中校看了看自己的手表。"大概是克雷斯维尔冲进去了。"他说。

几挺机枪开始在我们右边"突突"作响。"他们肯定是想从那里过河。"谢尔曼上尉说。他告诉我,今天凌晨,就有一些日本人趁着夜暗,想游过泰纳鲁河口。

他说,其中有些人游到了我们这边,躲进河岸斜坡上一辆废弃的坦克里。他们在坦克里设置了一个机枪火力点,我军费了几个小时才把这个钉子拔掉。我看见了斜坡上那辆坦克灰色的高大身影。

"那挺架在坦克里的机枪使陆战队员很难操作那门野战炮。"谢尔曼上尉说。他指向河岸上的一门火炮。"他们可以用交叉火力打击那里,"他说,"每次有人进入阵地去操作那门炮,就会被打中。"

我回想起来,今天凌晨我听到的第一拨激烈交火中,曾有这门炮发出的响亮砰砰声,与机枪声相比,显得较为缓慢和沉闷,但之后过了一两个小时才再次听到。

下午1:15左右,波洛克中校说:"我们的人开始从后方赶过来。我看见了他们,就说,别开枪。"他挺直身子沿着我军前线走动,边走边说,别开枪,那是后方来的自己人。当时河对岸的步枪和机枪还在响个不停,枪榴弹和迫击炮弹还在我军阵地上炸响,但是波洛克中校冷静得好像在阅兵场上指挥分列式。

这时河对岸椰林深处的步枪和机枪声更响了。克雷斯维尔中校的人马正在把日本人朝我们这里赶。

我突然看见,椰林旁边那片海滩上有一些黑色的人影正在奔跑。那些人影离得很远，从我这里到那一小片沙滩可能有半英里，但是我从他们矮胖的体型分辨出他们是日本人。我没来得及得出其他任何印象。因为几秒钟之内，这些快速移动的黑色人影就被打倒在沙地上，我们听到一阵密集的步枪声。那些日本人没再起身。这是克雷斯维尔的人马完成包围的第一个可见证据。

我们知道，从此刻起，泰纳鲁河沿岸的战斗会变得更加激烈。后方受到压力的日本人可能对我军在泰纳鲁河西岸的阵地发起冲锋，可能会再次尝试穿过泰纳鲁河口的沙洲。

两辆救护车开过来，停在前线后方很远的地方。担架手正在将伤员放上担架，然后抬到救护车上。波洛克中校对我说："救护车要回去了。如果你愿意，可以搭车回去。"我决定留下来看刺激的战斗场面。

中校让人沿着前线传话，要求只有看到明确的目标才能开枪。片刻之后，士兵们就看到了一个这样的目标：一个日本人从泰纳鲁河对岸椰树林边缘的矮树丛里跳出来，向着海滩飞奔。我军防线上射出一阵弹雨，一道道曳光弹的红色尾迹在那日本人身边飞舞。只见他扑倒在地，我军的枪声也暂停了一阵，接着他又爬起身来，狂奔逃命，而枪声前所未有地大。这一次他一头栽倒在海滩上，再也没有起来。

此时日军那挺从泰纳鲁河沙洲反斜面朝我们射击了几个小时的点二五口径机枪又开火了。一如先前，它逼得我们缩头隐蔽，在一定程度上压制了我军。但是这一次我们发现了日本人的所在。一个眼尖的陆战队员看见沙洲顶端露出一只移动的手，便用心记下了确切位置。我军的一门迫击炮随即开始行动。我们听见迫击炮"嗵"的一声发射，在炮弹沿抛物线飞过天空时照例等待了漫长的几秒钟，然后在炮弹击中沙洲爆炸时感到地面在颤动。

我们听到一个陆战队员在大声呐喊，显然是在给迫击炮手提供修正距离的指示。接着我们就再一次听到"嗵"声和猛烈的爆炸。

"好点了,"一个陆战队员喊道,"上调15。"

迫击炮再次发射,炮弹刚一出膛,就有一个日本人的身影从沙洲后面冒出来。他离我不到150英尺。我看见他快走了三步左右,然后迫击炮弹就几乎不偏不倚地命中他的钢盔顶部。炮弹炸出的灰黑色烟云和大量碎片如同一顶华盖从上方罩住那个日本人,然后将他完全吞噬。

爆炸的冲击波通过地面传了过来,随着它扩散并减弱,我们又看见三个日本人跳起来,朝着泰纳鲁河沙洲的远端跑去,显然是同一个机枪组的成员。

他们在我军士兵的清晰视野中才跑了几英尺,包括机枪曳光弹在内的各种子弹就在他们身边飞舞。其中两个在排枪响起后立刻栽倒,剩下一个又跑了几步,然后一个飞扑卧倒在地。

但是当他再次跳起时,我们的人已经在等着他了。显然他也察觉到了这一点,因为他拼命狂奔,以百米冲刺的速度向着沙洲远端跑去。但是,没等他到达终点,子弹就追上了他,将他打翻在地。目睹这机枪组最后一个成员的结局,我并未感到难过。如果他人曾经朝你开枪,那么当你看到他们被杀也不会生出同情之心,战争在这种时候会掺杂强烈的个人恩怨。

我们身后传来一阵强劲的发动机轰鸣声。我们转过头去,发现四辆坦克组成一个小队,正沿着穿过椰树林的小径驶向泰纳鲁河和横亘于河口的沙洲。

显然,我们的计划是让坦克穿过沙洲,开进椰林边缘的日军阵地。

坦克在泰纳鲁河的我方一侧河岸(西岸)暂停片刻,然后便猛然冲向沙洲,高速运转的履带铿锵作响。我们目睹这些强大的战争机器快速穿过沙洲,冲进椰林边缘。我们着迷地看着它们在树木间横冲直撞,小幅度或大幅度地转向,吐出道道黄色火舌。这就像是一群玩具表演的喜剧,带有某种奇幻色彩,只见一棵棵棕榈树在它们的冲撞下缓缓倒下,一条条人影从它们的履带下四散奔逃,并遭到驱赶和扫射。只见许多人在极近的距离被击倒和杀死,日军的手榴弹和迫击炮弹纷纷爆炸,坦克附近不断腾起尘土组成的黑色喷泉,它们的履带下也闪出爆炸火光,这番场景真令人难以置信。

我们没想到林子里有那么多日本人。

他们一群接一群地被赶出掩体,然后被坦克发射的霰弹击倒。

有好几次,我们看见我军的坦克朝着矮树丛射击,那里显然藏着日军的机枪火力点,因为我们能听见"突突"的机枪声,回应着坦克炮较为沉闷的轰鸣。

我看见其中一辆坦克的履带底下闪出一道明亮的橙色火光,同时爆出一团黑色烟雾,然后那辆坦克陡然停下。它被炸瘫了。其他坦克立刻开过去保护它。后来我得知,它们接走了那辆坦克的乘员,一车人都安然无恙。

剩下的三辆坦克在椰林中又大杀了一阵,时间长达几个小时。它们履带所到之处,都被主炮吐出的橙色火舌扫过。看来任何生命在它们的突击下都不太可能存活。

有一个日本人的下场我记得特别清楚,我看见他从一辆坦克的履带下面被赶出来。我看见他一跃而起,拼命跑向海滩,而坦克就在后面紧追。我以为坦克会碾死他或者用机枪射杀他,但坦克很快就掉转车头,回到了椰林深处。

但是那个日本人还在逃跑。他朝着海滩一路狂奔。在我军的整个前沿阵地上,步枪和机枪纷纷打响,曳光弹画着弧线在那个奔逃的日本人身边飞舞。

接着那个日本人扑进一个矮树丛,躲了起来,波洛克中校喊道:"别开枪。你们搞不好会打中自己人的坦克。"

那个日本人跳起来,又朝岸边跑了四五十英尺,接着再度躲藏起来。好几支步枪不顾警告,又朝他射击。和往常一样,每个陆战队员都渴望亲手杀死日本人。

"单兵射击。"谢尔曼上尉喊道。他指定一个头发斑白、一脸沧桑的陆战队员来射击。我注意到那人戴着麂皮护肘和无指射击手套,那是步枪射击高手常用的装备。一些陆战队员告诉我,他是查尔斯·E.安格斯(Charles E. Angus)枪炮军士长[来自田纳西州的纳什维尔(Nashville)],是有名的神枪手,在国内赢过许多比赛。

我们全都注视着安格斯军士长,他此刻仿佛聚光灯下的大明星,而那个日本人又一次跳起来开始奔跑。安格斯很紧张。他飞快地拉着枪栓,连开几枪,但都没打中。他打空了一个弹夹,又换上一个弹夹。但是那个日本人又一次躲了起来。

我们有点失望,但那只是一时的。那日本人已经卧倒在海滩上。他显然想寻求海水的庇护,希望靠游泳逃得性命。但此刻他又开始爬起身来——而他的逃亡生涯也就到此为止了。他刚转成蹲伏的姿势,此时已经镇定下来仔细瞄准的安格斯军士长就射出了一发子弹。只见那日本人应声倒地,仿佛脚下的地面被人突然抽走。这一发子弹正中目标,距离大约是200码。

这时坦克完成了任务,正驶出树林,朝沙洲而来。此刻它们仅存三辆。还有一辆静静地躺在林子里,毫无生气。

几分钟后,坦克就开到了我军战线后方。我跟着它们返回,看见它们在泰纳鲁河以西数百英尺的地方停了下来,领队坦克的车长爬出车外,只见他满脸油污,身上的衬衣已经被汗水浸透。他说他是利奥·B.凯斯(Leo B. Case)中尉[来自纽约州的锡拉丘兹(Syracuse)]。

波洛克中校已经过来和凯斯中尉交谈。中校说:"哎呀,你们可把我急坏了。"他又笑着说:"但是干得真漂亮!"

中校告诉我,他给凯斯中尉的命令只是让坦克在泰纳鲁河对岸的海滩上来回走一圈,侦察一下。把坦克开进树林(那里密集分布的树木会使坦克难以机动),以近距离直射的炮火扫平日军阵地——则是凯斯中尉自作主张。

我回到我军前线,因为那里的枪炮声又变得密集起来。在河对岸,日本人一个接一个地从灌木丛里跳出来,奔向海岸。由于克雷斯维尔中校的部队正从后方逼近,他们最后的逃生希望就是跳海。大多数日本人都在奔跑中被我军火力撂倒,死在离海滩很远的地方。但是有些人到达了海滩,并企图游泳逃离。他们的脑袋看起来就像波涛间的一个个小黑点,很难射中。但是我们的士兵很享受这种射击。每当我们看见一个游泳者的脑袋,子弹就会蜂拥而至,在他周围激起阵阵水花,如同一场小型的暴风雨。

此时在河对岸的椰林中,透过树木间宽度均匀的通道,已经可以清晰地看见远方有几个穿绿军装的陆战队员在视野中一闪而过,他们的身材明显比敌人高大。此时步枪和机枪的射击声又变得密集,提醒我们树林里必定还有相当多的日军在顽抗。

更多的我军士兵出现在泰纳鲁河对岸的树林边缘。他们每次只出现几秒钟,因为他们前进一段距离就会隐蔽起来,然后重复这一过程。

今天早些时候一直在轰击那片树林的我军炮兵此时已经停止射击。但是克雷斯维尔中校的部队此时正在使用迫击炮收拾残余日军。爆炸的火球如同巨大的橙色花朵,在树林里四处绽放,最近的就贴着泰纳鲁河。我们此时只是伏低身体,观看这番刺激的场面。我们这边的河岸上没人开枪，因为大家都怕误伤自己人。而日军也只顾着和后方包抄过来的我军部队交战，没再打扰我们这些位于泰纳鲁河西岸的人。

泰纳鲁河对岸的尸堆里，时不时有个活着的日本人跳起来冲向水边。但是在离我军枪口如此近的距离上，这些企图逃生者都跑不了多远。在地狱角，也就是波洛克中校坐镇的沙洲一端，排枪响起，将游泳中的日本人击毙。即便是最仁慈的陆战队员也不会放任这些日本人游泳逃生，因为他们很可能效法今天早些时候的几个日本人，游到我们背后投掷手榴弹。

此时泰纳鲁河对岸的树林里正在激战。我们意识到坦克并未将敌人"剿灭"干净，因为我们仍能听到日军机枪和步枪的声响。但克雷斯维尔中校的人马正在快速逼近。有一大队人小心地沿着树林边缘的海滩稳步推进。与此同时，还有几队人在一排排棕榈树间前进，离泰纳鲁河还不到300码。我们都不敢过多露头，因为克雷斯维尔的陆战队员射出的子弹可能无意中落到我们阵地上。

接着，战斗似乎突然间就停止了。我们看见泰纳鲁河沙洲另一头有三个陆战队员，他们一边转头四下张望，一边端着步枪紧张地前进——全都在随时准备击毙任何企图悄悄实施最后抵抗的日本人。

这三个走在最前面的陆战队员穿过沙洲时，尸堆里几次有活着的日本人闹出动静——我后来得知，其中有些人企图朝我军士兵投掷手榴弹——结果都是自寻死路。

日本人的死尸很危险，因为通常其中会有一些还剩几口气的人，会等着你路过，然后用刀或枪杀死你。我们的陆战队员此时都已经学会不给敌人留任何机会。他们见到死尸就用步枪和手枪补枪，确保万无一失。

在泰纳鲁河对岸，更多的陆战队员陆续走出椰树林，跟在那三个领头的人后面，同样小心谨慎地前进。在泰纳鲁河的我们这一侧，也有更多我们的(波洛克的)人走过沙洲,帮助战友对敌人尸体进行残酷但必要的二次屠杀。我看见我们的人像在射击场上一样站成一排,朝成堆的日军尸体倾泻子弹。岸边的海水变成了褐色的浑水。有人说,日本人尸体流出的血正在污染大海。

我跟着我们的人走到泰纳鲁河沙洲上。在沙洲的另一头,我和一些克雷斯维尔的部下交谈。他们告诉我,在树林内外死了几百个日本人,还有一些受伤的当了俘虏——寥寥数人而已。

就在这时,椰树林里又一次响起步枪射击声,接着是几声明显来自日本点二五的清脆枪响。狙击手仍然在那片林子里活动。我们在沙洲上略微散开了一些。这片沙洲还不是安全的聚会场地。

但是泰纳鲁河之战在各种意义上都结束了。这场战斗的详细过程还不清楚。但是我们知道,日军动用大量兵力突破我军防线和夺取机场的尝试被阻止了,我们也知道,这一仗肯定是日本人迄今为止遭受的最惨烈失败之一。我发现我军自身伤亡只有100人,包括28名阵亡者和72名伤员,而日军估计被击毙了700人。[①]

8月22日,星期六

今天上午,我和巴克利(Buckley)中校以及翻译莫兰上尉一起去了泰纳鲁河边。

地狱角一带和泰纳鲁河沙洲(参见第246页图28)对面尸臭熏天。许多尸体躺在水边,已经膨胀起来,皮肤闪着光泽,像新做的香肠一样。一

[①] 原注:后来我发现,泰纳鲁河战场上日军尸体的实际数字是871具。

些尸体在海浪冲刷下,已经被沙砾掩埋了半边。海滩上呈现出一幅诡异景象,肿胀的头颅和扭曲的肢体像是从地里长出来的一样。

目睹沙洲上的堆堆尸体并不是令人愉快的事。但这场杀戮和沙洲另一头树林里的场景相比就是小巫见大巫了。那里是一片令人毛骨悚然的噩梦景象。我们看见一群群被我军炮火撕碎的日军尸体,他们的遗骸都被炮弹的火焰烤焦。我们看见了被炸毁的机枪火力点,机枪组成员在我军坦克发射的霰弹打击下都成了碎肉。我军坦克开过后留下的履带印,还印在五具已成肉泥的尸体上,尸体中间是一挺破碎的机枪和被压扁的两脚架。

放眼望去,处处都是成堆的尸体:这边一具尸体胸膛开花,露出了脊椎骨,另一些血肉和骨头向上卷起,像洋蓟的叶子一样盖住此人的头部;那边是一颗被烤焦的头颅,头发已被烧光,焦黑的眼球却还在;粉色、蓝色、黄色的五脏六腑流淌在地上;一个人眼睛被射穿,留下一个红色的弹孔;一个死去的日本兵还戴着深色的玳瑁框眼镜,他仰面朝天躺在地上,胸口血肉模糊,咧嘴露出门牙,一副皮笑肉不笑的神情。这些东西并不让人感到恐怖。看到第一具尸体,你只会感到震惊。剩下的都是简单重复而已。

我们走在丛林中的尸堆间,明白了从河对岸难以发现日本人的原因。他们充分挖掘了工事,散兵坑质量上佳。全靠我军的坦克才把他们从工事里赶了出来。

我们发现了一些有趣的日军装备:几具火焰喷射器,显然还没使用过;一门小型的日本野战炮,装在一辆小推车上;一些爆破筒,形如长水管,是用来炸开铁丝网障碍的。日本人的背包里装着肉罐头、米饭、饼干、肥皂,一双备用鞋和防毒面具用带子拴在背包外面。所有装备都是崭新的,这些日本兵确实装备精良。

我们看见了我军那辆被日军手榴弹或迫击炮炸停的坦克。除了一条履带断成两截外,它并没有什么损坏。一辆卡车正在将它拖走。

昨天下午树林里残余的狙击手基本上已被消灭干净。我军巡逻队正在搜索残敌。我们能听到树林东部传来零星枪响。

我回到机场,发现一些长鼻子的战斗机正在进场降落,机身是陆军的棕色涂装。它们都是驱逐机(参见第248页图31),是第一批抵达瓜岛的陆军飞机。这些飞机带有醒目的识别标志和漂亮的个人装饰。一架飞机上用很大的字母写着"飞翔的波兰人"。这架飞机的天线被漆成理发店招牌的式样,很符合这个主题。至于飞行员,当然是个波兰裔的年轻人,名叫埃德蒙德·E. 布茹斯卡(Edmund E. Brzuska)的中尉,来自芝加哥。他们的领队是托马斯·J. J. 克里斯蒂安(Thomas J.J. Christian,参见第248页图32)上尉,其父亲是在北卡罗来纳州萨顿营(Camp Sutton)的一位准将。

在范德格里夫特将军的指挥部,我们听说了一位名叫武扎(Vouza)的土著人警长的故事。武扎似乎在一次侦察中被日本人抓住并五花大绑,那些日本人还从他身上搜出一面小型的美国国旗。这面旗是陆战队员送给他的。

武扎说,抓他的日本人中,为首的是个臭名昭著的日本特务,名叫石本。石本伪装成木匠在图拉吉岛上生活了多年,其间一直在为日军刺探情报。(1942年)5月5日,日军占领图拉吉后,石本就在日本地面部队里当了官。昨天我军在泰纳鲁河之战中击退的敌人里,石本显然至少指挥了一部分士兵。

据说,武扎被绑在一棵树上,石本要他说出美军的兵力和阵地部署。这位中年土著人报告说,自己拒绝吐露情报,于是日本人就用刺刀捅他。但他还是坚决不开口。最后日本人丢下他走了,他被绳子吊在半空,胸口和喉咙的伤口血流如注。但是这位无所畏惧的土著人用牙齿咬开绳索,然后步行二十英里回到我军防线。他得到了医治。①武扎告诉我们的军官,石本似乎对战胜我军信心十足。他说,石本夸口说他们的部队有1000多名日本士兵,将会"一举消灭"我们的人。

我走访了波洛克中校的指挥部,请他介绍他的部队里在昨天战斗中有优秀表现的官兵。他举了很多例子,有几个特别突出。

昨天凌晨,当日军全力冲过泰纳鲁河沙洲并渗透我军防线时,乔·沃兹沃思(Joe Wadsworth)二等兵正在地狱角的一个散兵坑里。他用自己的自动步枪朝日军射击,击毙多人后,枪卡壳了。于是他捡起一支斯普林菲尔德步枪,用它继续射击,最后当日军冲到跟前,他又跳出工事,用刺刀和他们拼杀。后来他被一发子弹打倒。但是他坚持不下火线,直到其他伤得更重的战友得到救治后才撤下去。

乔治·科德雷亚(George Codrea)中尉[来自俄亥俄州的阿克伦(Akron)]的排在凌晨的激战中组成了第一道防线,凌晨4:30,他的左臂两次被手榴弹破片击中。虽然伤口非常疼痛,但是他留在原地继续指挥他的部下,直到上午11:30战况稍稍平息时才撤下。

当日军以交叉火力压制我军的一门野战炮,并且打死打伤多名炮手和替补炮手时,劳伦斯·A. 迪彼得罗安东尼奥(Lawrence A. DiPietroantonio)下士以一己之力接手操炮,作为单人炮组一直战斗到其他人加入为止。

我又走访了克雷斯维尔中校的指挥部,他也给我讲述了他麾下的陆战队员在泰纳鲁河之战中数不胜数的英雄事迹。其中一位英雄是雷蒙德·A. 尼格斯(Raymond A. Negus)下士[来自马萨诸塞州的皮博迪

---

① 原注:他的主治医生后来告诉我,武扎脖子上的大伤口刚被缝好,就求我们给他些吃的。

(Peabody)]。在克雷斯维尔部从后方逼近日军阵地时，尼格斯下士的双臂、腹部和左大腿都受了伤。

两位战友将尼格斯下士抬上担架，但是当他们暴露在日军步枪、迫击炮和机枪的猛烈火力下时，尼格斯主动爬下担架，并让战友隐蔽。然后他不顾自己的伤势，在无人帮助的情况下爬到了较为安全的地方。

当日本人想朝他的排投掷手榴弹时，罗伊·L. 巴恩斯（Roy L. Barnes）二等兵［来自俄亥俄州的辛辛那提（Cincinnati）］眼疾手快，一枪将手榴弹从那日本人手中击飞。莫里斯·F. 埃亨（Maurice F. Ahearn）中尉（来自马萨诸塞州波士顿）负伤后，海军医护兵理查德·J. 加勒特（Richard J. Garrett）医务下士主动护在这位受伤的军官身前，以自己作为人体盾牌挡住敌军的步枪子弹。

在克雷斯维尔中校和波洛克中校告诉我的几十个故事中，这是特别突出的几个。但它们同时也很有代表性。泰纳鲁河之战是许多参战陆战队员首次接受战火洗礼，但他们奋勇杀敌的表现更像是久经沙场的老兵。

第六章
轰炸

8月23日，星期天

瓜岛上没有洗衣房。这是日本人忘记提供的设施之一。显然他们是自己洗衣服的，而我们现在也必须这么做。

今天早上我拿了一个木桶和一块洗衣皂，搓洗了几件脏衣服，经过几个小时的努力，我发现这些衣服多少带点灰白色，而它们以前是更深的颜色。

这是个令人愉快的上午。到了中午，还是没有空袭。看来我们将可以享受一整天的休息了。

但是到了下午，一拨"流言"却打破了大家的好梦。大量日本舰船正在来瓜岛的路上。

我向消息最灵通的人士打听情况，发现这个传言是真的。我们的巡逻机在150英里外发现了一支庞大的日本海军船队，正朝我们这里驶来。船队里有运输船、巡洋舰和驱逐舰，总计约为14艘。

我军的一个俯冲轰炸机队出发去猎杀日本船队。但是没等它们到达船队的位置，天气就变坏了，因此它们没能找到敌船。飞行员回来报告时我就在机场的作战中心，他们一个个看上去都没精打采的。

"我感觉糟透了,"中队长向作战主任报告说,"可我们实在没法飞到那里。"

"我从没见过这样的天气,"另一个俯冲轰炸机飞行员说,"我回来时经过图拉吉,为了避开云层,飞得只比水面高两英尺。即使这样,我还是什么都没看见。"

此时此刻,我们对事态无能为力,唯一能做的是当晚上床睡觉时不脱鞋。我们确实这样做了。

8月24日,星期一

意料之中的日本特混舰队并未在夜里出现。但是今天凌晨2点左右,一艘日本潜艇在库库姆附近浮出水面,开炮射击瓜岛。

当我们听见炮声时,和我睡一个帐篷的迪克森上尉、纳德尔上尉和菲普斯少校在黑暗中反应迅速,立刻起身跑向我们的防空洞,我也跟着他们跑。

我们过了一些时候才搞明白发生了什么事。炮击持续时,我们看见库库姆上方的天空被白光照亮,根据这光芒乍明乍灭的特点,我们判断它是一盏探照灯发出的。

炮声听起来并不令人恐惧。听到炮弹破空的呼啸声**之前**[①],我们就能听到炮弹爆炸的声音。这是个好兆头。它意味着炮弹的落点离我们很远。

炮击在开始10分钟后就停止了。但是警报尚未解除。我们能听到库

[①] 译注:英文版原著以斜体表示强调,该中文版以加粗字体表示。下文同。

库姆方向传来摩托艇发动机低沉的吼声。

威尔逊中尉用电话核实情况。"天哪,"他说,"那不是我们的。我们的船都搁浅在海滩上,船员全上岸了。"

我们坐在指挥部里等待并交谈,大家的烟头照例在黑暗中闪烁。这时候的情况很令人担心,大家坐在黑暗中,一边倾听摩托艇的声音,一边猜测这声音是否标志着意料之中的日本登陆船队到来。但是在这样的情况下美国人也不会丧失幽默感。我们坐等情报的同时也在交流俏皮话。

但是,甘农少校[詹姆斯·J. 甘农(James J. Gannon),来自宾夕法尼亚州的费城]带来的消息让我们的情绪低落了几分钟。"4号炮几乎被直接命中,"他悲痛地说,"我损失了2个人,还有2个负伤的。"我们的心都沉了下去。"太糟糕了,"他说,"但还是发生了。"

但是后来我们发现,这最初的估计数字就像许多关于伤亡的初步消息一样,过于悲观了。当天上午我们听到了经过核实的消息:在这次炮击中只有1人受重伤。

我在上午和菲普斯少校一起查看了现场。3名轻伤员还在现场执勤。他们告诉我,他们的胳膊和腿上各个位置还有弹片没取出来。

其中一个伤员是身材魁梧的小伙子,名叫卡格尔[乔治·R. 卡格尔(George R. Kagle)二等兵,来自得克萨斯州的阿比林(Abilene)],我问他,伤口疼不疼。

"当然有点疼,"他爽朗地说道,"就像被蜜蜂蜇过一样。不过除此之外就没啥了。"

我看了看炮击时那个重伤的陆战队员睡觉的地方。那是个用木箱搭成的矮而宽的棚屋,有一部分已经被炸碎。不到10英尺外的沙地上,有个卵形的小坑。这就是炮弹击中的地方,大量炮弹破片射进了那个陆战队员的小屋。

"要是没有那座小屋,他已经完蛋了。"卡格尔二等兵说。

下午2:30左右,我们的空袭警报汽笛响了起来,我们看见我军的战斗机迅速飞上阴云密布的天空。他们要赶在日本飞机到来前"上楼"。

我跑到伦加河一处河湾边的开阔地观看空战。一连几分钟,我没看见任何飞机,无论是我军的还是敌军的。但是我清清楚楚地听见了机枪的嗒嗒声,以及发动机加速运转的轰鸣。

一架飞机突然从天空中猛扑下来,在我右侧树林的上方掠过。接着是另一架紧随其后的飞机。第二架飞机是我们的格鲁曼"野猫"式。它的机枪响了一阵又停下,然后就响个不停。我意识到第一架飞机肯定是日本战斗机。它在扫射机场吗?我只来得及生出这个念头,两架飞机就一起消失了。

接着我们听到炸弹落下的尖啸,以及它们落地时惊天动地的刺耳"砰砰"声。在天上灰色云团中的某个地方,日本轰炸机投下了它们的炸弹。

警报解除后我立刻回到机场,等待我们的战斗机返回。大部分飞行员似乎都是欣喜若狂的样子,在跑道上逐一完成滑行后就迫不及待地跳出驾驶舱。对大多数人来说,这是第一次空战胜利——不过有几个在21日就已经和零式交过手了。

一个帅气的中尉面带笑容告诉我,他和另一个战斗机飞行员各自击落了敌人的两架轰炸机。这个飞行员是肯·弗雷泽(Ken Frazier)中尉[来自新泽西州的伯灵顿(Burlington)]。"我攻击编队左侧,卡尔[马里恩·E. 卡尔(Marion E. Carl)中尉,来自俄勒冈州的哈伯德(Hubbard),参见第248页图33]攻击右侧。我对准一架飞机,火力全开,打得它凌空爆炸。然后我把瞄准具往上抬了一点,又对准第二个家伙开火。它的一台发动机冒出一团火焰。"

弗雷泽中尉还沉浸在战斗的兴奋中,这是十分自然的。他说不准到底来了多少敌军轰炸机,也说不准它们是单发还是双发飞机。

一个金发小伙长着一口非常洁白的牙齿,他给我讲述自己的故事时笑得特别开心,仿佛刚得到一件梦寐以求的礼物。他是J. H. 金(J. H. King)中尉[来自马萨诸塞州的布鲁克莱恩(Brookline)]。

"那架轰炸机飞得就像一只开心的大肥鹅,"金中尉说,"我朝它俯冲过去,一个点射,它就爆炸了。"

他还笑着给我讲述了自己被一群零式追逐的经过,仿佛那是个天大的笑话。"我钻进一片云里,"他说,"每次钻出来,我都发现它们在那里嗡嗡打转,等着我。"

头发灰白的菲克(Fike)中校是陆战队飞行员们的副指挥官,他正在记录他们讲述的故事,列出了一长串战果。他笔记本上的记录显示,这次战斗中共有10架轰炸机和11架零式战斗机被击落。

当我们离开机场时,我军的战斗机有2架不知下落。此外还有1名飞行员被人看见在图拉吉湾上空跳伞。其余的都已经返回。总的来说,这一仗打得不坏:我军以失踪3人为代价,击落了21架日本飞机。

我们驱车穿过机场,回到营地。虽然机场跑道明显是日本飞机的目标,但是跑道根本没有被命中。在附近的一片草地上,我们看见两排相当整齐的大弹坑,黑色的泥土都被翻了出来,那就是成串的炸弹击中的地方。

一辆大型拖挂式卡车躺在坑边,显然是被炸弹的冲击波掀翻的,驾驶室被炸弹破片打成了筛子,挡风玻璃支离破碎。但是据旁观者说,那是我军缴获的一辆日本卡车,遭到轰炸时车里空无一人。

今天下午,照例又有传言,说是大队日军正准备来进攻瓜岛,我们大部分人又是穿着鞋子上床，并把钢盔放在随手能拿到的地方。但是我决定要舒服一回，因此不顾传言，脱掉了裤子、衬衣和鞋袜。

8月25日，星期二

　　昨晚我为了睡得更舒服而脱掉了衣裤，结果铸成大错。午夜刚过，在今天凌晨，我的美梦就被爆炸声击碎，那声音是从非常近的地方传来的。我立刻条件反射地滚下床，平躺在地上。我知道帐篷里的其他人正在离开，冲向防空洞。我笨拙地摸索着我的钢盔，但是没有找到它。

　　我能听见猛烈的炮击声，而且那顺序让我立刻明白大事不妙：先是炮弹出膛时那带有金属铿锵的、响亮的轰隆声，接着是炮弹飞近时的呼啸，然后是炮弹爆炸的轰响，落点近得能让我感觉到冲击波掀起的气浪。

　　我连拖鞋都顾不得穿，就往防空洞跑，但是刚要掀开帐篷门帘，我就听到更多炮弹飞来，赶紧卧倒在地一动不动。爆炸声震得我的鼓膜生疼，我还听见各种碎片落地时乱七八糟的声音。

　　亨特上校和我同时到达防空洞。我俩在入口撞到一起，然后各自后退一步，我说："你先进，上校。"他略微欠了欠身，礼貌地说："不，你先请。"我们就在那里为这事争执了片刻，与此同时炮弹还在继续落下。上校昨晚也决定睡得舒服点，此时只穿着他的棉质内裤和衬衣。我俩肯定成了一对喜剧搭档，因为当天其余时间我到处都听到人们议论两个只穿着内衣在炮火下过度谦让的人。

　　但是那一刻的幽默感很快就消散了。当炮火平息时，我们听到一种呜呜咽咽的抽泣声，与其说是人，不如说是动物发出的。一个陆战队员跑到防空洞入口说，有好几个人受了重伤，需要医护兵。此时那个哭泣者还在继续，他的呜咽有规律地起起伏伏，仿佛某种奇特的机器发出的声响。

我绕过一顶被炸塌的帐篷循声找去，发现自己身处一片令人毛骨悚然的场景。一具灰绿色的尸体仰躺在地。胸口中央有一个形状不规则的红色小洞。

不远处躺着那个一直在哭泣的伤员。这是个肌肉发达的大个子，他右肩朝下侧卧着，一个医生给他包扎着一条残缺不全的腿，一个医护兵正在处理另一条腿上扭曲开裂、深可见骨的大伤口。

他的脸和肩膀浸在一片模糊的血肉中。鲜血汩汩地从脸上的伤口流到地上。一侧肩膀上有深深的伤口，被挖走了好几层组织。另一侧也被弹片撕出伤口。此时我终于明白他为什么会发出那种可怕的声音。他一直在血泊中抽泣。鲜血所起的效果就和水一样，使他的哀号扭曲失真，变成一种冒泡的声音。而且这种声音还是有周期的，音量会有规律地上升到最高水平。这个伤员的一只手还在地上机械地画圈，与他的哭叫保持同步。

还有其他伤员。从两盏加了方形遮光罩的昏暗车灯可以看出，旁边停着一辆救护车。医护兵正在把担架抬上车。担架在车里滑动时发出咯吱声响，像极了手指甲刮过黑板的声音，令我终生难忘。

被炸塌的帐篷旁矗立着一株棕榈树的破裂的树干。这棵树的树冠已经倒在另一顶帐篷上，把它压塌了半边。仍然竖立的帐篷壁也已被炮弹破片撕裂。

我回到亨特上校的指挥部，遇到了澳大利亚向导霍奇斯上尉，他正在讲述树冠倒在他床铺上的经过。在这件事里他也发现了幽默元素。"我这辈子还是第一次和一棵树同床。"他说。他没有受伤。

伤员被车送走后，我们暂时回到床上睡觉。我们高兴地听到了我方飞机起飞的声音，显然它们要尝试攻击那些一直炮击我们的日本军舰。

在祥和的晨曦下，我们发现，即使考虑到最坏可能，那么我们在这次炮击中遭到的破坏和伤亡也轻微得令人吃惊。只有1发炮弹造成了伤亡，它的落点离我的帐篷非常近。这发炮弹是在击中那棵棕榈树的树冠时爆炸的。爆炸时向下的冲击波将1名陆战队员瞬间杀死。我们夜里听到在哭泣的那名陆战队员也是被那发炮弹炸伤的。他在天亮前因为伤势过重而死。还有2人受了重伤，但没有生命危险。约有10个人被四处横飞的弹片打成轻伤。破坏仅限于2顶帐篷，周边建筑的几个洞，和那棵被炸断的棕榈树。我们今天午饭吃了棕榈心，也就是棕榈树枝上挑出来的一部分，算是一定程度上弥补了那棵树的损失。

总的来讲，敌人能将如此多的炮弹射进我们营地，却只造成如此轻微的损失，真是令人惊讶。

今天上午，我们的海岸观察哨报告说，炮击我们的舰队由三艘驱逐舰组成。显然那些驱逐舰还搭载了地面部队，已在机场以西远离我军防线的某个地点登陆。然后那支小舰队沿海岸驶来，用高爆炮弹向我们致敬。

在机场的作战指挥部，海军某俯冲轰炸机中队（参见第250页图36）的中队长特纳·考德威尔（Turner Caldwell）上尉［来自加利福尼亚州的圣迭戈（San Diego）］告诉我，我军的飞机已经发现来袭的日本军舰，而且可能有一枚炸弹击中了其中一艘驱逐舰。

"今天所有飞过那片区域的飞机都看见一条大约25英里长的油迹，"他说，"我们可能已经击沉了那艘驱逐舰。"

在我们交谈的时候，飞机从机场起飞所发出的轰鸣声几乎没有间断过。它们要去攻击那支包括军舰和运输船在内的大型日本特混舰队，它一直在这一带徘徊。全天不断有轰炸机编队起飞。战果是令人鼓舞的：那支日本舰队在猛攻下分散逃窜，其中一艘巡洋舰和两艘运输船被重创。

在航空兵营地,我发现一群陆战队的俯冲轰炸机飞行员横七竖八地躺在一个遮阳篷下。他们看上去筋疲力尽,大多数人胡子拉碴、满脸污垢——他们从今天子夜0点开始就一直在飞行。有些人告诉我,他们已经在飞机里睡过觉了。

他们兴高采烈地讲述了自己的故事。这个大队的大队长理查德·C.曼格伦(Richard C. Mangrum)少校(来自华盛顿州的西雅图)笑着和我讲了他如何以不同寻常的方式击中一艘日本运输船。

"起初我们发起攻击时,我是对着那艘巡洋舰俯冲的,"他说,"但是我的炸弹卡住了,投不下去,当时我又不知道。"

"完成攻击后我们返航,这时其他人告诉我,我的炸弹还在飞机上。于是我离开编队,又掉头回去。这时我看见一艘先前我们都没看到的运输船。我猜它当时是在一片云下面。"

曼格伦少校的报务员兼后座机枪手丹尼斯·伯德(Dennis Byrd)下士描述了少校取得的战果。"那枚炸弹好像命中了船尾附近,"他说,"腾起一股很大的烟柱和水柱。"伯德说他可以确定,那艘船的操舵机构被炸坏了。

飞行员们都说,如果你开的是俯冲轰炸机,那就很难看见自己投下的炸弹命中目标的情景,因为当炸弹命中时,飞行员都在忙于从俯冲中改出,以及躲避高射炮火,没有时间朝身后张望。但是面朝后方的报务员兼后座机枪手,或者同一中队的战友,往往拥有绝好的观察视角。

劳伦斯·鲍尔迪努斯(Lawrence Baldinus)中尉[来自密歇根州的尤马(Yuma)]就没能目睹自己的炸弹直接命中那艘最大的日本运输船中部的情景(顺便说一句,那艘船上悬挂着代表日本陆军或海军将领的大红旗帜,可能是一艘旗舰)。但是,唐·E. 麦卡弗蒂(Don E. McCafferty)中尉

[来自长岛的亨普斯特德（Hempstead）]说，他欣赏到了鲍尔迪努斯那次轰炸的"迷人景象"。

"炸弹正中舰桥旁边，"他说，"一切都像木头做的一样四散飞舞——好像电影里的模型。我拨转机头去观看，这让我觉得太迷人了，所有东西都飞上天又掉下来。"

曼格伦少校说，他也看见了鲍尔迪努斯轰炸的运输船，那是一艘约有1.4万吨的大船，熊熊燃烧，而且有船员弃船的迹象。"水面上到处都是小艇。"他说。

我找到了海军俯冲轰炸机飞行员芬克上尉[克里斯·芬克（Chris Fink），来自怀俄明州的格雷布尔（Gray Bull）]，就是他命中了敌人的巡洋舰，那是一艘神通级的新船。他是个语速很慢的西部人，和其他飞行员的说法一样，他说自己没机会看见炸弹命中的情景。但他的报务员米罗·L. 金伯林[Milo L. Kimberlin，来自华盛顿州的斯波坎（Spokane）]讲述了经过："炸弹正中舰桥，火焰和烟雾直冲云霄。我看见烟囱和舰桥从那艘船上飞起来，扑通一下落进海里。我们离开的时候它还在燃烧。大约40英里外都能看到烟雾和火焰。"

今天下午，我绕过机场前往亨特上校的指挥部，走到半路空袭警报就响了起来，片刻之后，我们就听到众多大功率发动机令人敬畏的轰鸣声，看到日本轰炸机在空中排成熟悉的银色细线。

这一次它们共有21架。我清点了它们的数量，然后当它们快要飞临头顶时，我快步跑到一块巨大的石灰岩后面躲藏。我听到炸弹从空中落下，它们在下落中发出的呼啸声比我先前听到的任何一次都响。我忘记了要领——忘记了得到正式认可的空袭避弹要领，即用手肘将身体略微支起，以免被震伤——反而竭力紧贴地面，恨不得钻进去。那一串炸弹的爆炸声震耳欲聋，我感到大地都随着冲击波颤抖。土块像雨点一般落下。当最后的轰隆声消失后,我又等了几秒钟,然后略带恐惧地爬起身,看到对面草地上有一排新出现的、整齐划一的黑色弹坑。周围的地面上落满了方形的土块。我估算了自己和最近的弹坑之间的距离——200码出头而已。

今天晚上我又听到一些捷报,我们的海军舰队和日军舰队在瓜岛附近某处海域发生交战:我军一艘航母上起飞的鱼雷轰炸机攻击了日本航母"龙骧"号,很可能已将其击沉;与此同时,81架日本飞机攻击了我军的1艘航母,其中71架被击落。我军轰炸机还击中了另一些日本军舰,但数量和舰型不明。

8月26日,星期三

今天,当已成惯例的日机空袭来临时,鲍勃·米勒和我正站在机场边上。如今我们已经把这类事情的时间安排得很有条理了。我们知道在进入防空掩体前大概可以花多长时间观看轰炸机飞来。今天我们听到的炸弹坠落的呼啸声和昨天一样响、一样近。然后我们就挤进一个小散兵坑。这一次我记住了要领,用手肘略微撑起身体,以免被落得太近的炸弹震伤。有些我军士兵就曾被近处的落弹严重震伤,出现休克和长时间流鼻血的症状。

在轰炸中最糟糕的时候就是听到炸弹逼近的那短暂一刻。此时你会感觉很无助,并且会非常专注地思考一个事实,那就是你会不会被炸弹击中纯粹看运气。运气的好坏取决于你所在的位置。日本飞机轰炸的是这样那样的一块区域,有一定的面积。它们的炸弹破片覆盖区是圆形,将在总面积中占有一定比例。你会不断猜测自己所在的那一小块地方会不会和炸弹覆盖区重叠。

如果遭到轰炸时你正在机场，那么你可以预见到自己免受伤害的机会将远远小于其他地方，因为机场似乎一直是日本飞机的目标。但即便在岛上的其他地方，虽然安全过关的机会可能比较大，比方说有十分之九的机会，你还是要忍不住猜测，自己会不会成为那十分之一的倒霉蛋。

你还会想到那些在先前的轰炸中重伤或丧命的人，并想象自己受到类似的伤害。你还会后悔，自己为什么不跑去有沙袋顶棚的防空洞，而是傻乎乎地在原地打转，最后只来得及躲进敞开的散兵坑；或者没有任何防护，只能趴在平坦的地面上。如果你除了贴近大地和降低高度外没有任何防护措施，你会觉得自己特别孤单，完全赤裸，只能任由炸弹摆布。

当你听到炸弹嗖嗖呼啸着破空飞来，在这段明明短暂却似乎特别漫长的时间里，这些念头会飞快地在你脑海中闪过。而就在你飞速思考着这些念头的同时，不需要你主观上付出任何努力，你的耳朵也会根据炸弹的嗖嗖呼啸拼命估算它们离你有多近。

在炸弹落地后，你会再等上几分钟，心中非常不愿立刻起身。你会非常耐心地观看眼前的地面，等着看会不会再有一串或多串炸弹。在瓜岛这里，轰炸机进行过一轮投弹后，通常不会再有炸弹落下。它们不会去而复返，因为要忙于应付我军的战斗机。

当你终于起身环顾四周，你会感到心慌意乱，呼吸明显变得短促，双手也会有一点颤抖。这些感觉似乎是不可避免的，主观上再怎么努力也没用。

今天上午，在炸弹落地爆炸后，米勒和我相当迅速地跳出散兵坑，此时被炸起的尘土还未落定，我们看到机场远端，红色的火焰在漫天的棕色烟雾中跳动。一些炸弹击中了我军的一个油料分散堆放点。但似乎没有造成其他破坏。

范德格里夫特将军坐着吉普车从我们身旁路过。他正急着去查看炸弹是否对机场造成破坏。米勒和我搭了他的便车,快速冲向火场。但我们在接近那里时就能看出来,被炸到的只是少量油桶而已。

"我看得出来,那些日本飞行员一定会提交报告,说他们给机场造成了大破坏。"米勒说,"他们会说,自己在40英里外都能看到火焰之类的。"我们都笑了,因为那些日本人毫无疑问就是这么干的——那些能回去的日本人。

在天空中的某个地方,传来飞机上下翻飞和发动机逐渐增大功率时的不屈怒号,还有机枪的连续开火声。我们知道很多日本飞行员根本无法回去提交报告。

将军掉转车头,前往机场的另一部分查看,我们该为此感到幸运,因为有一枚带延迟引信的重磅炸弹就落在我们掉头地点的附近,在我们离开几秒钟后爆炸了。

米勒和我在一处日本人建造的框架式机库前跳下车,等待我们的飞行员着陆。

马里恩·卡尔走了进来,他开心地咧嘴大笑,告诉我们,他取得了个人的第五和第六个击落战果——都是零式战斗机。小伙子们都叫他"零式侠",从字面上看这似乎是个带有贬义的称号,但卡尔非常喜欢其中的隐含意味。

看来其他飞行员对卡尔非常敬重。他们没有在他面前提这个绰号,但其中一个人今天告诉我:"真是个了不起的飞行员!他是天才。总是显得游刃有余。"

卡尔和其他陆战队飞行员一起登上中途岛,并在那场大战中击落了一架零式。我问他,在瓜岛遇到的零式战斗机和在中途岛遇到的相比有何不同。

"我也不知道为什么,"他说,"我们在那里的中弹次数比在这里多得多。也许那里的飞行员比这里的强。"

卡尔的中队长约翰·L. 史密斯［John L. Smith, 来自俄克拉荷马州的列克星敦(Lexington)］上尉是个比较安静的人。他的眼神是我平生所见最坚定的,那双眼珠是褐色的,两眼间隔很宽,令人不禁想象,在国内时它们肯定经常这样眺望着西部的大平原。

史密斯就是那种北美大草原上的汉子:棕褐色的脸庞,宽阔的颧骨,骑兵式的瘦长头型,方正的肩膀扛着粗壮的脖子,身材高大健壮。给人的印象是,生活塑造了他平和质朴的性格。

虽然史密斯上尉自己没说,但他已经是瓜岛飞行员中的头号王牌。他已经击落了9架敌机。如此战绩似乎对他的心态毫无影响,他没有显出任何兴奋或不安。

我回到自己的帐篷,发现唐·迪克森和麦克劳德中尉［威廉·J. 麦克劳德(William J. McLeod),来自佛罗里达州的圣彼得斯堡(St. Petersburg)］坐在一个铺位上,正聊得起劲。他们似乎在起草某种文件。通常脾气特别好的迪克森这回却颇为唐突地对我说:"我们这里有点私事。"

我略感伤心,后来才发现他们在筹划的"阴谋"。塔蒂夫一等兵通知说,我被逮捕了,接着两个陆战队员端着上刺刀的步枪把我押走。迪克森走过来,故作严肃地说:"你现在是战俘了。"

澳大利亚人霍奇斯上尉也被宪兵带了过来,我们两人并排站着。"立正,特里加斯基斯二等兵。"威尔逊中尉厉声断喝。与此同时亨特上校大步走进来,一本正经地阅读了分别给我们两人的长篇"嘉奖令"。这份文件表彰我们在炮击中进入防空洞的迅捷,并宣布我俩成为"伦加角避弹陆战队"的正式成员。

参军前当过漫画家的唐·迪克森给我们的嘉奖令画了漫画作为装饰。这就是他在帐篷里办的"私事"。这些文件还带有用日本啤酒瓶标签制作的印章,看起来像模像样。

亨特上校庄重地将缴获的日本勋章别在霍奇斯和我的胸前。这是勋八等桐叶章。亨特上校说:"我们在日本人的帐篷营地里找到一盒这东西。"后来他告诉我:"我们必须给小伙子们搞一些节目。他们的士气有点低沉了。"

今夜平安无事。之前每晚都来造访的日本潜艇——我们现在称其为"奥斯卡"——并未出现。经常骚扰我们的巡洋舰和驱逐舰也不见踪影。

但是虽然这一夜始终很平静,我却没得到一点休息。我被一种当地流行病的症状折磨得夜不能寐,医生说这病叫胃肠炎。

8月27日,星期四

我以为我的病睡一觉就会消失,但事实证明这是不可能的。这种病发作起来很可怕。我出现了头晕、高烧和恶心。

今天上午,空袭警报又响了。但无论如何,我都病得没法离开床铺。唐·迪克森进来说,这次已经是紧急警报,他询问是否要帮忙送我去防空洞。我告诉他,我将留在原地。

我听到天空中飞机的嗡嗡声,便拿起我的钢盔戴上,然后在床铺上翻个身,面朝下。我觉得这样就能得到最大程度的防护。

但是今天轰炸机并没有进行轰炸。它们把炸弹丢到密林深处就走了。显然它们越来越忌惮我军的战斗机。①

我在床上躺了一阵,只觉得越来越晕,越来越难受。我能听见大炮开火的轰鸣。唐·迪克森告诉我,我听到的是我们自己的大炮。它们正在炮击马塔尼考-科库姆博纳地区。日军化整为零,在夜间逐次登陆,现在已经重新渗透到这些村子。我军正要把他们赶出去。炮兵的任务是削弱其防御阵地。今天晚些时候就会有一支大部队发起进攻。

霍普金斯大夫[亨利·霍普金斯(Henry Hopkins),来自马萨诸塞州的海恩尼斯(Hyannis)]进来给了我一点药,但我因为犯恶心,很快就把药吐掉了。在这之后,我就头后脚前地被人抬走。我记得自己在被送进救护车时,又听见了担架发出的那熟悉的嘎吱声。路上一阵颠簸,我迷失了方向感,几次看见在我担架上方的那副担架上的红色字母"USN,MC"(代表美国海军陆战队)并读了出来。我所在的担架位和大多数床位一样,对我来说显得太短了。之后我忍着病痛睡了四五个小时,只觉得自己的高烧和恶心越来越严重。我的病情很糟糕。②

当我重新醒来,能够听到帐篷入口的走动和交谈时,天已经黑了。我听到有人拖着脚走,一个人说:"他的衣服都湿透了。最好都脱掉。"他们送进来一个伤病员。我自己病得太重,实在没力气发问。但是对话还在继续。

"他是怎么回事?"

"中暑。"

接着我听到了咕哝和呻吟声。他们正在将那人从担架移到床上。

---

① 原注:根据官方统计,昨天我军的战斗机击落了7架日本轰炸机和5架零式战斗机。
② 原注:胃肠炎的特点是同时出现恶心、呕吐、腹泻和高烧。目前(1943年)还没有找到导致这种疾病的微生物(如果有的话)。瓜岛上的医生对其发病原因知之甚少,因为他们都在忙着处理更严重的事务,顾不上研究这种当地流行病的病理。

"他是个大块头。"一个声音说。

一个医生用柔和悦耳的声音说着话。"你在外面晒到太阳了?"他问。

对方回答得有气无力,似乎很难把单词从口中吐出。"唑……"他说。那是某种喘气声。接着他又说了一次"唑……"最后终于说出口:"我有一个排。在山岭上。"

"你现在是在医院里,"医生说,"我是林奇大夫①。"

那人又说了声"唑"。这一次,我虽然病重,还是认出了这个声音。他是来自泽西城的多诺霍中尉,是和我乘同一艘运输船来瓜岛的。

最终医护兵让多诺霍中尉恢复了意识,他在一声声喘息中,含含糊糊地讲述了他的机枪排爬上某座山岭的经过。他说,他们和其他部队一起向马塔尼考推进,指挥官命令他把他的排带到一座陡峭的石头山上。"爬上去以后,"他说,"我的兵都累坏了。我下山找霍金斯上尉。我问他在哪里。接下来,我只记得克劳德大夫给了我一点水喝……唑。"

到了夜里,帐篷里另一个病友想找人聊天,这是个年轻的中尉,正在从胃肠炎中恢复。他和值班的医护兵谈起了马塔尼考的战斗。医护兵说,在今天进攻这座村子的战斗中伤亡不多。中尉说有些人被打死和打伤,但伤员没有送到这里,而是被送到了另一所医院。

8月28日,星期五

今天上午,多诺霍中尉又讲了一遍他的故事。他说自己感觉好点

---

① 原注:乔治·林奇(George Lynch)大夫,来自马萨诸塞州的波士顿。

了,但他思考和说话时似乎都要花很大的力气。

那个正在康复的年轻中尉和医护兵谈起这个营地的饭菜有多棒。中尉说,他希望自己还能再待一阵。可能是凑巧,在量体温前他刚好抽了支烟。这让医护兵很不高兴,他指责中尉是故意拖延出院时间,而中尉在困惑了一阵后愉快地承认了。

多诺霍中尉则是另一个极端,他央求医生放他出院,因为他在今天中午前后脑子就已经清醒了。"我不想老躺在一个地方,大夫。"他说。

我还在受着恶心、呕吐和高烧的折磨,对这些事情都没什么兴趣。当天临近黄昏时,我军大批飞机起飞,而且许多人在激动地传播一则"流言",说是一支庞大的日本特混舰队正在攻击瓜岛的路上,但即便是这样的大事也没激起我的好奇心。①

多诺霍中尉谈到了对马塔尼考的那次进攻。他说行军途中发现一具被肢解的年轻女尸躺在小路边。他说那姑娘曾遭到强奸,她的躯干上有刀砍的痕迹。

帐篷里的其他病友除了一个例外,状况都比我好(那个例外是一位病倒的军官,他可能得了疟疾,正在接受检查),他们没完没了地闲聊着迄今为止的所罗门群岛战役。有些故事相当有趣。例如有个故事说,在图拉吉的第一个晚上,一个陆战队哨兵盘问一个日本人。那日本人用英语说,自己是警卫下士。"好的,老弟。"陆战队员说,然后就用手枪开了火。那支部队可没有警卫下士这一说。

另一个故事是我以前就听过的,说的是图拉吉岛上一个地洞里的

---

① 原注:我在第二天得到消息,我军的一支俯冲轰炸机巡逻队在圣伊莎贝尔岛(Santa Isabel Island)附近发现一支船队,其中包括日军的一艘小型驱逐舰和三艘较大的驱逐舰。俯冲轰炸机攻击了那艘小型驱逐舰,打得它着了火。后来一个攻击机群——我们听到起飞的其他飞机——发现那艘小驱逐舰侧倾并燃烧,便攻击了另两艘驱逐舰。这两艘船都被击中,其中一艘爆炸沉没,第二艘显然也受到重创。

日本人。有个翻译用日语要求他们投降,一个日本人把头伸出洞口,用地道的英语俗语做了回答。

这个故事让大家又聊起了日本人说英语的能力,据说许多尸体上还戴着美国高中的毕业戒指。然后有人提到,在日本人尸体上发现了美国纪念品,例如美国烟盒之类。接着闲聊的话题转到我们在瓜岛的初期,头几个晚上许多人对着影子开枪,后来据说将军下了命令,不准开枪,只能用刺刀,这个措施减少了不必要的射击——故事就是这样。

于是闲聊继续,终于有人讲起了那个经典的故事,关于瓜岛上的两个陆战队吉普车司机,不过这应该是个真实的故事,不管怎么说,其中的美国式精神内核非常真实。故事说的是两辆吉普车在夜里相遇,其中一辆按照灯火管制规定正确地关了车灯,另一辆的车灯却亮得刺眼。因此当两车交错时,关着车灯的那辆车的司机探出身子,对另一个司机大喊:"嗨!快把你那该死的灯关掉!"对方回答说:"办不到。我车上有个该死的上校!"

8月29日,星期六

今天凌晨4点左右,我听到有人高喊"空袭!",便立刻滚下床,拨开蚊帐,卧倒在地,刚好听到炸弹坠落的呼啸。但是它们的爆炸声却不大,我猜这些炸弹都比较小。混乱过后我们才发现,有几架日本水上飞机搞了一次偷袭。炸弹的落点离机场很远,只造成数人伤亡。

从上午9:30开始,我们整个上午都在拖着病躯往返于一个防空洞,因为连着来了三次空袭警报。防空洞里挤满了病号,大多数人受着胃肠炎的折磨,高烧不退,形容枯槁,看着十分可怜。

日本飞机直到正午时分才出现。来了24架轰炸机,还有22架零式战斗机护航。我从空气浑浊的防空洞里爬出来——这时候我已经感觉好多了，勉强能去四处溜达了——看到我们的高射炮弹在天上纷纷炸开。接着炸弹像雨点般落下，我能看见爆炸产生的深褐色烟云在树冠上方升起。

我军的战斗机截住了日本飞机。我听见云中传来飞机俯冲或爬升时那熟悉的发动机轰鸣和机枪射击声。接着一架飞机钻破云层从天而降，来了个我闻所未闻的急剧动力俯冲。那声音由慢变快，由弱变强，直到响彻天空。我始终没看见那架飞机，但似乎可以确定，它就是从我们头顶正上方飞下来的。但是我听到的飞机坠毁声是从一定距离外传来的，而且可以看到南边的树林上方升起一团黑色烟云。

那是一架日本轰炸机。当天晚些时候来我们帐篷的人说，那架飞机是垂直俯冲下来的，在撞击地面时速度肯定远远超过每小时600英里，像炸弹一样粉身碎骨了。显然当时那个飞行员已经被打死，他临死前的挣扎使操纵杆被压在俯冲位置卡住了。这一天我军飞行员的战果总计是击落三架日本轰炸机和四架零式战斗机。我军在空战中没有损失飞机。

一个陆战队员给我们帐篷里的一位病友带来一些衣服，他告诉我们，我军已经成功占领马塔尼考，但是那里的抵抗表明日军似乎一直在往岛上输送士兵和物资。我们已经发现那里储存了大量新到的弹药和食品罐头，这一猜测得到了证实。

日本人可以相当轻松地在这个岛的其他区域一点一滴积蓄起强大的力量——前提是他们的运输船能够平安到达这里的海岸，这一点他们迄今为止都做到了。

我们只占领了这个岛的一小块，只不过是以机场为中心，正面宽约7英里、纵深4英里的弹丸之地而已。这个岛的其余部分长90英里、纵深

30英里,日本人基本上可以在其中自由自在地活动。

8月30日,星期天

今天凌晨1:30,我们被警报叫醒,借着月光赶往防空洞。但是没有飞机出现,于是我们在凌晨1:45又回到床上。我扶着一名发烧的胃肠炎患者从蒸笼一样的防空洞出来,发现他的胳膊摸着烫手。我很高兴自己已经击退了这种疾病。

早饭过后,我获准出院,随即前往库库姆。两艘船停泊在离岸不远处,其中一艘是货轮,另一艘是辅助运输船"卡尔霍恩"(Calhoun)号。

不久以后,我们听到空袭警报,那两艘船匆忙起锚,驶向外海,因为如果遭到攻击,它们在那里能有更多机动闪避的空间。

德克斯特(Dexter)少校告诉我们,在海滩上可以很好地观察空袭。"我们有岛上最好的位置,"他说,"我们可以看到敌机接近,高射炮开火,看到炸弹投下,看到空中的缠斗,还能派小艇出去把落水的飞行员捞起来。"

但是今天低空密布着浓重的积雨云层,一团仁慈的雨飑罩住了"卡尔霍恩"号和那艘货轮。即使在岸边也看不到它们的踪影。

没有轰炸机现身,但是我们听到雨云上方的高空中传来激烈的空战的声音。这声音持续了大约10分钟。

在机场,我们和完成空战后归来的战斗机飞行员们进行了交谈,史密斯上尉告诉我们,今天是他战果最丰硕的一天,他说他击落了四架零式,其中三架是在一分半钟内击落的。

"我朝一架飞机俯冲,击落了它,然后看见另一架咬住了我僚机的机尾,"他平静地说,"我掉转机头,干掉了那架飞机。接着我看见一架飞机从前下方朝我飞来。我按下机头,正对着他俯冲,并火力全开。我差一点就和它迎头撞上了。我看见它的螺旋桨被打碎,因为离得太近,我还看见了他那该死的脑袋——他的头盔和护目镜。他当时正努力从飞机里往外爬,我估计他最后跳伞了。"

上尉说,在这之后,他只剩一挺机枪还有弹药。于是他开始往机场飞,通过贴着水面低空飞行来避开敌人。"我沿海滩低空平飞,高度大约50英尺,"他说,"这时我看见右前方有两架零式。我用剩下的那一挺机枪射击其中一架,看见他掉下去,栽进水里。另一架立刻以最快速度跑掉。我也一样,因为我已经把子弹全打光了。"

卡尔上尉今天的空战也打得很不错。他高兴地告诉我们,他又击落了3架零式,因此他目前的总战绩达到了9架。

在范德格里夫特将军的指挥部,我们得到的官方消息是,当天有18架与我军交战的零式战斗机被击落。范德格里夫特将军对此很满意,他说今天的截击堪称完美:敌人的轰炸机被驱逐,大部分零式战斗机都被消灭。

但是这个下午还没结束。我们突然接到消息,说来了一次意外的空袭,大家赶紧找掩体。接着我们就感到大地在颤抖,这抖动来自地底深处,仿佛发生了一次地震。一连串的震动后,我们听到库库姆方向隐隐传来阴沉的轰响。我跑到视野开阔的地方,看到库库姆方向的树林上空腾起一团高耸的黑色蘑菇云。

那团烟云升上天空,接着我们就听到了坏消息——"卡尔霍恩"号被日本轰炸机击中了。日本人分成3波来袭,共有16架轰炸机。这艘小小的辅助运输船结结实实地挨了3枚炸弹,几乎立刻就沉没了。

米勒和我立刻跳进一辆吉普车前往库库姆,但是却没法到达目的地。道路上挤满了运送幸存者和伤员的卡车。我们放弃了去库库姆的计划,我只能退而求其次,采访目睹这次轰炸的比尔·迪尤尔(Bill Duell)大夫［来自新泽西州的哈肯萨克（Hackensack）］。

他说，我们感觉来自地下、震撼大地的那几次爆炸是深水炸弹造成的。当轰炸机攻击"卡尔霍恩"号时，一艘潜艇也在附近徘徊。在"卡尔霍恩"号遭到轰炸的同时，我军一艘驱逐舰投放了一连串深水炸弹。

"在投放深水炸弹的地方，我看见水面上冒出许多小气泡，"他说，"你能感觉到大地在颤抖，站在海滩上都觉得恐怖。接着就看见那艘潜艇的黑色船头像条鲸鱼一样在水面上露出来，然后又沉了下去。"

此时看来，失去"卡尔霍恩"号似乎是一场可怕的悲剧。但是后来到了晚上，我们听说船上人员的损失并不大。我们救起了大约100名船员，随船沉没的只有38人左右。

今晚没有往常那种敌军特混舰队正在赶来的"流言"，但是在夜深时，我们听到许多我军飞机起飞的声音，猜测它们发现了某些船队。

8月31日，星期天①

今天上午在机场（顺便说一句，为了纪念中途岛海战中陆战队的英雄飞行员，现在它已经被冠名为亨德森机场）的作战指挥部，我们听说昨晚发现4艘满载士兵的驱逐舰企图在科利角将部队送上岸，那里位于我军阵地以东约20英里。

发现这些敌舰的2名飞行员当时正在巡逻。他们投下了飞机上挂载的炸弹，但当时能见度很差，敌人的高射炮火又很猛烈，因此他们很难观察轰炸的效果。

---

① 译注：原文如此，应为星期一。

此后巡逻的飞行员通过电台呼叫其他飞机支援，但是我们听到起飞的那支攻击机群没能拦截到敌舰。显然，在遭到我军2架巡逻飞机攻击后，它们就匆忙离开了那片海域。

我听说这两名巡逻飞行员中有一人受伤了。接着我发现，此人是我先前一次在太平洋进行战地报道时结识的一名海军少尉，"尖刺"康策特［埃尔默·E. 康策特（Elmer E. Conzett）］。于是我就下到野战医院去看"尖刺"。

他修长的双腿有一条在膝盖部位缠着绷带，整个人显得有点憔悴。他说绷带包着的地方挨了一大块弹片，现在还有点疼。

"我甚至没看见那几只'鸟'，直到它们用高射炮开火才明白过来，结果就挨了这一下，"他指着自己的腿说，"它们打飞了我的仪表板，把驾驶舱打得全是窟窿，吓得我魂都掉了。"

"尖刺"说，和他同行的另一个飞行员是陆战队的布朗上尉［弗莱彻·L. 布朗（Fletcher L. Brown）上尉，来自佛罗里达州的彭萨科拉（Pensacola）］。布朗比他先看见敌舰，并朝其中一艘俯冲。

"那边的天上云很多，"康策特说，"但是我也接近敌舰，并俯冲投了炸弹。"

"在回这里的路上，我迷航了，以为自己再也回不来。我尽量靠剩下的仪表飞行，但是这办法效果不是很好。我进入了尾旋，高度从8000一直掉到4500左右才改出来。我的报务员说，他当时都打算爬出飞机，跳伞逃生了。当时就是这么糟糕。"

但是"尖刺"说，从这次尾旋改出后，事情变得顺利了一点，他找准方向飞回了瓜岛，但他又补充说："飞到这里的时候，我已经很虚弱了，连跑道都找不到。最后能降落真是运气好。"

今天空袭警报响了三次。但是我们没有一次遭到轰炸，敌人的飞机只在第二次警报时飞到瓜岛上空。它们被我军的战斗机吓破了胆，把炸弹丢在西南方向的丛林里就忙不迭地撤退了。

最长的一次空袭警报从中午12：30持续到下午1：30。我在伦加河的一处河湾边挑了一个舒适的散兵坑，在坑里仰面躺下，观望天空。静卧在那里听着旁边潺潺的流水声，真是令人心旷神怡，和大多数人在这种时候选择的闷热防空洞相比，不知好到哪里去了。

9月1日，星期二

今天有个好消息，我们的海岸防御力量得到加强，新增了一些大口径火炮。在这个消息和其他几个因素的共同作用下，大家的情绪普遍变得更加乐观了。

例如在过去两天里，日本轰炸机显得担惊受怕、小心谨慎，他们还没飞到目标就会丢下炸弹掉头逃跑。

还有一个事实是，昨晚特别安静，既没有"奥斯卡"的炮击，也没有常见的日本驱逐舰或巡洋舰的骚扰。

此外，我军的陆地前线也是平安无事，而且一直有大量日本人过来投降。显然他们的食物越来越短缺。

最近带着食物和弹药等物资过来的船只也在增加。我们希望，不久以后就能过上一日三餐的生活，告别现在食物贫乏的一日两餐。

我们在岛上的住宿也变得舒服了一点。一些基本设施（例如厕所）已经建设完毕，大部分是利用我们在这里缴获的日本预制建材修建的。

在亨特上校的指挥部这里，我们的厕所被称为"麦克劳德的杰作"，因为它是麦克劳德中尉负责建造的。从指挥部到这个杰作竖了一排木桩并拉上绳子，因此大家在黑夜里也能找到去厕所的路。威尔逊中尉把这条路称作"麦克劳德海姆防线"[①]，还贴了一张海报来庆祝它的完工。

我们还把一个缴获的日本保险箱改造成烤炉，让我们的厨师胡安·莫雷拉（Juan Morrera）能够制作面包。但面包还是非常稀缺，因此总能得到大家快乐的惊呼，并被当成蛋糕一样津津有味地品尝。

在瓜岛这样的生活条件持续作用下，我们的价值标准改变之大，想想就觉得惊讶。面包和厕所之类的东西，在国内被视作最起码的必需品，在这里却成了奢侈品。我已经觉得文明人使用的热水、光滑的抽水马桶和铺着床单的床是仅存在于梦幻世界中的物品了。

今天中午前后，米勒和我前往库库姆去观看一次空袭。虽然拉响了一次紧急警报，但是日本飞机又没有出现。于是我们便去库库姆沙滩边美丽澄净的海水中游泳。游泳的感觉棒极了，但如果我们没有发觉游泳时需要小心鲨鱼，这次体验会更加愉快。鲨鱼是在这一带的海水中游泳时的主要危险——另一个需要注意的危险是耳朵发生真菌感染，这两种危险就和伦加河里的鳄鱼一样，会让游泳带给人的满足感瞬间消失。

今天下午，几辆卡车在亨特上校的指挥部卸下一堆灰色帆布包。这是邮件——是自从我们登上瓜岛以来送到部队的第一批邮件！仅仅是想到自己终于能收到邮件，就让每个人都开心得像是刚收到一张一百美元大钞一样。这天夜里成了读信狂欢夜。大多数人都收到了三四封家信。他们围坐在一起，把每封信看上好几遍，并互相朗读其中的片段。

盖伊·纳德尔手里拿着一封信冲进我们的帐篷，大声喊道："我当爸爸啦！"他说女孩的名字叫杰拉尔丁，是6月27日出生的。

唐·迪克森站在帐篷门口，看着其他正在分拣投递的邮件。"邮件应

[①] 译注：原文为"McLeoderheim Line"，显然化用自芬兰的曼纳海姆防线（Mannerheim Line）。

该比食品优先。"他说。

亨特上校收到三封信。"都是母亲大人寄来的,"他说,"没有账单。"

但是查理·莫里斯(Charlie Morris)收到了一份账单,是每月读书会寄来的。

我看见一群陆战队员簇拥在一个小伙子身边,那人是有名的追女孩高手。他说,这些信是他的头号情人寄来的。

"那是他唯一搞不定的女人,"他的一个崇拜者真诚地说,"他想和她结婚。"

大情圣只是付之一笑。"真……讨厌,麦克。"他放肆地吐出陆战队员最爱用的单词:"你的问题就是从来没和处女约会过。"

9月2日,星期三

身为通信军官的盖伊·纳德尔今天凌晨2:30把我叫醒,问我要不要去电台所在的防空洞。

"他们发现了敌人,"他说,"想听听无线电里的通话吗?"

"他们发现几艘船正在送士兵登陆。"我们在夜色中摸索前行时他这样说。

我们爬进被提灯照亮的防空洞,纳德尔递给我一副耳机。电台已经调到我军飞机用于通信的频率。

我们能听到一架架飞机从机场起飞。但是耳机里除了静电噪声,什么也听不到。过了将近一个小时,我们才听到有人说话。

"指挥中心呼叫所有飞机。2号机已在目标区域。它将投放照明弹。它将投放照明弹。"

"正在敌船上空投放照明弹。"几分钟后,正在干活的2号机报告。

但是其他飞机在寻找敌人时遇到了困难。

"为了找到敌人,我将下降到1000英尺。能见度非常差。"

此前我就已经认识到,瓜岛周边的气象条件有多差,我军飞机要在夜间发现敌人船只又有多困难,只有月光非常明亮的夜晚才是例外。

这时我们听到,因为在浓云密布的条件下搜索困难,一些飞机开始呼叫指挥中心,想知道敌军的确切位置。

一个飞行员听到友机呼叫后报告:"先前俯冲攻击那艘巡洋舰的时候,它正朝正东航行。那是15分钟前。它的航速是20节。在那之后我没有找到它们。"

"在机场以东多少英里?"指挥中心问。

"20英里。"飞行员回答。

"敌人在机场以东20英里的泰武湾(Taivu Bay)送部队登陆。"指挥中心向所有飞机报告。

几分钟后我们听到一些飞行员的空中对话,他们显然已经赶到当地,但还是找不到敌人。

"咱们下降到500英尺吧,"一个声音说,"他们应该就在这一带,在我们下面。"但他们没有发现敌人。那里的天气条件肯定糟糕透顶。我摘下耳机,向防空洞的门外张望。夜空一片漆黑,没有一丝月光。

凌晨4点过后,我们听到一条转发给指挥部的接触报告:"3号机报告指挥中心,在泰武角(Taivu Point)以东发现3艘大型登陆艇。"

27号机更正说:"在泰武角**以西**1英里。"但是那里的天气条件显然差到无法截击。

在凌晨5:00左右,我放弃了这一夜的漫长守候,回到床上睡觉。我刚要睡着,突然听到炸弹落下的呼啸声。我大喊一声:"卧倒!"帐篷里的其他人全都训练有素,大家几乎同时扑倒在帐篷的地面上——就在那一刻，我们听到了炸弹爆炸的轰响。

好在爆炸离我们的营地并不近，也好在日本轰炸机没有再次攻击我们的阵地。但是几分钟后又传来火炮齐射的声响，炮弹显然落在东边我军占领的海岸上。

米勒和我匆匆赶到机场的指挥部，想了解炮击是否造成破坏，这次炮击显然就是昨晚在泰武送部队登陆的日本军舰干的。菲克中校说，能见度低下的天气妨碍了我军飞机发现敌人，但海军和陆战队的飞机还是扫射了日本人的三艘大型登陆艇。

一个陆军上尉进来报告说，他的驱逐机队刚刚出击返回，他们在泰武附近的海滩上发现日本人的六艘大型登陆艇（当天晚些时候，驱逐机又去扫射了那些登陆艇）。他报告说，那片区域没有敌军活动，看不见人影，也找不到放出这些登陆艇的日本军舰。

菲克中校说，关于昨晚那些军舰的数量和种类还没有确切的情报。但很可能有好几艘我们的老冤家——那种负责运送部队的驱逐舰，可能还有至少一艘巡洋舰，因为今天黎明前飞过来投弹的两架飞机是巡洋舰上搭载的飞机。

在凯茨上校的指挥部，我们得知在今天凌晨的袭击中只有一人负伤，那个人被一枚装着延时引信的炸弹炸断了腿。我们官兵躲进掩体的速度变得越来越快。除了那些喜欢留在外面看热闹的人之外，很少有人被炸死或炸伤。

瓜岛上又来了两个记者。他们是汤姆·亚伯勒（Tom Yarbrough）和蒂尔曼·德丁（Tillman Durdin）[①]。他们两个穿着光鲜亮丽的制服，让米勒和

[①] 译注：1937年12月，时任《纽约时报》记者的德丁，在南京记录下日军对中国平民和战俘犯下的惨无人道的暴行，他发回的《所有俘虏均遭屠杀》一文于1937年12月18日刊登在《纽约时报》头版，是西方媒体关于南京大屠杀最早的一批报道之一。

我显得像街头的流浪儿，因为我们靠自己手洗的衣服很少有干净的时候，我们的脸也很久没有用热水好好洗过了。

今天下午有两次空袭警报，第二次警报响起后，18架日本轰炸机出现并投下炸弹。在之后的空战中，3架轰炸机和5架战斗机被击落。

轰炸机投弹后几分钟，我们听到泰纳鲁河方向传来轻武器开火的声音，还有一些比较沉闷的爆炸声，像是迫击炮或野战炮。我们估计日军可能又在尝试突破我军防线，但威尔逊中尉用电话确认后，一脸安心地报告说："只是一个小型弹药库。炸弹把它点着了。"

亨特上校拥有所罗门群岛上为数不多的写字桌之一——这张桌子是从日本人手里缴获的。今天下午，有几个奇袭营的军官来到指挥部，询问能否借用写字桌。接着他们就在桌上摊开地图，开始进行热烈的讨论。我发现他们正在制定远征泰武的计划，那里就是昨晚日军运送部队和物资上岸的地点，而且据我军侦察兵说，那里已经有一支规模可观的部队。这次远征行动应该很有意思。我也许能随行。

9月3日，星期四

今天子夜，在0点过后15分钟，我们被库库姆方向近岸水域传来的炮声惊醒。我坐在防空洞外面，看见火光照亮天空，听到大炮傲慢的怒吼。这一次，炮弹并不是冲着我们来的。其他人也走出防空洞，和我一起观看炮火。

海滩上的观察哨发现三艘潜艇停泊在萨沃岛附近（这个岛离瓜岛西端不远）。炮击是其中离瓜岛最近的一艘潜艇所为。德克斯特少校说，马塔尼考附近的海岸上有一些小火堆，显然是给日本潜艇的信号。

炮击又持续了10分钟左右，然后就停止了。威尔逊说："'奥斯卡'累了。"我们也累了,各自回床上睡觉。

今天上午有几次空袭警报,米勒和我去了库库姆进行观察。但是日本飞机并没有来。它们已经变得非常胆小,这让我们信心大增。

我回到亨特上校的指挥部,发现奇袭营的军官还在地图上工作。但他们告诉我,此时他们的计划已经改了。他们将首先在萨沃岛登陆,而对泰武的远征被推迟到这次登陆之后。

似乎最近有人在萨沃岛的海滩上看到了可能作为信号的神秘火堆。还有一个飞行员认为,自己在飞越该岛上空时曾遭到一挺机枪射击,但不能确定。突击队将派出一大队人马进行一次武力侦察。他们将在今天下午出发。

米勒和我去了埃德森上校的指挥部(他已经把自己的部队从图拉吉岛转移到瓜岛),得到了随同远征队去萨沃岛的许可。

辅助运输舰"利特尔"号(*Little*)和"格里高利"号(*Gregory*)[①]将运送这些奇袭营士兵去萨沃岛。米勒和我得到的指示是在下午4点前往某个登船点,登上其中一艘船。但是我们迟到了。我们到达那里时,两艘船正离开岸边。

当时埃德森上校正站在岸上。这一次他不会随行。埃德森的副手山姆·格里菲斯(Sam Griffith)中校将指挥这次行动。

埃德森上校说:"你们来得太迟了。"但是他很乐意帮忙。"上那艘货船吧,"他下令道,"回头你们可以转到运输舰上。"

"最好赶紧走,"他催促说,"否则就赶不上了。"我们当时一点都不明白,登上一艘不会离港的船,怎么才能转到另一艘已经离开的船上。

---

① 译注:"利特尔"号和"格里高利"号原本都是第一次世界大战时期建造的维克斯级驱逐舰,参见第251页图38。

但埃德森上校是领导,我们只能服从他的指示。

我们登上那艘漂亮的货船后不久,这个谜团就解开了。原来它也会在几分钟后出海,并在夜里和那两艘运输舰秘密会合。到那时我们就可以转到"利特尔"号上。

上了这艘货船,我们并不觉得遗憾。它又干净又光鲜。一个态度很友好的军官把我带到他的浴室,还给了我一条干净毛巾,于是五个星期以来我第一次洗到了热水澡。这让我身心舒畅。

随后我在军官餐厅吃了晚餐,感觉自己就像一个乡巴佬,正进城拜访自己的阔表哥。我发现自己的价值标准在瓜岛已经退化到原始人的程度,白色的桌布和闪闪发亮的银餐具竟把我看花了眼。我甚至怀疑自己会无意识地把这些银餐具塞进口袋,因为在瓜岛,每个人只有自己的一把勺子,如果丢了,也许就只能直接用手抓着饭菜吃了。

当天深夜,我们按计划登上了"利特尔"号。指挥这次远征的山姆·格里菲斯中校和手下的军官在军官餐厅里热情地接待了我们。

格里菲斯中校是个英俊的年轻军官,有着高挑的个头和宽阔的肩膀,留着带点红色的小胡子。他给我们粗略地介绍了这次远征的计划。他久经沙场,在尼加拉瓜、中国和图拉吉岛都有出色的服役记录,看起来对明天上午的登陆一点都不觉得紧张。

其他军官也和他一样镇定。显然他们都觉得我军在萨沃岛不会遇到太多抵抗。

中校说,我们计划在该岛北端登陆。然后我们将兵分两路,其中一路侦察这个岛的东半边,另一路侦察西半边。两路人马完成任务后将在岛的南端汇合。

中校是个能说会道的人,按照他的说法,这个岛的形状就像个核桃,南北两头各有一个尖端。从南端到北端,如果沿东西两边的海岸走,路程都是9英里左右。这次远足应该会花费整个上午和下午的一部分时间。"前提是，"中校说，"我们没撞见日军。"

这艘船的舰长却没有中校这样的好脾气，他用疑惑的目光打量着米勒和我。他要我们出示证件，还要求我们不和任何船员说话。因为我们没有携带随行采访的书面命令，他似乎很不高兴。米勒和我都觉得自己可能被关进禁闭室，但我们对这样的前景并不在意。到了这个时候，生理上的不适已经不会让我们感到困扰了。

最终我们还是解决了和舰长的纠纷，他没有让步，但态度变得非常友好。我们判断他先前只是在例行公事而已。于是我们——舰长、中校、另一些军官、米勒和我——就坐在舰长的小办公室里闲聊。

9月4日，星期五

我们用过一顿丰盛美味的早餐，走上舰桥后，发现这艘船正在走着之字形航线。"深水炸弹预备。"船上的广播系统传出这样的命令。

我们正在全速前进。船员们紧张地奔跑，匆忙做着发射深水炸弹的准备。

"我们看见一具潜望镜，"值更官告诉我，"就在正前方。"

但是没等任何"垃圾桶"（深水炸弹）发射，这艘船就放慢了速度，紧张的空气也松弛下来。"只不过是我们沉在这里的一艘船的桅杆，"值更官说，"每次看见它，我们都会以为是潜望镜。"

我们正在接近萨沃岛。我走下船舱，整理好行装，又回到舰桥上。大家都默默地站着，看着前方那个驼背一样的小岛越变越大。在一片寂静中，只有测深探测仪有规律地发出沉闷而诡异的"当当"声。

战斗警报响起，广播系统里回荡着命令："进入小艇。所有艇员待命。"

我来到指定给我的小艇边，爬了上去，挤在一群陆战队员中间。艇上的发动机发出隆隆声响，然后运转起来，我们开始驶向岸边。

像在瓜岛一样，我又一次经历了在陌生海岸登陆的过程，这似乎有点奇怪。我们的动作和上次一样——低头坐在登陆艇里，登陆艇排成几列横队，向着海滩齐头并进。甚至前方的岛屿也和上次一样变得逐渐清晰，岛上的棕榈树开始被天空映衬出来，茅草屋也变得清晰可见，这一切都像是某种一再重复的惯例。但我仍然感到了那种让人喘不过气来的焦虑，猜测岸上是否会有机枪朝我们开火，并在猜测的这些时间里，一如既往地想象着子弹飞来并击中艇上众人的场景。

但是这些担心的事都没有发生，我们来到岸边，平安无事地登上陆地。我们沿着海滩小心翼翼地前行，但是既没有见到日本人，也没有听到枪声。

我们几乎一上岸就遇到一排竹子和茅草搭成的小屋，它们组成了一个村子。这些房屋坐落在一片稀疏的棕榈树林中，黑皮肤的土著人站在林子里观望我们前进。他们大多只穿着颜色鲜艳的兜裆布。

陪同我们行动的一个澳大利亚向导着手物色一些能带我们穿过岛上小路的土著人。这个岛上的大酋长不在附近，但很快我们就找到一个会说所罗门群岛的洋泾浜英语的黑皮肤男人。和其他人一样，他穿着一条色彩艳丽的法兰绒兜裆布，长着一头卷发——还是红色的。①

这个土著人的态度很和善。他笑着举手和我们打招呼，露出一口残缺不全、覆盖着厚厚牙垢并被槟榔染成红褐色的牙齿。

---

① 原注：后来我发现，爱美的土著男子会用酸橙汁染发。

澳大利亚人和这个土著交谈时，陆战队员们缓缓散开，进入周围的丛林，手中的枪随时准备开火。我们可不想在这个村子被日本人伏击。

五六个土著人站在那个会说英语的黑人后面。他们孩子气地笑着。其中一些人黑色的身体上刺着文身。有一个还戴着一条用色彩亮丽的珠子穿成的项链。

"我们来找日本人。"澳大利亚人开门见山。

但是那个土著人摇了摇头，露出亲切的笑容。"岛上没有日本人。"他说。

我们肯定是露出了怀疑的神色，因为在发言人身后的那排土著人都举起右手，笑着摇头，表示肯定他的说法。

我军飞行员在进行航空侦察时曾发现萨沃岛上有修筑道路的痕迹和形似帐篷的物体。澳大利亚人提起了这件事。

"这帮日本人有帐篷，"他说，"知道什么是帐篷吗？"

那土著人看起来有点迷惑。"他们的小房子，白布做的。"澳大利亚人解释说。

但是那土著人一口咬定岛上没有日本人。他说前一阵有四个日本人坐一条小船来到岛上。但是他们在星期天就离开了。

但我们必须亲眼看过才能知道土著人说的是不是实话。澳大利亚人解释说，我们需要两个向导。"大长官要派一半人走这条路，"澳大利亚人说，"派一半人走这条路。我们需要两个好小伙，明白？"

他们很快就找来两个会讲洋泾浜英语的土著小伙。澳大利亚人给他们做了说明。"你们要是看到日本人，不要跑那么快，"他说，"全都停下，我们会杀了他们。"

那两个土著人热情地点了点头。"你们会拿到好吃的，政府给。"他许诺说。

我选择跟着一队奇袭营官兵沿着这个岛的东海岸走。他们的领队是约翰·W. 安东内利(John W. Antonelli)上尉［来自马萨诸塞州的劳伦斯(Lawrence)］。

分给我们的向导是个典型的土著人：矮矮胖胖，一口脏牙，红色头发，孩子气的举止，说话时会露出带有歉意的微笑。他告诉我们，他是在图拉吉岛上学的英语，他曾在那里给一个英国人当厨师。后来他回到萨沃岛娶媳妇。他说自己的名字叫艾伦-鲁瓦(Allen-luva)。

我们穿过海岸边的椰树林，沿着一条小路前进，艾伦-鲁瓦告诉我们，日本人曾来萨沃岛(Savo，被读成了"Sabu")"拿香蕉、家禽、南瓜，什么都拿"。他说，7月来了一大帮日本人，分成两"批"(launches，被读成"launce")，在这里待了两个星期。

"他们讲英语吗？"我们想知道。

"讲得像喝醉的人，"艾伦-鲁瓦笑着说，"那些日本人会说'飞机'(airplane，被读成了aeroprane)和'瓜达尔卡纳尔岛'(Guadalcanal，被读成了Guadarcanar)。"

我们沿着海岸前进时，接连路过几个土著人村子。它们的样子都差不多：全都坐落在稀疏的椰树林中，出门就能看到漂亮的海滩和碧蓝的大海；都有几排用竹子做墙、茅草做屋顶的精致小屋；都有一座比较大的竹屋作为教堂。其中一些教堂还设有美观的圣坛，上面覆盖着黑白两色的精美织物——其典雅程度和镶嵌象牙的黑檀木相比也毫不逊色，但是这种精致感却被钉在墙上的廉价彩印宗教画破坏了。

这些教堂里简陋的长椅上放着赞美诗集和祈祷书。艾伦-鲁瓦告诉我们，岛民一天去教堂两次。这里还分成两个教派——英国国教和罗马天主教。

我们路过塞普塔塔维(Septatavi)村和波克洛(Pokelo)村，然后我发现了第一批残骸。这是船的残骸——救生阀、油桶、救生衣——属于在8月8

日夜至9日晨那场大海战(现在被称为萨沃岛海战)中我军沉没的军舰。

这些残骸是被海浪冲上海滩的,即使到了现在,离那场战斗过去近一个月,海边仍然残留着油污。海滩上的石头和树枝也覆盖着黑油,有些甚至有四分之一到半英寸厚。

艾伦-鲁瓦说,那场战斗发生在离海岸很近的地方。显然他曾被这一仗吓坏了,此时提起依然面露惧色,只会说:"火,很大的火。"

我们继续南行,发现沿岸散布的残骸更密集了:一条覆盖着黑油的来自"昆西"号的橡胶救生筏,一本浸透了水的曾被"阿斯托里亚"号上一名军官使用的笔记本,"堪培拉"号上搭载的一架飞机的螺旋桨,标有"澳大利亚"字样的木箱,还有很多木制救生筏的碎片,很多充气和未充气的救生衣。虽然我们的人一直在寻找日本人,却始终没有找到。

在中午前后,我们已经从北至南走了大约一半的路程。我们停下来短暂休息。越往南方前进,丛林就变得越发茂密,小路蜿蜒起伏,经过许多陡峭的山头。我们全都汗流浃背。是时候喝点水——并吃一粒盐丸(在所罗门群岛,这是必需品)了。

我们听到空中传来许多飞机发动机的声音。安东内利上尉看了看他的表。"到每日空袭的时候了,"他咧嘴一笑说,"换个地方从远处观看一次也不错。"

但那些飞机是我们的。很快我们就看见它们掉头向北,飞越萨沃岛。这是我军一支庞大的俯冲轰炸机编队,很可能要去布干维尔(Bougainville)、莱卡塔湾(Rekata Bay)或吉佐(Gizo)等日军基地。

下午3点左右,我们和另一队人马会师,他们沿另一侧海岸纵穿了这个岛。我们到达了最南端,一共走了9英里。

率领另一队人的格里菲斯中校说,他们在哪里都没遇到日本人。但是和我们一样,他们在岸边找到了许多残骸和油污,还路过了"昆西"号舰长的坟墓。

下午海浪变得汹涌起来，天空上阴云密布，我们在返回运输舰时遇到了一些困难。但是那些孩子气的土著人向我们伸出援手，当我们启程返回船上时，他们还笑着挥手，高喊："再会！"

当我们抵达瓜岛时，大家讨论了是否应该留在"利特尔"号和"格里高利"号上过夜。当时看来，我们有可能在明天前往泰武。但最终大家还是决定上岸。

9月5日，星期六

今天凌晨1点，我们被不远处传来的猛烈炮击声惊醒，纷纷滚下床。大炮在库库姆方向的近海发射，炮弹呼啸着掠过我们头顶，似乎落到远处的丛林中爆炸了。

我坐在防空洞边上，看着高空中闪起明亮的火光，听着大炮那带着金属铿锵的傲慢吼声。像这样几乎在炮击现场静坐，让我感到自己的命运完全掌握在一个神通广大又怀恨在心的巨人手中，他的声声怒吼就是雷霆。现代战争那骇人听闻的巨大规模让远古诸神复活了。

猛烈的炮击持续了大约5分钟，然后就突然停止。几秒钟的间歇后，炮击的声响和火光再度出现，而且数量多了几倍。但是炮弹不再掠过我们头顶，不再射向瓜岛。我们猜测，此时肯定又发生了一场海战。

10分钟后，炮击以狂暴的节奏持续，我们听到了一架飞机的发动机轰鸣。接着一个绿色光点出现在东边的海滩上空。那光点越来越亮，接着变成一大片白绿色光芒，在半边天幕上不断闪烁。那是一发照明弹。

接着东西两边出现更多照明弹，同时炮击还在继续，随后一道白光突然闪现，照亮了库库姆的上空。这光来自一盏探照灯，很可能装在我们或敌人的军舰上,目的是照亮对手。

炮击还在持续,而探照灯的光芒和出现时一样突然地熄灭。接下来它再度闪现。炮击也更猛烈了。

这些奇观一直持续到凌晨2:08,然后戛然而止,再也没有声响,没有照明弹,没有探照灯。

我们通过电话听到了库库姆传来的"内幕消息":萨沃岛附近发生了一场激烈的海战,大约有5艘军舰参与。有2艘军舰中弹,此时还在燃烧。但此时我们还不知道那是我们的还是敌人的。

黎明时我匆匆赶到库库姆查看情况。路上我遇到好几辆朝反方向驶去的救护车。它们都装满了人。

德克斯特少校告诉我,"利特尔"号和"格里高利"号被击沉了。现在已经派出小艇打捞幸存者。

我发现海滩上到处都是幸存者:有的躺在担架上,医生正忙着照顾他们;有的伤势较轻,萎靡不振地坐在沙滩上等待治疗;其他的衣衫褴褛,许多人身上还带着油污,默不作声地成群站立。

一艘艘小艇排在岸边,伤员正从艇上被搬到担架上;其他小艇分布在离岸几百码的水面上,像忙碌的水黾一样往来穿梭。

在海滩上,人们还在往救护车上装伤员。几副担架载着神色颓靡、身缠白色绷带的伤员经过我身边。

我和一个"能行走的伤员"谈了谈,他穿着内衣坐在一堆装备上,小腿有一道很深的伤口,一股细细的血流正淌到沙子上。他是被一块高爆弹的破片击伤的。

一个医护兵走过来,对这个水兵说:"你最好把那伤口包一下。"

"我要等**他们**,"——水兵指向旁边担架上一个正接受医生照料的重伤员——"弄好。"

这个水兵告诉我，他是"利特尔"号上的帆缆军士长。他的名字是拉尔夫·G. 安德烈（Ralph G. Andree），来自俄亥俄州的惠乐斯堡（Wheelersburg）。

他冷静而淡然地讲述了他的船被击沉的经过。"我们每门炮只打出了三四发炮弹，"他说，"日本人把我们的船像纸片一样射穿。他们和我们的距离肯定只有几千码或更短。"

"他们射来的第一炮打中了一个燃油槽，把我们的船点着了。然后他们打开探照灯，一直打到我们船上到处着火为止。

"接着他们又过去打沉了'格里高利'号，在这之后，他们好像又回来继续打我们。"

一个年轻的中尉裹着一条毯子，脸色冻得有点发青，但除此之外未受伤害。他告诉我，"格里高利"号沉没时，他就是舰上的值更官。他是小海因里希·海涅（Heinrich Heine, Jr.）中尉，来自加利福尼亚州的圣迭戈。

"从探照灯和炮火数量来看，"他说，"我认为当时大约有五艘日本军舰。其中至少有一艘巡洋舰，因为它们每次齐射都是三连发。"

"那就像四十来个地狱开了大门。把它们合在一起，你就能想象那场面。"

海涅中尉很有条理地描述了他目睹的战斗经过。

"我们正在近海巡逻，正要转弯，"他说，"这时有人投下了照明弹，然后有探照灯照过来，接着就乱成一团。"

"日本人起初一直对着'利特尔'号开火，直到我们也开了火，日本人就把炮火转到我们两艘船上。

"我们的1门4英寸炮和2门口径较小的火炮对着舰尾方向的日本船开火。我们打灭了探照灯，但是它们又重新亮起来，这时候我们已经要弃船了。

"我的岗位在3号小艇那里。我想用我们的1挺机枪去打日本人的探照灯,但之后意识到这很蠢。我看到舰桥挨了好几发炮弹,就赶过去,想看看有没有人受伤。结果只找到1个军官。

"然后我跑到甲板井那里,想看看能不能帮忙灭火。然后我又回到小艇的岗位上,把2号艇和3号艇放到水面。"

海涅中尉谈话时的语气正规得像在写官方报告。"我召集了大约20个人,"他说,"我们把一艘救生阀放下水。然后我让所有人跳到水里,游到救生筏上。"

"日本军舰还在射击。当时它们离'格里高利'号大约100码,在另一侧船舷对面。有几发炮弹从我们船上空掠过,落在离救生阀20—25码远的地方。

"我们船的中部在燃烧。有一发炮弹打穿了锅炉舱。但是锅炉舱有个船员灭了火,关掉了主蒸汽阀,船才没有爆炸。他是约翰·马尔(John Maar)一等锅炉给水兵。"

只有少数幸存者显得精力充沛、士气高昂,其中一个就是保罗·F.卡拉特(Paul F. Kalat)中尉,来自马萨诸塞州的伍斯特,曾是"利特尔"号的轮机长。在他的军舰被击沉后,他在水里泡了大约8个小时,据他说,日本军舰"差一点就撞到我——大概只差了25—30英尺"。卡拉特中尉说,他相信那些日本军舰是巡洋舰,而且都是新船。来自北卡罗来纳州加斯托尼亚(Gastonia)的威廉·M. 牛顿(William M. Newton)少尉说,当时至少有2艘巡洋舰和1艘驱逐舰。[①]

我们回到范德格里夫特将军的指挥部,又从那里前往机场指挥部,

[①] 译注:击沉"利特尔"号和"格里高利"号的是3艘日本驱逐舰"夕立"号、"初雪"号和"丛云"号,没有巡洋舰。

去了解我们昨天目睹北上的俯冲轰炸机群有什么战果。我们得知它们轰炸并扫射了36艘登陆艇，当时这些船只正将日军部队送进埃斯佩兰斯角（Cape Esperance）。

俯冲轰炸机以及陆军驱逐机和陆战队战斗机今天早晨也曾出击，扫射了企图在黎明时登陆的日本登陆艇。

显然两支登陆艇队——埃斯佩兰斯角的一支和泰武的一支——都遭到重创，许多日本人在空袭中被打死。但仍有一些事令人气馁：一部分日军穿过我们的封锁线，登陆成功了。①

我们还在机场指挥部时，就听见传来一通空袭警报。于是我们这些瓜岛新闻俱乐部的成员——米勒和我，外加两个新成员亚伯勒和德丁——爬进一辆吉普车，飞速赶到伦加角看好戏。

这里正好有一部电台可用。米勒戴上耳机，倾听飞行员们的通话并大声复述，为我们提供详尽的空战描述。

第一个令人激动的消息在中午12∶32传来。

"右前方不远处发现飞机……"

接下来是："莫雷尔［这是在呼叫来自加利福尼亚州圣迭戈的里弗斯·J. 莫雷尔（Rivers J. Morrell）中尉］，你看见敌机没有？"

"它们在你左上方，看见了吗？"

"我要攻击了，我要攻击了。"莫雷尔发出信号。

接着另外几队战斗机也在短时间内接连发现了敌人。

---

① 原注：后来我们发现，日本人使用小艇把部队从布干维尔一路运到瓜达尔卡纳尔，全程近500英里。这些小艇在夜间行动，并且把航程分成小段跃进，先从布干维尔到舒瓦瑟尔（Choiseul），再到圣伊莎贝尔。他们通过这种细水长流的方式，源源不断地把部队送进我们这个岛。最终这些靠小艇登陆的部队，再加上通过较大船只登陆的部队，将会积聚为庞大的力量——除非我们找到办法阻止他们。但无论如何，我军的空中活动确实使这类登陆行动非常困难。

"有26架轰炸机从南边飞来。"

"我要过去了,那里正在混战。"

"我要开始攻击了。"

"那些轰炸机有零式护航,小心点。"

"当心,在那里,当心。"

"6架零式刚从我这里飞过去。小心它们。"

我们听到空中传来空战的声音,但这些飞机都飞得太高,完全看不见。我们还听到轰隆隆的爆炸声,起初以为是高射炮,但后来意识到是航空炸弹。后来我们得知,日本飞机遭到拦截后丢下炸弹,没顾上轰炸我们就跑了。

"我们打中了1架轰炸机,"一个飞行员喊道,"用'篮子战术'!"

接着传来关于我军自身损失的消息:"我有麻烦了,不是可能,是肯定。我要降落了。"片刻之后,我们看到他飞向机场,发动机冒着烟,而机头的螺旋桨一动不动。这是"死杆"降落。

"希望他成功!"米勒喊道。

我们回到机场,发现这个飞行员**成功**降落了,我军战斗机击落了2架日本轰炸机和1架零式战斗机。

今天下午4点左右,我们听到"流言"圈子传来可怕的消息:在豪勋爵岛(Lord Howe Island)附近,发现33艘日本舰船正在驶向瓜岛,按照它们现在的速度,明天凌晨4点就能到达这里。

但是在我们上床睡觉前,却得知这个警报又是虚惊一场。这个报告起源于一架B-17发出的电报,电报内容是在豪勋爵岛附近发现**3艘**日本船正在**北上**。传言只是对这份电报的误解。

但是今天晚上依然不太平。我在晚上9点醒来,发现我的行军床正在颤抖,仿佛有人抓着床的一头,想要把我摇醒。这是一次地震——据说在这一带是相当常见的现象。

后来我们又被机枪和步枪的开火声吵醒,还有两声比较响的爆炸,听着像是迫击炮弹。日本人突破了吗?我这样猜想。但即便是这样的想法,在这些日子里一再重复也让我厌倦了。于是我继续呼呼大睡。

9月6日,星期天

今天上午我们在亨特上校的指挥部听说,日本人昨晚把迫击炮弹射进了拖拉机营地。但是当我军用猛烈火力还击时,日本人就撤退了。显然他们只是一支想要试探我们阵地强度的小巡逻队。

我们今天上午到达机场,刚好听到一个将军对飞行员发表的演说结尾。飞行员们在他身边围成一圈。将军说:"我不希望你们认为,那些在家乡的人对你们做的事没有感激之情。他们真的很感激。"

"演说的其他部分讲的是什么?"我问一个战斗机飞行员。

"你听到了,"他闷闷不乐地说,"就是那最后一句,重复了好几遍。"飞行员们想听的显然是有人会来接替他们的消息。过去这三个星期,他们中有些人几乎每天都要在战斗环境下飞行八到十个小时。而且他们的休息实际上每晚都会被日本飞机打扰。他们只希望在某个相对和平的国家得到一点休息。

菲克中校给我们提供了我方俯冲轰炸机今天空袭的战果。今天的目标是吉佐的日军基地。俯冲轰炸机在那里没有找到飞机或舰船,但轰炸了一群建筑物,而且很可能摧毁了一个无线电台。

我军有些飞行员在"汤"里迷航。由于云层太厚,沃尔特·W. 库尔博(Walter W. Coolbaugh)少尉[来自宾夕法尼亚州的克拉克斯萨米特(Clarks Summit)]甚至没有找到吉佐。但是无所畏惧的他找到了圣伊莎贝尔岛,并轰炸了那里。

陆战队飞行员理查德·R. 阿梅林(Richard R. Amerine)中尉[来自堪萨斯州的劳伦斯(Lawrence)]今天神志恍惚地走进我军防线,瘦得像个骷髅,他说自己一直在丛林里躲避日本人,靠吃红蚂蚁和蜗牛过了七天。他是一星期前氧气设备失灵后从战斗机上跳伞的,结果降落在这个岛西北端的埃斯佩兰斯角。在设法寻找回来的路时,他遇到一大群日本人。他发现一个日本人在一条小路边睡觉,就用石头砸那人的脑袋,杀死了他,然后拿走了他的手枪和鞋子。后来他又用枪柄砸死两个日本人,用子弹打死另一个,最终安全回到我军防线。他曾学习过昆虫学,所以才能靠蚂蚁和蜗牛维生。他知道哪些虫子是能食用的。

今晚有一拨"流言"传得沸沸扬扬,说是接替瓜岛上陆战队的援军正在路上,一支庞大的船队将会运来数量充足的陆军部队,到时候陆战队员们就可以乘船撤离,甚至有可能回国。

还有一则不太可信的传言说,罗斯福总统在一次炉边谈话(广播发言)——这次广播没人听到过——中许诺,瓜岛上的陆战队员将在圣诞节前回到美国与家人团聚。关于此事的真相似乎是这样的:沃尔特·温切尔(Walter Winchell)①在他的一次广播中表达了这样的意思,但是他并没有提到总统,也没有以任何方式将总统与这个小道消息关联起来。"流言"由此产生。

---

① 译注:20世纪30—40年代美国家喻户晓的新闻主播,人脉极广,据说罗斯福总统也会借他之口透露内幕消息。

第七章
山脊之战

9月7日，星期一

今天上午，埃德森上校告诉我，他计划明天对泰武角地区的日军阵地发动一次进攻。如果我要随行，那就应该在今天下午3:45到达某个登船点。

我赶到那里时，正下着瓢泼大雨。但是似乎渴望战斗的奇袭营官兵全都士气高昂。埃德森上校让我和格里菲斯中校同行，一起登上一艘装柴油发动机的小船，它在这次行动中充当辅助运输船。我们走上甲板时，一个快活的陆战队员说："我猜，这是战列舰'俄勒冈'号吧？"

这条小船的船长是个乐天的葡萄牙裔，曾在美国西海岸担任金枪鱼捕捞船的船长。他的名字是若阿欣·S. 特奥多雷（Joaquin S. Theodore）。虽然他已经是一艘海军舰船的船长，但他说的英语还带着有趣的葡萄牙语句法结构。

"上午我们会有咖啡给每个人。"他说。他还和蔼地提醒我们不要在船上吸烟。"告诉你们的人，我不喜欢船上吸烟。"他说。

他想在这小船上清出一块地方，让挤得满满当当的陆战队员多点活动空间。他指着一根晾衣绳对他的大副说："不管这衣服是谁的，都给我从绳子上拿下来。"

这样一条小船上，储存的物资很有限。但特奥多雷船长还是给奇袭营的官兵们分发了食物和所有能找到的香烟，他还把自己的小舱室拿出来和格里菲斯中校共享。

当我们驶进波涛汹涌的大海时，这个面颊红润、热情友好的葡萄牙人自豪地和我讲起了他家里的两个"小鬼头"，以及他这艘船的功绩。

随后格里菲斯中校介绍了我们这次远征的计划：我们这支部队将在泰武角地区一个名叫塔西姆博科（Tasimboko）的小村东边登陆，然后从东面进攻这个村子。塔西姆博科被认为是日军一支大部队的宿营地——他们的人数估计有1000—3000。但是这些日本人应该没有什么重武器。

为了配合我们进攻，届时将出动飞机轰炸和扫射塔西姆博科，还会有军舰从海上炮击。

在这船上入睡简直难于登天。船舱里热气腾腾，机器噪声不绝于耳，还挤满了陆战队员。根本找不到能舒服躺下的地方。而在甲板上，似乎每个角落都被占满了。

最终我在甲板上找到被某个舱口部分遮挡的一小块地方，蜷着身子躺了下来。但是船身颠簸得很厉害，而且天上开始下雨。于是我又在首楼甲板上另找了一块地方，把边上一块防水帆布扯过来盖住自己。但是雨越下越大，而且海风逐渐变冷。我蹒跚走到船长室，躺到这间憋闷的房间里的地板上。这总比在雨中睡觉强。

9月8日，星期二

尽管在特奥多雷船长的小破船上睡觉很是辛苦，今天上午当我们爬进小艇并被载着驶向岸边时,奇袭营的官兵们还是精神饱满、整装待发。

就在我们开始行动时,发生了一桩幸运的巧合:一小队美国货轮在战舰护航下,在离我们船队非常近的地方路过。它们和我们没有关系,其目的地是瓜岛的另一区域。但是日本人看到我们的船队和另一支船队在一起,显然以为一场大规模突击即将发动。因此对我们来说很幸运的是,许多日本人溜之大吉了。

但是我们乘坐登陆艇冲向岸边时自然对此一无所知。我们已经准备迎接一场真正的战斗,看到岸上一枪未发,都觉得有点奇怪。

登陆几分钟后,我们只觉得更加困惑,因为当我们沿着通向塔西姆博科的小路推进时,发现了一门做工精致、可以使用的37毫米野战炮,架在海滩边缘,配有最新的开架式大架、带橡胶轮胎的炮架。它弹药齐全,周围的地面上杂乱无章地丢着日军的背包、救生用具、掘壕工具、新鞋子。

我们继续前行,又发现更多背包、更多鞋子和救生用具,以及灌木丛中新挖的战壕和散兵坑。我们还发现了另一门精致的37毫米炮,和前一门一样无人操作。这第二门炮是指向西边的,这说明我们这样绕过日军阵地从东边进攻,本来确实有可能如愿以偿地打他们一个措手不及。

但这也可能只是一个陷阱的入口。日本人应该很擅长使用这种战术。我们小心翼翼地继续前进,绕过一个小池塘,并在一条河流的浅滩处蹚着齐腰深的水过河。

过了浅滩后,我们路过一堆贝壳,显然都是新近被撬开的。"我想他们是要准备早饭,结果被打断了。"埃德森上校皮笑肉不笑地说。但是他并没有放松警惕。他带着部下继续快速前进,看到他们没有正确隐蔽自己就厉声呵斥。

我们听到飞机的发动机声逐渐接近,然后看到我军的俯冲轰炸机从天而降,然后斜着机身向西飞去。几秒钟后,我们听到炸弹落地的巨响。

还有负责对地扫射的飞机,长鼻子的陆军驱逐机在我们头顶一闪而过,我们听见了它们俯冲时嗒嗒的机枪声。

我们沿着海岸,穿过一片过于茂盛的椰树林和一个个灌木丛。我们发现了更多用棕榈叶精心伪装的散兵坑,还有储存的食品与弹药。

上午8点过后不久,我们第一次发现日本人。我看见我军官兵同时朝着各种方向奔跑,便意识到发生了什么事。我跑向海滩,看见了其他人已经看见的场景:一排日本登陆艇躺在一定距离外的沙滩上,在这些登陆艇之间,有一小队穿褐色制服的人正向我们这边张望——日本人。

上校轻呼一声"尼克",而尼克森少校[弗洛伊德·W. 尼克森(Floyd W. Nickerson),来自华盛顿州的斯波坎(Spokane)]已经预见到了他的命令。"开火?"他充满希冀地问道。

上校点了点头。

和上校一样精瘦干练的"尼克"喊道:"机枪手。"被叫到的人几乎立刻出现,他随即下达了命令。不出两分钟,我们的机枪就开始射击了。

"红麦克"(这是奇袭营官兵对他们的上校的昵称,显然是因为他的一头红发)埃德森是个特别沉默寡言的人。我在这个节骨眼上问他,这是怎么回事。

"我想可能逮到了几个。"他干脆利落地说。这就是他的全部话语。

这时日本人已经在还击了。我听到点二五步枪那熟悉的单调声响,以及在轻机枪长点射中连番重复的这种声音。我方的另一些人也开始射击,交火规模越来越大。在密集的枪声中,我们听到一声沉闷的爆炸。我此时在一个灌木丛后面,趴在"红麦克"身边,完全不敢露头。

"听着像迫击炮。"他言简意赅地说。

交火停止,出现了片刻平静。"红麦克"立刻站起身来,向前走去。他给正在指挥先头分队的尼克森少校发去了一条信息。

"叫尼克继续向前推进。"他低声说。接着他就赶到后方去处理一些军务。过了片刻,他又回来,依然是脚下生风。我发现上校是我这辈子认识的行动最快捷的人之一。

突然又响起密集的步枪和机枪声,日本人的枪声在一片枪响中显得特别突出,犹如四重唱中的男高音。这次子弹飞得更近了。我趴在一丛潮湿的灌木下面,将脑袋压得低低的。

我军左翼有个人被打中了。我听见有人大喊"往后传,叫医护兵来",只觉得这里充满令人揪心的惊险气氛。这是我们的第一个伤员。

接着前方又传来一声爆炸巨响,近得让人感到身下的大地都在颤抖。我身边还趴着一个士兵。"听着像90毫米迫击炮。"他说。

此时爆炸的冲击波接二连三传来,我们听见一发炮弹掠过头顶的呼啸,听到它在后方远处爆炸。前面是一门迫击炮还是一门野战炮?看来我们极有可能遭遇了一支配备炮兵的日军大部队。

随着爆炸声继续传来,我更加确信这一点。片刻之后,我们又听到身后远处传来一声巨响。此时看来很明显,敌方正用火炮射击我们,很可能有好几门。

我军自己的迫击炮以较轻的炮声回应着日本人的火炮,同时步枪和机枪也纷纷还击。日本火炮再次发出轰鸣,接着射击就停止了。

一个传令兵跑到"红麦克"上校跟前,后者正坐在一个矮树丛里短暂休息。"尼克让我告诉你,小溪对面有人。"他说。这地方有一条小溪和海滩平行,而这条小溪就是我军左翼的边界。日本人显然正在穿过小溪靠内陆一侧的丛林,企图切断我们的后路。"我们现在还看不见他们,但能听见他们的声音。"传令兵说。

上校叫来安东内利上尉。"托尼,"他说,"尼克说有人在小溪对面想抄后路。带一队人去。可能的话,从侧翼打击他们。"

"红麦克"还有其他事要处理,他想了解我们这几个连的确切位置。他连通了步话机,又派出了传令兵。他亲自去查看了伤员。接着他又及时回来,听取格里菲斯中校的报告——我军缴获一门无人操作的日本野战炮。

"我该去帮托尼还是把那门炮弄过来?"格里菲斯中校问。

"把它弄过来,拉到水边,然后开炮。""红麦克"说。

接着"红麦克"就消失在前方的丛林里。此时我们已经出了椰树林,进入草木更茂密的区域。但是上校依然行动如风。我跟了上去,费了好一番功夫才发现他在我军最前沿的阵地,正和尼克森少校说话。

"我正设法确定前面交火的位置。"尼克说。

我军的飞机再次飞来,俯冲并扫射了前方日军占领的村子。日本人没有开火。我们继续前进。

我们路过一个灌木丛,从外面看起来它和别的灌木丛没什么两样,但我们在里面发现一堆装满医疗用品的箱子。"鸦片。"一个陆战队员说,但是我记下了一些盒子上的标签,后来查了一下。大部分盒子里装的是"Sapo Medicatus",这是一种止血药物。

我们越往前走,遇到的散兵坑就越多。它们到处都是,用树叶精心做了伪装。储备物资也越来越丰富:一箱箱肉罐头,一袋袋饼干;更多的野战背包,上面还系着鞋子;此外还有几十件灰色救生器具,表明先前在这里的日军部队很可能是新近乘小船登陆的。

我们左前方的灌木丛里有动静。"有部队在那里经过,"上校说,"查清楚他们是什么人。"

七分钟后,再度爆发交火。我立刻卧倒在地,利用茂密的草木作为掩护,再晚一点就来不及了。一发子弹啪的一声钻进我身后咫尺之遥的灌木丛。我分辨出了日本点二五、我军的自动步枪和机枪的声音。左边传来的日本点二五机枪声连绵不绝。

"小伙子们到另一边去了。"上校歪嘴笑着说。

此时从前方仅仅几码远的地方传来一声可怕的轰鸣。这巨响震得我耳鸣不止,冲击波将许多碎木片从高处的大树吹落到我头上。我们听到炮弹贴着头皮飞过的呼啸,以及它在后方数百码外的爆炸声。此时我们知道,自己肯定是撞到一门日本野战炮的炮口上了。

那门炮再次开火,接着又是一炮,然后机枪射击声再次爆发,我军低沉的枪声与日军清脆的点二五枪声激烈对撞。随后两边都沉寂了。

尼克森少校回来告诉上校,我军士兵"打死了一门日本七五炮的炮手,那门炮就在前面150码"。尼克说:"有机枪火力掩护。我们把那门炮干掉了。"

但是日本人还有其他火炮。我们只前进了一小段距离,又有一门炮对我们开了火,和前一门炮一样近。当时我正蹲坐在一个茂密的树丛里,藤蔓和矮树交织,隐蔽条件非常好,但如此近距离的炮声还是令我恐惧。每当那门炮发射,我都能感觉到炮口喷出的热风扑面而来,高处树木的枝叶唰唰坠落。但是我们知道,自己的藏身处要比后方落弹的地方安全。我们能听到炮弹在身后的远处爆炸。

这片树林里聚集了不少我们的人,陆战队员们很不高兴地或蹲或趴,藏身于潮湿的灌木丛中。接着开始下雨,而且是滂沱大雨。交火还在继续。我们周围也有日本步枪手。①

---

① 原注:我后来发现,有一个离我们不过50英尺。我们找到了他的尸体。我不知道他为什么没有朝我们开枪。

尼克朝丛林里的这一小队人大喊。"散开，"他说，话语中夹杂着恰到好处的咒骂，"2排就被一发炮弹打掉了一个班。这里也可能挨上这么一炮。"

我移动到右侧，试图观望一下前方的情况，接着又往后方走，去看看日本炮弹造成了什么破坏。我路过一名陆战队员，他仰面朝天躺在一个散兵坑里，脸色非常苍白。他躯干的上半部分缠着绷带，而且我看得出来，原本左臂所在的位置空无一物，连残肢都没有剩下。这是一发75毫米炮弹造成的。

在上午10：45，一个传令兵回来向"红麦克"上校报告说，他们端掉了第二门日本七五炮，打死了炮手。

此时看来，我们遭遇的日军兵力似乎超出了我们所能应付的程度。上校还担心，日本人可能在悄悄迂回我们的侧翼，想断我们后路，把我们和登陆的海滩分割开来。于是上校呼叫了海军炮火支援。

先前和我们同行的一队驱逐舰靠近海岸，开始炮击塔西姆博科。我走到海滩上，观看舰炮发射时的黄色火光，以及炮弹落地处腾起的烟柱和大片碎屑。

接着我又去前方找尼克。交火再度爆发，枪声连绵不绝。但是这一次再也没有低沉的火炮轰鸣，只有步枪和机枪的射击声，而且从声音判断，大部分是我军发出的。

雨已经停了。随着交火告一段落，深沉的寂静降临在这片丛林。在这寂静中，我们听到一个显然深陷困境的人绝望的呼喊。他喊的是"Yama, Yama!"之类的字眼，仿佛他的性命就靠此维系。然后这声音就被步枪和机枪的猛烈射击淹没了。那是一个日本人。不过我们始终没搞明白他在喊什么。

在这场战斗中，我们似乎正在占据上风。我们再也没听到炮声，而且一个传令兵从安东内利上尉那里捎来了喜讯:"我们把问题解决了,已经占领了村子。"尼克的人也捎来话说,又缴获几门无人操作的日本七五炮。

巧的是,此时云开雾散,太阳开始露脸。增援我们的生力军正在登陆。不过此刻我们已经不需要他们了。

我们一路开进塔西姆博科村,再没有遇到任何抵抗。我们找到了许多箱日本食品和好多袋大米,还有日军的步机枪子弹和炮弹,格里菲斯中校估计总数超过50万发。我们将这些弹药付之一炬,并将塔西姆博科村夷为平地,包括日本人在那里建立的一个广播电台。

我们检查了被击毙日军的尸体(大约30具),发现一些有趣的物品:日本女人的照片,贴着荷兰语标签的美国造弹药。我们还发现那些七五炮的炮瞄镜是英国制造的,有些日本人的武器是汤姆式冲锋枪。看来在这些逃跑得如此迅速的士兵中,有些人是曾在东印度群岛作战的老兵,可能还去过马来亚。也许这是他们第一次遭到出乎意料的袭击。又或者,他们已经听到太多可怕的传闻,其中描述了那些想要越过泰纳鲁河的日本人的下场。

缴获的战利品大部分都被我们销毁了。但是我们把医疗用品运回了指挥部,士兵们还私自收集了大量英国香烟,烟盒上都带着荷属东印度群岛的印花。

当我们乘坐运输船到达泰纳鲁河河口外的某处时,太阳已经西沉,只有远方地平线上的云团发出一层淡淡的红色辉光,照耀着逐渐变暗的天空。我们正在回去的路上。

但是这一天的惊险历程还没有结束。我们听说发现了12架日本飞机。我军的战斗机正在飞向暮色中的天空。

运输船队进行了规避机动,好在天空迅速变暗,当日本飞机到来时,漆黑的天幕上只能看到高空几道银灰色的轨迹。

它们并不是来轰炸瓜岛的。这一次它们选择了图拉吉岛作为目标。我们看到在地平线外，那个岛所在的方向，突然出现几道茶杯形的白色亮光直射天空。几秒钟后，我们听到远方传来炸弹的闷响，担心日本飞机可能在黑暗中发现我们船队的尾迹。但是它们并未发现。

9月9日，星期三

今天子夜12:30刚过，我听到帐篷里的其他人冲向防空洞。菲普斯少校叫我一起走，我也听到了北方传来的隆隆炮声，但我实在累得不想动。

今天上午早餐时，我听说有一小队日本驱逐舰或轻巡洋舰炮击了图拉吉——并且击中特奥多雷船长的小船，打得它着了火。

当天晚些时候，我听说特奥多雷船长在交战中胸部受了伤。但是他不顾伤势，奋力操纵他的小船坐滩，使它避免了沉没的命运。听说船长应该能活下来，我感到很欣慰。

这是我第二次遇到这样的事：夜里从船上下来，天亮前船就遭到攻击并损失。这不禁让我觉得，自己的运气到目前为止都挺不错。

今天响了两次空袭警报。但是日本飞机始终没有出现。这是一个平静的下午。午饭后我们坐在亨特上校的指挥部，约定十年后大家要重聚，到那时我们会讲起瓜岛的故事，在我们的想象中，我们的功绩将会大得不可限量，我们所有人都会成为英雄。

亨特上校给我们讲了他在第一次世界大战中一些惊险逃生的经历，当时他指挥的是陆战队第6团[①]。他说当时我军伤亡非常高，还给了

[①] 译注：原文如此，第一次世界大战后期间，勒罗伊·亨特先是担任陆战5团1营17连连长，后在默兹-阿尔贡攻势中临时指挥该团1营，并未指挥过陆战6团。

190 / 瓜岛日记：亲历丛林地狱中的太平洋战场转折之战

具体数字。但是他又说,泰纳鲁河之战的激烈程度和第一次世界大战中的任何战斗相比都不逊色。

今晚临近午夜时,我们都被丛林中激烈的交火惊醒。有机枪声、步枪声,偶尔还有迫击炮的轰响。

我们在清醒中躺在床上倾听。接着北方又开始传来炮击声。我们去了防空洞,我和菲普斯少校一起坐在有沙袋保护的洞口。我们知道,那都是大口径火炮,因为它们声音低沉,火光照亮了天空。但是比尔·菲普斯断定,它们的目标是图拉吉地区,而不是我们这边的海岸。他测量了从火光出现到我们听到相应炮声的时间间隔。他说这个间隔是90秒。声音在一秒钟内可以传播1100英尺,90乘以1100就是99000英尺,大约相当于20英里。图拉吉就在我们北方20英里。

天空中亮起照明弹。日本人正在对图拉吉海岸照明。我军的1个观察哨用电话报告说,有3艘日本军舰正在齐射,很可能是巡洋舰。

9月10日,星期四

今天上午,我们听说日本人昨晚炮击图拉吉港,又一次击中了特奥多雷船长那艘仍然搁浅在海滩上的船。

我前往尼克森少校(奇袭营的军官)的指挥部,采访了一些在前天远征塔西姆博科的行动中表现突出的官兵。其中有两个年轻的医护兵,分别是阿尔弗雷德·W. 克利夫兰(Alfred W. Cleveland)医务上士[来自马萨诸塞州的南达特茅斯(South Dartmouth)]和卡尔·B. 科尔曼(Karl B. Coleman)医务中士[来自肯塔基州的麦克安德鲁斯(McAndrews)]。他们告诉我,在一名奇袭营士兵的手臂被七五炮弹炸烂后,他们用一把袖珍折刀给他做了截肢手术。这名伤员就是我先前看到躺在散兵坑里的那个，当时他刚刚接受完治疗和包扎。尼克告诉我，这两个小伙子给伤员做的截肢手术救了他的命。据医生说，要不是这两个小伙子在战场上迅速完成如此出色的手术，那个人早就死了。

安德鲁·J. 克莱诺特（Andrew J. Klejnot）二等兵［来自印第安纳州的韦恩堡（Fort Wayne）］给我讲述了他消灭一门日本七五炮的炮手的经过。

"那门炮只有两个人操作，"他说，"我干掉一个，另一个就跑到一小堆弹药箱后面躲起来。我朝那堆弹药射击，把它点着了。"

今天我把自己所有的物品从亨特上校的指挥部搬到了范德格里夫特将军的指挥部。将军已经搬进了"乡下地方"（这是陆战队员们对丛林的叫法），从亨特上校指挥部到这个新的地点实在太远，来回很不方便。

将军的指挥部附近支起了一个帐篷，专门给我们记者住。我们这个"新闻俱乐部"的成员现在还有鲍勃·米勒、蒂尔·德丁、汤姆·亚伯勒，以及新来的卡尔顿·肯特（Carlton Kent）。

日本人在中午前后空袭了我们。今天来了27架常见的银色双发飞机，飞得比平时要低。但是它们投下的炸弹离我们所在的位置远得很。

将军的新指挥部位于丛林深处。今晚我们坐在简陋的会议桌边吃晚饭时，特派员马丁·克莱门斯的宠物狗苏伊（Sui）拖着一只鬣蜥蜴（一种形似小龙的蜥蜴）进入大家的视野。密集得像一堵墙的丛林就矗立在离我们餐桌不过几英尺的地方，苏伊就是在丛林边缘的土里刨出这只鬣蜥蜴的。

为记者搭建的帐篷和另几座帐篷都位于一道山岭的脚下，面向丛林。将军的指挥部则在山顶上。今晚我们被告知要保持警惕，因为有报告称日本人正在渗透我们面前的这片丛林。如果遭到袭击，我们应该退到山脊上，我军将在那里建立防线。

"我希望有一把手枪。"天黑后我们几个记者躺在床铺上时,亚伯勒这样说道。我们另外几个人都很紧张,也不急着睡觉。于是大家一直在闲聊,借此保持清醒。

即使在这样的情况下,也不缺少幽默的成分。我们在清醒中听到栖息在树林里的金刚鹦鹉不断"轰炸"我们的帐篷。它们投下的"炸弹"时不时就响亮地落在帐篷上。这群鸟儿似乎对我们的帐篷情有独钟,集中了"最猛烈的火力"。将军的副官吉姆·穆雷(Jim Murray)少校为这事责备了我们。"好啊,那些鸟准是拿到记者的电话号码了。"他说。

9月11日,星期五

据说正在我们帐篷前面的丛林里渗透的日本人昨晚并没有露面。在这个"乡下地方",甚至没有听到枪声。

在今天由26架日本双发轰炸机执行的空袭中,我遇到了最惊险的一次炸弹爆炸。当空袭警报传来时,米勒、德丁和我跑到山顶上,沿着山脊走,想在高处找一个观察轰炸机的好位置。

我发现在几百码外的地方,有三四个人正在构筑一个防空洞,那块地方除了小草没有任何植被,可以一览无余地观看天空。虽然此时还只是一个大坑,但这个仅有雏形的防空洞正是我们想要的看戏包厢。这个坑洞又深又宽。我们可以坐在坑边上,一直等到轰炸机飞临头顶,仍然有足够的时间跳进坑里躲避。

我们就是这么干的。日本飞机照例排成非常浅的V字横队,从天边飞来。高射炮和往常一样在飞机附近炸出朵朵烟云,而这些轰炸机也和往常一样不为所动,稳稳地保持着队形和航线。

接着炸弹就来了。当我们听到它们呼啸而下时,立刻跳进坑里,人叠着人,静静等待。这一次炸弹的声音和往常略有不同,也许是因为比以前更近了。它们的声音更响也更尖锐。而爆炸更是震耳欲聋。我们能听到弹片掠过坑洞上方,在那一刻大家肯定都明白了,如果我们就躺在光秃秃的山顶上,一定会被弹片击中并受伤。

蒂尔·德丁说:"好热。"我看见他正摸着他的鞋底。他从皮革中拔出一小片金属,用两根手指小心翼翼地夹着。那是一块弹片,还带着爆炸的余温。

米勒和我急着想看看这一次的弹坑有多近。我们在离我们的防空洞大约40码的地方找到一个小弹坑。很可能就是这枚炸弹抛出的弹片飞过了我们头顶。

在这小弹坑之外,还有一些较大的弹坑。其中一个的直径肯定有30英尺。这个弹坑离我们的防空洞约有300码,幸运的是,这距离超出了有效杀伤范围。它和其他弹坑组成一条间隔不等的直线,一直连进草地外的丛林。

此时,我们听到丛林里传来让医护兵过来的激动叫声和哭喊。我们知道,这意味着那里有人受伤了。我们看到好几个人被放在担架上抬出来。

我们的战斗机已经在为这些伤亡复仇。我们听到空中传来空战格斗的声响,后来听说它们击落了六架轰炸机和一架零式战斗机。

今天下午晚些时候,我军的俯冲轰炸机在出击吉佐后返回。这一次他们发现一艘停泊在基地附近的小船,属于巡逻艇类型,并将其击沉。它们还又一次轰炸了基地的建筑。

在航空作战指挥部,我发现上次随某特混舰队出征时认识的同船朋友通过飞机给我送来一个盒子。盒子里装着青豆罐头、全麦面包罐头、三文鱼罐头、蜜桃罐头。米勒、弗兰克·舒尔茨(Frank Schultz)二等兵

(他是我们的吉普车司机)、陆战队记者吉姆·赫尔伯特(Jim Hurlbut)和我带着这个盒子去了伦加,在清澈湍急的河水里游了一回泳。然后我们打开这些罐头,吃了一顿美餐。

9月12日,星期六

今天上午,当空袭紧急警报传来时,我们这些"新闻俱乐部"成员决定去伦加角观看今天的表演。于是我们挤进一辆吉普车,而我们的司机创下了这种车辆最快的越野纪录之一。他可不希望当轰炸机到来时,车子还在大路上。

在伦加角,米勒戴上电台的耳机,开始大声复述我军战斗机之间的对话,它们此时已经升空寻找敌机。

在上午11:42,史密斯上尉发出呼叫:"史密斯报告指挥中心。它们正从南边过来,有一大队。"此时我们也看见了它们,银色的三菱九六式双发轰炸机,照例排成威武的队列,如同一排细长的白云在蓝天上飞过。

此时这些飞机被几乎无云的天幕映衬得非常清晰,它们还要在蓝天上飞过很长一段距离才能到达机场上空的投弹点。这给了高射炮少有的击落它们的好机会。

起初,高射炮弹炸出的烟云都嫌太高,而且位于日本飞机前方。我们看到那些银色机身的飞机在炮弹烟云分分合合形成的参差云团下方飞过。随后高射炮开始找准距离。爆炸的闪光在贴近这些飞机机头的位置出现,然后编队左侧就有一架轰炸机被击中。我们看到爆炸的橙色火光紧贴着它机翼的下方,就在右侧发动机短舱下面。然后发动机就开始拉出一道白烟,那架飞机突然降低高度,离开了编队。

正当那飞机从编队中脱离时,又有一发高射炮弹紧贴着编队中央的一架飞机的机腹爆炸。一道火舌舔穿了那飞机的中部,然后火焰消失在一大团黑烟中,转瞬之间,那架飞机就变成了机头垂直向下的姿态。此时我看见一侧的机翼像纸片一样被撕下,跟在更快下坠的机身后面翻腾。接着那架飞机就分崩离析,大块的碎片翻滚下坠,同时飞机的中心部分以不断加快的速度冲向地面。

此时日本轰炸机编队中剩余的飞机已经飞到海上。但是有一架飞机可能被高射炮火重创,已经掉队。我军的一架战斗机迅速跟上,连连对它发起重击。

今天在这个海角有不少人聚在一起观看"好戏"。此时他们就像橄榄球赛的观众一样欢呼雀跃。"哇哦,"有人喊道,"瞧那架战斗机。它打中它了。"

和庞大笨重的轰炸机相比,那架机身小巧的战斗机就像一只黄蜂,此时它正在俯冲。我们听到它的机枪发出响尾蛇一样的叫声。那架轰炸机突然急转,进入尾冲失速,随后就以陡峭的角度坠向大海。

其他轰炸机已经消失在蓝天上的某处,但是我们能听到我军的战斗机还在追杀它们。

在这美丽的天空竞技场中,战斗机对那架掉队轰炸机的猎杀还在继续。我们看见轰炸机朝着大海垂直俯冲,但是战斗机就像恶毒的蚊子一样,还在围着这大家伙盘旋,关注其中的生命迹象。

那架轰炸机俯冲了数千英尺,然后突然拉起,向着天空奋力爬升,就像一头野兽在垂死挣扎中想要呼吸最后一口空气。

那架战斗机迅速靠近,它的机枪再度响起,打了一个持续数秒的长点射。然后就看见那轰炸机一个停顿,一侧机翼被撕裂,带着扑动的机翼不停旋转,垂直坠向图拉吉湾。

几秒钟后,那架飞机在旋转中触及水面,落水处腾起一大团鲜红的火焰和黑色浓烟。岸上的看客们疯狂欢呼,仿佛自家的球队完成了一次达阵得分。

我们回到机场,发现今天的最终战果是10架轰炸机和3架零式战斗机。我军的总战绩又添了漂亮的一笔,如此迅猛的增长肯定不会让日本人高兴。

史密斯上尉回来报告说,他今天击落了自己的第14和第15个战果。虽然他自己没有说,但是在机场上大家都在传说他已经晋升为少校,这是他应得的奖励。

我们发现肯·弗雷泽中尉[肯尼斯·D. 弗雷泽,来自新泽西州的伯灵顿(Burlington)]就是今天在伦加角众目睽睽下表演击落轰炸机的精彩一幕的那名飞行员。他今天还击落了另一架飞机。

"第一架是起火坠落的,"他说,"掉队的那架很简单。我朝它俯冲,看见曳光弹下落的轨迹有点偏近,就把机头抬高一点,然后就看见那架飞机上有大块碎片被打飞。"

在机场边上,我们找到了那架在我们眼前凌空解体的日本轰炸机的碎片。那里有一大块机身残片。这块金属看起来比我见过的美国轰炸机蒙皮要脆弱得多。

机场一边的椰树林被一串炸弹击中。弹坑巨大,但是炸弹没有击中任何有价值的目标。有一枚100磅炸弹正中一个棚屋,炸死一个人,摧毁了一些无线电设备。这就是这次轰炸唯一可见的破坏。

晚上9点左右,有人闯进我们的帐篷喊道:"快起来,哥们,我们要到山脊上去。"我们不敢怠慢,抓起钢盔和鞋子就走。短短几分钟后,我们就在山顶上看到北方的天空出现一个明亮的绿色光点。那光点是一发照明弹,随着它变成一大团辉光,我们听到一架日本水上飞机蚊子似的"嗡嗡"声。那是"路易虱子"——大家给任何在夜间来骚扰我们的日本水上飞机起的绰号。

"路易"一如既往，在这个岛屿上空慢悠悠地飞行，投下更多照明弹，然后我们就看到库库姆方向传来海军舰炮射击的特有火光。

我们刚听到舰炮的轰鸣，炮弹就从我们头顶呼啸掠过，落在数百码外爆炸。一秒钟的停顿后，更多火光此起彼伏，整个天空似乎都在持续闪烁，炮弹也几乎一刻不停地在头顶呼啸。炮击一连几分钟都不见停歇，好在炮弹全都从我们藏身的树林上方掠过，落入我们身后数百码外的丛林。我们就趴在山坡上，希望日本人继续按这种过高的角度射击。

炮火持续了大约20分钟，然后就停止了。我们静静地等待着——将军和我们其他人全都保持卧姿，不知道日本人会不会再次开始炮击。

等到我们终于站起身，南边又突然传来步枪和机枪的激烈射击声，离我们显然只有几百码远。我们猜测日军可能又发动了一次大规模进攻，试图突破我们的防线。

枪声持续，其中又夹杂了迫击炮弹的爆炸声。接着舰炮射击的火光再次传来，这一次是来自泰纳鲁河方向。我们立刻卧倒在地，但是炮弹并非冲着我们而来。爆炸声表明，它们都落在沿岸附近。

我军的观察哨报告：四艘日本战舰——照例是巡洋舰和驱逐舰——沿着海滩航行，正悠闲地炮击海岸线一带，然后它们又掉头沿反方向航行，重新炮击一遍。

此后炮击停止，南边的枪声和迫击炮声也逐渐平息。但是今晚我们没有回到谷地睡觉。我把雨披罩在头上，并戴上我的防蚊网和钢盔，然后躺在山脊坚硬的地面上睡着了。

9月13日，星期天

今天上午我们听说，昨晚在将军指挥部以南数百码外的山岭上，我军前哨防线一端的哨位被一支日本巡逻队拔掉了。这就是我们听到的交火。把守那条防线的奇袭营士兵今天后撤到更有利的阵地，以防日军在今天白天或夜里大举深入。昨晚的战斗只是一次小冲突而已。

米勒和我今天上午前往库库姆观看每日的空袭，它在中午前后准时到来。我军的截击很成功。轰炸机被吓破了胆，丢下炸弹跑了。零式和我们的格鲁曼战斗机进行了一场殊死格斗。我们在库库姆看到双方飞机在高耸的积雨云间钻进钻出，偶尔朝水面急速俯冲。我们看见一架"野猫"（格鲁曼）如同一颗彗星穿云而下，两架零式在他身后紧紧追赶。"野猫"的速度比零式快，当它退出俯冲掠过水面时，已经将零式远远甩在后面。于是零式放弃追逐，急速拉起，以陡峭的角度重新爬升。当它们转弯时，我们清晰地看见了它们修长的方形翼稍机翼，以及那代表旭日的红色圆形图案。看来正如飞行员们告诉我的，它们是机动性非常好的飞机。

大团大团的积雨云之间，许多飞机正在激烈格斗。我看见一架飞机追着另一架从云团中钻出，画出一个精准的半圆，又重新钻进云里。

片刻之后，它们就像穿在一条线上的两个珠子，又出来转了一圈。其他飞机也在它们周边的云团间上下翻飞，整片天空都回荡着机枪的怒吼声。如此众多的机枪同时射击形成了一种累加效应，使得枪声如雷霆般惊天动地。

我们回到指挥部等待今天的战果统计。结果是四架轰炸机，四架零式战斗机。

今晚我们回到我们的帐篷里睡觉，但是很快又被人叫出来，转移到山顶上。这一次我有先见之明，带上了一条毯子，还有我那装满笔记本的背包。

我们听到南边数百码外，从我军的前线传来步枪声。接着是机枪。照明弹偶尔升起，在天空上洒下一片辉光。

我摊开我的雨披和毯子，试图入睡。但是我被北方我军自己的火炮轰鸣吵醒了。炮弹呼啸着掠过我们在山顶的阵地，掠过树梢，然后落在南边数百码外爆炸，显然目标就是正在交火的区域。

9月14日，星期一

今天子夜，0点过后不久，枪炮声喧闹得沸反盈天，让我再也没有入睡的希望。我军的炮兵一刻不停地开火，奇袭营防线那边的步枪和机枪声响成一片，"路易虱子"飞来飞去，东南西北四个方向都有它投下的照明弹。

我军正在山顶上设立坚固的防线。增援部队正在赶来。我们知道埃德森上校的奇袭营就在山脊上，已经忙得不可开交。这时候我们知道，日军已经发动了一次大规模攻势，目标就是突破我军防线并夺取机场。

泰纳鲁河方向又传来一阵狂风骤雨般的步机枪和迫击炮交火声。那里也有日军企图突破吗？此时此刻我们还没有办法搞清楚。

北边开始传来海军舰炮的轰鸣，但炮弹并没有落在我们附近。

将军对托马斯上校说："这样吧，杰里，问问航空指挥部，能不能派飞机去看看有没有运输船队——只是看一下。"将军还和往常一样镇定而开朗。

我军自己的大炮有一些"近弹"落进了我们的帐篷所在的谷地。火光照得那里亮如白昼。我匍匐在地，身边有一个站着的人被冲击波震倒。起初我们还以为那些炮弹是日本军舰打过来的，目标就是指挥部。

此时各种枪炮声已汇成一片。一团灰色的雾气开始在山岭上的树丛间弥漫。谷地里的雾气则更浓。这是我们的大炮产生的烟雾吗？有可能是毒瓦斯。①

一个炮兵观测员走进我们的通信掩蔽部向托马斯上校报告，上校此时正忙着打电话，核实各个前哨阵地传来的最新情报并下达命令。观测员说，联通前线的电话线被炸断了。他只能从前线回来，向我军的炮兵传达校射指令。他说日本人企图沿着山脊推进，但是由于我军炮火猛烈，再加上奇袭营在山脊上的一个小山头坚决抵抗，敌人现在寸步难进。

观测员在这里找到了一条直连炮兵的电话线。"降五〇，对山脊一带来回扫射。"他说。接着我们就听见炮兵军官指挥大炮的响亮口令："装弹……放！"然后就是大炮的怒吼，炮弹从头上呼啸而过。

炮击持续进行。几分钟后，一个传令兵从埃德森上校的防线跑回来。"埃德森上校说，炮弹打得太准了，"他上气不接下气地说，"正中目标，打得他们屁滚尿流。"

敌军狙击手正在攻击我们。他们已经沿着山脊两侧渗透进来，在我们指挥部周围占据了阵地。此时他们开始射击了。他们步枪的声音很容易分辨。还有相同口径的轻机枪。跳弹在树林里四处横飞。我们全都紧贴地面趴着。

我前往通信隐蔽部，想看看里面还有没有位子。但那里已经挤满了人。我在一棵大树下几丛稀疏的灌木之间找了个位置。一发子弹嗖的一下飞过我的头顶。我赶紧转移到另一棵树下。

一串曳光弹画着弧线飞进我们身后的树林。我们听到日军的点二五又从几个新的方向开了火。此刻看来，他们似乎把我们包围了。

一条消息在人们的耳语中流传开来，说是日本人投放了伞兵部队

---

① 原注：其实是日本人放出的烟雾，目的是吓唬我们，让我们以为这是毒瓦斯。

(后来被证实是假消息)。在日军不断射击的同时，又有增援部队来到我们在山脊上的阵地。但我们都不知道能不能守住这里。如果日军以重兵沿山脊推进，并突破埃德森上校的防线，他们就有可能攻占这个指挥部。如果像我们怀疑的那样，他们已经从阵地后方将我们切断，那我们就成了瓮中之鳖，将军和他的参谋们都有可能被俘虏。

但将军依然保持着镇定。他坐在指挥帐篷旁边的地上。"好，"他爽朗地说，"离天亮只有几个小时了。到时候我们就知道能不能守住了。"

他偶尔会给托马斯上校提一些简要而合理的建议。看到我在黑暗中还努力记笔记，他显得很开心。

和前方埃德森上校联系的电话线又接通了。埃德森上校在电话里告诉托马斯上校，奇袭营的弹药已经不多了。他需要一定数量的机枪子弹带，还需要一些手榴弹。托马斯上校通过电话做了一番快速调查，找到了一些前方需要的物资。他告诉埃德森上校，这些东西很快就会送过去。

但是在凌晨3点前后，埃德森上校再次打来电话说，他的存货"快打光了"。那些弹药还没送到。

又有日本飞机飞临头顶，我们都在猜测防线上的奇袭营是否需要进入防空洞。这次来的飞机很可能有两架。它们投下了更多照明弹。

在我们左后方再次爆发出激烈的交火声。托马斯上校用电话询问情况。"在麦凯尔维的防区，"他说，"日本人冲进了他的防线。"

狙击手还在从四面八方朝我们打冷枪。我们全都忙着躲避。但这时埃德森上校打来电话说，子弹和手榴弹已经运到，这个消息立刻振奋了大家的士气。

到凌晨4点左右，狙击手还在对我们的营地射击，但他们并没有攻击我军在山脊上的防线。我军炮火稍有减弱。而奇袭营防区传来的枪声已经变得稀稀拉拉。我用毯子和雨披裹住自己（因为瓜岛的清晨总是很冷），在山坡上一处灌木丛里躺下来。我得到了一个小时左右的睡眠。

当第一缕晨曦来临时，将军坐在山岭一侧，和他的一些副手说话。一挺日本机枪突然开火，他们匆忙逃往山顶，我也紧跟在后面。我们都奔着一顶帐篷去，因为在那里至少能得到一些心理上的掩护。就在我们进入帐篷时，一发子弹当的一声打中了离我们只有两三英尺的一个银餐盘。于是这群体面的绅士在帐篷边上齐齐趴下，一眼望去全是他们的臀部，真是让人忍俊不禁。当然我自己也和他们一样不体面地进了帐篷。

今天上午，在营地里走动依然不安全。敌军狙击手在这一带的树林里占据了有良好伪装的阵地，还有一些带着小口径点二五轻机枪的机枪手。我们无论在哪里移动，都要注意隐蔽和找掩护。

山脊左右两侧的丛林里藏着大堆日本人。这一片区域仍然交火不断。我军士兵组成的散兵火线从指挥部向南，沿着山岭延伸，与这些日本人对峙。有一条道路沿着光秃秃的山脊线分布，士兵们就趴在道路的两侧，只能靠草丛提供保护。日军则借助丛林掩护与他们对射。

沿着这道火线继续向南，山脊曲折蜿蜒，并有一处凹陷。在那处凹陷之后，则像公猪的脊背一样隆起，形成一个小山头。奇袭营就在那个山头上和日军进行了最激烈的搏斗。

我沿着山脊循路前行，来到火线上，查看奇袭营一直在奋战的那个小山头。当日本人的一挺点二五轻机枪朝我们射击时，我趴在一个机枪手身边。在我们右侧，山脊上有个人受伤了。我们看见他朝我们爬过来，好像一条只能用三条腿走路的狗，心中对他充满同情。他的大腿中了枪。

机枪手告诉我，在前面一段弯曲的山脊上，还有另几个伤员。我们有六七个人被机枪打中，其中两个已经死了。

在山脚下的丛林里，我们听到自己人和日本人的枪炮声。我军有些部队正在丛林里推进，清剿那里的日本人。

显然，日军沿着山脊顶部推进的主要攻势已经失败。我沿着山脊又前进了一点，已经靠近伤员所在的道路弯曲部，并且看见了先前发生鏖战的小山头。此刻山头上有陆战队员把守，但他们并不在战斗。

我们听到陆军驱逐机特有的轰鸣声。然后就看见它们对着那小山头俯冲，并听到他们俯冲时机枪发出的连串爆响。"他们在山头另一边发现一群日本人，"我身边一个神色憔悴的陆战队员说，"这是干掉他们的最好办法。"

我循路回到指挥部，喝了一些咖啡。我在清洗杯子时，听到一声响亮的嘶吼，好像雄火鸡的叫声，接着是一阵枪响。我立刻卧倒在地，因为这声音是从近处传来的。当这惊险的一刻过去以后，再也没有听见枪声。我走到现场，也就是山顶指挥部的入口，发现那里有两具日本人的尸体——还有一名死去的陆战队员。班塔准尉告诉我，三个日本人进行了一次自杀式的白刃突击。其中一人刺中了那陆战队员，然后被击毙；第二个人被拦下并击毙；第三个人则溜走了。这三个人一直躲在山脊道路边上的一个灌木丛里，显然躲了好一阵。在我去前线并返回的路上，曾经离那灌木丛只有几英尺远。我听到的那声野兽般的嚎叫就是日本人在喊"Banzai（万岁）"。

指挥奇袭营作战的埃德森上校和格里菲斯中校在今天上午走进我们的指挥部，向范德格里夫特将军报告，并拟定后续计划。他们能来指挥部，本身就是一个好兆头。这意味着前线的战斗至少已经不再激烈，很可能正在收尾，因为如果前线还有什么值得注意的战斗，他们是不会离开的。

奇袭营的军官肯·贝利（Ken Bailey）少校也来了，这位图拉吉之战的英雄穿着一身又脏又皱的军服，却笑得像个圣诞节前夜的孩子。贝利爱打仗。他给我们看了他的钢盔，被一发日本人的子弹前后对穿。那子弹擦着他的头皮飞过，没有伤到他。

奇袭营军官们与将军和托马斯上校的对话是在将军的秘密小间进行的。但是在埃德森上校离开屋子时，我和他谈了几句。他说日军的大队主力一直想沿山脊推进，但现在已经败退了。

他说进攻山脊的日军兵力有1000—2000人，沿山脚渗透的部队则要少一些。他估计，目前日军仅在山脊一带的伤亡就有600—700人。他说，我军的炮火打进了一大队日本人中间，很可能消灭了200人。我军自身的伤亡也很大，因为战斗很激烈。

上校这番话给我的印象是，围绕这道山脊的大战已经结束，目前这一带的战斗只不过是我军巡逻队清剿孤立的小股日军而已。

但是日军狙击手已经分散在这一带的树林里。在今天的第一次空袭中，我就和其中一个发生了小冲突。

当时我坐在山脊边上，下边就是我们的帐篷所在的谷地。一群零式战斗机正在云中与我军的格鲁曼战斗机格斗，我想要找到那些飞机。

突然间，我看到谷地对面有一棵树的枝叶动了一下。我定睛再看，惊讶地发现那棵树的树杈上有个人影。他似乎正在移动手臂和上半身。能够如此清晰地看到他令我深感惊愕，要是我的反射神经没有正常工作的话，没准我当时会继续坐在那里琢磨这件事——好在我的神经挺正常。我猛地扑倒在地，同时就听到那狙击手的枪响了，子弹呼啸着掠过我的头顶。这时我才知道，他刚才的动作就是在举枪。

但是我也没时间去回想这件事。我赶紧躲到一顶帐篷后面。然后就觉得心中涌起一股怒火。战争又一次突然变成了个人恩怨。我很想得到一支步枪，然后朝那狙击手开火。虽然记者是非战斗人员，至少理论上是如此。不过此时我军的几个士兵纷纷朝那狙击手所在的树杈开了火。

米勒从库库姆回来了，他昨晚就是在那里度过的。今天晚些时候他和我一起又上了山脊，去查看那片战场。我们爬上了我军士兵坚守并击退日军主力进攻的那个陡峭山头。

此时山头上一片平静。草地上有一些仍在缓慢燃烧的小火头儿。有一些被烧黑的小块地方，是日军手榴弹炸的。山头上遍地都是手榴弹箱、步枪弹壳、子弹箱，后者的金属箱盖上还有被匆忙划开的裂口。

陆战队员们坐在山坡上，静静地看着我们经过。他们看起来又脏又累。一条道路从侧面通向山顶，我们路过的时候看见遍地都是陆战队员和日本人的尸体，有些是在生死搏斗中同归于尽的。在山顶上，陆战队员尸骸枕藉。这里是最暴露的位置，曾遭到日军步机枪火力和手榴弹的集中攻击。

我们从小山头的顶端俯瞰陡峭的南坡，山脊在这里形成一个凹陷的鞍部。在这陡峭的山坡上躺着大约200具日本人的尸体，其中许多被手榴弹或炮弹炸得残缺不全，据一个陆战队员说，还有一些是被今天上午我们看见的飞机扫射击毙的。昨天夜里日军在这个山坡上多次发动极其猛烈的突击，每一次都被击退。

过了山脊的鞍部，是又一个高耸的小山头，在那里我们能看到更多尸体和炮弹坑。整个山头都被火烧过，阴燃的草地依然在冒着缕缕青烟。

米勒和我还站在无遮无掩的小山顶上。"最好小心点，"一个陆战队员说，"那边的丛林里有个狙击手。"

我们离开山顶，走了大约50英尺，就听到身后有人叫了一声。就在我们先前站立许久的地方，一个人被打中了。他的腿上有个可怕的伤口。看来我们的好运仍在继续。

我们又去库库姆观察空袭。但是一直等到傍晚才有飞机出现。在此期间，我们听到炮兵猛烈轰击马塔尼考附近的丛林，看到树梢上升起巨大的烟云。我们听说有大股日军企图在那个区域突破。最初的报告说伤亡很大，但我们后来发现，那里的战斗只是持续的小规模冲突，我军的伤亡微不足道。

黄昏时，日本水上飞机实施了一次低空袭击。其中三架单翼水上飞机在库库姆上空穿梭往返，吸引着一串串高射炮火。另几架飞机在东边更远处的海滩上空盘旋，众多高射炮的射击让整个岛都像活过来一样，曳光弹的明亮轨迹在空中织成一张大网。

日本飞机又投下许多照明弹，我们一度看到泰纳鲁河那边有一片极其明亮的白光闪耀，还以为是照明弹——后来发现那是两架同时燃烧的日本飞机发出的。

我们在航空作战指挥部得知，日本飞机企图轰炸机场。15—20架速度缓慢、式样老旧的日本双翼水上飞机悄悄翻过瓜岛南部的山脉，企图进行低空偷袭。但是它们遭到我军格鲁曼战机拦截，被击落9架，还有4架零式水上飞机也被击落。在今天早些时候的空隙中，2架零式战斗机和1架轰炸机被击落——而且轰炸机远未飞临瓜岛就返航了。今天日军的空袭和他们昨晚的地面进攻一样，以失败告终。

今晚将军和他的参谋部从山脊上原来的指挥部转移到了略微安全的地点。当然，白天我们根本没有时间支起帐篷、安置折叠床或其他在瓜岛生活的基本设施。因此我连续第三个夜晚睡在了没有床铺的地面上。管理范德格里夫特将军的医疗队的高级医生就睡在我附近。他也只有一件雨披当床垫用，但他毫无怨言地忍受了这些折磨。"再这么下去，恐怕我就要给我的关节上点油了。"他说。这就是他仅有的意见。

9月15日，星期二

亚伯勒和肯特离开了。他们今天上了一条小船，后续会换乘更大的船。德丁似乎对总体局势有点悲观。米勒和我吃够苦头，多少有点麻木了，所以更倾向于乐观地看待未来。

今天上午，我们逮住托马斯上校，请他给我们简单概括一下过去2天一直持续的这场大战。他做了明晰易懂的总结说明。

上校说，日本人通过缓慢的增兵过程，集结了3股规模较大的部队。这些部队中，有2股聚集在机场以东，总兵力有3000—4000人，可能更多（这些数字是根据我军巡逻队的观察报告估算的），第3股规模要小一点，位于机场以西。

"因为地形关系，我们还没法消灭他们，"上校说，"不过我们已经扫荡了东边两支分遣队的登陆区域（那就是埃德森上校的部队对塔西姆博科的袭击）。"

上校说，这三股敌人发动了三路进攻。其中的主攻方向是从南面沿着伦加岭的山脊向机场推进。奇袭营就是在这里经历了最激烈的战斗。

另两路的兵力要少得多：一路是从西边的马塔尼考地区进攻；另一路则来自东边，这一路的意图显然是从侧翼攻击我军在泰纳鲁河沿岸的阵地。

我军的巡逻队几天前就发现东边有两群敌人在机动，一群移向我军侧翼，另一群绕了个圈子，企图从南边，也就是我军后方发起进攻。

"在12日夜至13日晨，"上校说，"日本人从后方（南面）过来，渗透我军防线，但没有造成破坏。"

"当时，我们的前哨防线太长，所以就收缩了几百码。在13日夜里，天黑后1小时，敌人以50—100人为一队，好几队人突破防线，进攻山脊。埃德森上校将他的部队后撤了300—400码，在一座崎岖的小山上占领阵地（就是我们在山脊上走访过的那个陡峭的山头）。在晚上11点左右，日本人发起大规模冲锋。埃德森手上只有几百人，日本人约有2000。我们的炮兵以密集火力支援，打死打伤了许多敌人。从那时起直到清晨6:00，日本人对那座小山发起了许多次突击，包括白刃突击。他们损失了500人。"

上校说，在同一个夜晚，日本人还从东边攻击了我军阵地的侧翼，但是遭遇了铁丝网障碍，在铁丝网前丢下大约30具尸体后败退。来自西边的攻击直到昨天才发动，多亏我军炮兵的支援和前线部队的顽强抵抗，这次进攻也被击退了。

米勒、德丁和我又去埃德森的部队战斗过的那个小山头做了一番快速调查，我们决定，既然这座山没有其他名字，那么在我们的报道里就应该叫它"埃德森山"。

当天晚些时候，我们前往埃德森上校的指挥部，听听他关于这一战的故事。他给我们讲了不少部下的个人事迹，以及他们共同的勇敢精神，却没有提到他自己当晚一直冒着最猛烈的炮火，坚守在那个山头的最前线。

虽然他只字未提，但事实是有两颗子弹射穿了他的衬衫，不过连他的皮都没碰到。这条秘闻是另一个奇袭营军官小声告诉我的，我当时心不在焉地点了点头，接着就惊愕地发现，上校依然穿着那件衬衫。领口和腰部的弹洞赫然可见。

奇袭营的官兵们向我们讲述了一些了不起的英雄事迹。例如有一个名叫约翰·R. 莫里尔(John R. Morrill)的中士［来自田纳西州的格林维尔(Greenville)］，日军的一次进攻使他和两名战友失陷在敌后。莫里尔中士在黑暗中毫发无伤地穿过日军阵地，重新与大队会合。

另一个名叫雷·赫恩登(Ray Herndon)的一等兵(来自南卡罗来纳州的沃尔特伯勒(Walterboro)，当日军发动最猛烈的攻势时，他的班位于埃德森山南坡一个非常暴露的阵地。日军的炮火正中他们的阵地，全班只剩四个人活着，其中三个没有受伤，而雷的腹部被击穿。雷知道自己伤得很重，就让一个战友给他一支点四五冲锋枪，还说："你们最好撤下去。我反正没救了。有那支冲锋枪,我在咽气前还能干掉三四个日本人。"

还有一个是来自宾夕法尼亚州格林斯堡(Greensburg)的圆脸小伙——沃尔特·J. 布拉克(Walter J. Burak)下士,他是上校的传令兵,在当天晚上冒着极其猛烈的炮火,两次沿着无遮无掩的山脊往返于小山头和将军的指挥部。第一次是因为电话线被炸断,他带着新的电话线恢复了通信。第二次是在凌晨时分,当前线弹药严重短缺时,他带去了一箱手榴弹,足有40磅重。

但是最突出的事迹属于来自科罗拉多州德贝克(De Beque)的刘易斯·E. 约翰逊。刘易斯的腿被一颗手榴弹的破片炸伤三处,在破晓时分,他和另外十来个伤员一起被搬上一辆卡车的货厢,准备疏散到后方。但是当卡车沿着山脊的道路行驶时,一个日军机枪手突然开火,把司机打成了重伤。卡车停了下来。随后约翰逊忍痛从车尾爬下,拖着伤腿来到驾驶室,坐进驾驶座,试图发动卡车。在发动失败后,他把卡车挂上行驶挡,利用起动机提供的牵引力,使卡车在山脊上前进了大约300码。此后他终于让发动机运转起来,把卡车开到了医院。这时他感觉自己已经恢复了精神,于是又把卡车开到前线,拉走了一车伤员。

为了报道另两条战线上的战斗故事,我们先去了凯茨上校的指挥部,了解东边敌人的进攻经过,然后又赶往亨特上校的指挥部,听取关于西边,也就是马塔尼考方向敌军进攻的情况。

凯茨上校让我们采访麦凯尔维中校[威廉·N. 麦凯尔维(William N. McKelvy),来自华盛顿特区],后者直接指挥部队击退了东路日军的进攻。

"敌人这次进攻的目标就是打通一条名叫'内陆小道'的道路。"中校开始介绍。

"13日晚上10:15左右,我听到了枪声。晚上10:30,帕特南上尉[罗伯特·J.帕特南(Robert J. Putnam),来自科罗拉多州的丹佛(Denver)]

打来电话说,他的一个监听哨所遭到突然袭击。他说有个人跑到他的指挥部,说了一句"他们都死了",就昏了过去。

"晚上11点左右,帕特南上尉来电话说,日本人派出了几队狙击手——打了一些冷枪,但还没有什么严重的事态。

"然后就打成了一团。爆发了可怕的交火,帕特南上尉说,他们在铁丝网里面了。正在和他们拼刺刀。天亮以后,我们在铁丝网上找到27具尸体。

"我们用大口径迫击炮和其他各种武器开火。所有战斗都发生在那一侧。日本人拼命想占领那条道路。"

中校停止述说,去拿了一张大地图,给我们指出那条小道,它从东边延伸过来,穿过我军防线,直通机场。

"在凌晨5:30,日本人停止进攻撤退了。他们不想在白天挨打。

"那天早晨——也就是14日——我们得到了6辆坦克的增援。我们阵地对面有很多高高的草丛,我们担心有日本人藏在里面。坦克过来的时候,我们有一个中尉跳到其中一辆坦克上。他是图尔扎伊中尉[约瑟夫·A. 图尔扎伊(Joseph A. Turzai),来自长岛的大颈镇(Great Neck)],已经被弹片打伤,而且被日本人包围了一整晚。

"图尔扎伊中尉告诉我们,草丛里有个小屋,那里有日本人的机枪。当天晚些时候,我们派坦克去消灭他们。坦克完成了任务,但也有一些损失①。

"昨天晚上11点,日本人又来进攻。这次进攻规模比较小。他们用轻型迫击炮轰我们。

"就在今天拂晓,我们发现一群日军,大约有300人。我们召唤炮兵

---

① 原注:日本人用反坦克炮在极近距离平射,我们损失了3辆坦克。

集中轰击了那片区域,炮火就落在他们队列中间。毫无疑问,他们在那里损失了很多人。"

在亨特上校的指挥部,威尔逊中尉简要介绍了马塔尼考一带的战斗。和围绕山脊发生的殊死搏斗相比,那里的战斗同样只占次要地位。

"昨天早晨,就在黎明时分,我们的左翼阵地遭到迫击炮和机枪射击。"他说。指挥我军部队的是比耶布什中校[弗雷德·C. 比耶布什(Fred C. Biebush)中校,来自密歇根州的底特律]。

"上午8:30左右,来了一次白刃突击,但是被我军击退。日本人损失惨重。在上午10:30,日本人又尝试了一次。

"日本人企图在我军左翼两支部队的结合部突破。他们还想查明我们的铁丝网到底延伸到哪里。最终他们被击退了。

"在中午前后,我们派出一支巡逻队去侦察敌军阵地。率领巡逻队的哈迪少校(就是前文的伯特·W. 哈迪上尉)发回消息说,林子里全是狙击手和自动步枪射手,我正在努力向前推进。

"我们根据侦察队搜集的情报,集中迫击炮和大炮火力进行轰击,阻止了敌军进攻。"

今晚我睡在库库姆的一座小屋的地板上。夜里我一度醒来,听见有人在喊叫。我问身边的一个人发生了什么事,他哼了一声。"那些蠢货水手没把他们的小船拴好,"他说,"所以'奥斯卡'开过来的时候,掀起的浪就把船都冲走了。"但是他说错了。这回过来的不是奥斯卡,而是几艘日本驱逐舰,显然它们在东边的埃斯佩兰斯角把增援部队送上岸以后,就顺路来"拜访"我们。

9月16日，星期三

我们今天有一些稿件需要送到范德格里夫特将军的指挥部审查，正当我们要动身时，空袭警报来了。但是最终并没有空袭，我们带着稿件到达了将军的指挥部，把它们交了上去。蒂尔·德丁担心这将是我们的最后一批报道。

今天，我军的俯冲轰炸机和鱼雷机从亨德森机场起飞，北上执行轰炸任务。当天晚些时候我们去机场询问，发现它们在布干维尔和舒瓦瑟尔之间攻击了一些日本巡洋舰和驱逐舰。据信它们投射的一发鱼雷命中一艘巡洋舰，一枚炸弹命中另一艘。

9月17日，星期四

蒂尔·德丁担心我们关于日军进攻的报道可能是我们的最后一批稿件，好在这种担心并没有持续多久。瓜岛的局势似乎开始平静下来。我军在各条战线上派出的巡逻队今天都没有遇到日本人，而且在东面和南面，日军似乎都后撤了相当大的距离。在麦凯尔维中校负责的战线上，我们听说我军士兵发现了被遗弃的迫击炮和机枪，其中有些还是崭新的，这表明日本人逃走时有些匆忙。

今天也没有任何空袭，不过我军战斗机（陆军驱逐机和格鲁曼"野猫"）飞到埃斯佩兰斯角执行了对地扫射任务。它们又一次在海岸上发现了日本登陆艇，但是没有看见日本人。显然日本人是照老规矩在夜间登陆，而且有充分时间隐蔽起来。

在瓜岛的空气中，尘土正变得越来越多。如今只要在道路上走动，就会扬起肮脏的灰色尘雾。在机场一带穿梭来往的飞机和卡车，身后都拖着巨大的黑色三角形云团。如果你在上午9点换上干净衣服，沿着道路行走,到9:30你就会脏得好像烟囱清洁工。如果你坐在小汽车里,路上车辆扬起的尘土几乎会堵塞你的肺部,让你的双眼什么都看不见。如今我们在搭车时,都会把钢盔罩在脸上,好让脸相对干净一点。舒尔茨不知从什么地方找来一副漂亮的宝丽来风镜。顺便说一句,他还找到一副牛仔风格的腰带,上面镶着红绿两色的大号贴面石材,看着和真的宝石一样。至于他在瓜岛这地方怎么能找来这种东西,那就是个谜了。他还给亚伯勒留下的遮阳帽做了改造,使它显得漂亮大气。舒尔茨的梦想是在战后成为伊利诺伊州的州警(他是芝加哥人),或者在边境巡逻队任职。

今天在航空指挥部,我们看见了一张记录我军战斗机迄今击落敌机数量的完整表格。总计战果是131架,其中我们陆战队的战斗机(格鲁曼)击落了109架;陆军驱逐机击落4架;我们海军的战斗机(也是格鲁曼)虽然来岛上的时间很短,却也击落了17架。还有1架零式战斗机是被我军的1架俯冲轰炸机击落的。此外,我军的高射炮也获得了5个战果。

在这被消灭的131架敌机中,大约一半是战斗机或其他单发飞机,另一半是快速的双发三菱九七式轰炸机①。

今天我采访了一个海岸警卫队的水兵,他名叫托马斯·J.卡纳万(Thomas J. Canavan,来自伊利诺伊州的芝加哥),刚从一场九死一生的惊险历程中恢复过来。那次历程发生在大约一个月前,当时卡纳万出海参加反潜巡逻。巡逻队里有三艘小艇,它们遭到三艘日本巡洋舰的突

---

① 译注:从作者的表述来看,这种轰炸机应该是九七式重轰炸机,这是一种装备日本陆军的轰炸机。然而在瓜岛战役期间(特别是初期),对瓜岛实施空袭的大多是日本海军的作战单位,用于这种远程轰炸的主力机种则是一式陆上攻击机。当时美军可能将一式陆上攻击机误认为九七式重轰炸机了。

袭，都被击沉了。卡纳万是唯一的幸存者。他漂浮在水面上装死，一艘日本巡洋舰在附近驶过观察他的"尸体"，没有发现异样，这才让他逃得一命。随后他游了17个小时，企图登上佛罗里达岛。最终成功上岸。

从卡纳万被采访时的言行举止看，他依然心有余悸，仿佛身后始终有个幽灵注视着自己。他说自己在佛罗里达岛上的两天时间里，只能靠一个椰子提供营养。但是他吃下以后很快就吐了出来。他看到了一些土著人，对方长得面目狰狞，鼻子上还穿着骨刺，吓得他赶紧逃跑。但是后来他发现，这些土著人往往很友善。因为筋疲力尽的他曾倒在海滩上睡去，醒来后却发现有人用棕榈叶盖住他的身子，为他遮挡雨水和夜晚的寒气。他曾两次尝试游到图拉吉岛，第一次被上涨的潮水卷了回来，第二次成功了。

我军的俯冲轰炸机和鱼雷机今天满载炸弹出击，目标是一直有日军登陆的埃斯佩兰斯角地区的建筑物。据报告他们炸中了那些建筑，使其熊熊燃烧。

今天在"流言"圈子里有两条消息反复传播：一条消息说，增援部队正往瓜岛赶来，而关于援军的人数方面则说法不一；另一条消息是，我军的航空母舰"黄蜂"号被击沉了。

9月18日，星期五

援军（参见第251页图39）赶来瓜岛的传言在今天得到证实，因为他们真的到来了。在今天早晨，有个上校对我说："我不能多讲，但是我建议你去海滩上看看。"我去了海滩，只见一艘艘货轮、战舰和运兵船出现在视野中。

米勒和我随即前往登陆点观看船只卸载。整片海滩上站满了我军部队中疲惫的老兵，大家只是消极地旁观卸载过程。我们一直都在讨论关于增援的事，已经等了很久。

这些新来的部队是陆战队，足有成千上万，一船接一船地登陆。他们穿着干净的常服，戴着簇新的钢盔，上岸时口气强硬地大声咋呼着。

我们这边的一个老兵告诉我，他刚和几个新来的人谈过。"小样，"他说，"这些家伙想告诉**我们**怎么打仗。"此时我们都知道，这些人将和我们一样，要花上一点时间才能摆脱那种咋咋呼呼的强硬表象，养成那种随着战斗经验而来的冷静坚韧。

两名记者跟随这批增援部队一起到来。他们是杰克·道林（Jack Dowling）和弗兰克·麦卡锡（Frank McCarthy），后一位是来接替米勒的。米勒喜不自胜，喋喋不休地告诉我们，一旦他登上那艘将要带他离开的船，他就要剃掉自己的大胡子。我们都为他喝彩，因为米勒的胡子是瓜岛上真正恐怖的事物之一。它几乎和我的小胡子一样邋遢。

今天有一个非常可靠的线人告诉我，关于"黄蜂"号被击沉的消息是真的。他说这艘军舰遭到一艘潜艇偷袭，挨了两发鱼雷（实际上它中了三发），舰员已经将它放弃了。

这几天还有一则经常流传的谣言，说是我们的海军舰队和这一带的日本海军主力在北边某个地方打了一场大战。但是这则消息得不到任何官方证明，连暗示都没有。看来真相是自从萨沃岛海战以来，双方的水面舰队就没有打过大规模海战。

德丁和我在海滩上坐了大半个下午，等待我们认为不可避免的日军空袭。我军的大队货轮和运兵船将是绝好的目标。但幸运的是，今天下午日本飞机没有来。

今天晚上倒是来了一支舰队，估计有2—6艘军舰。它们来得太迟，我们的船都已经离开了。不过"路易虱子"还是在天上飞了一阵，投放照明弹寻找我们的船只,而那几艘日本军舰(很可能是巡洋舰)在离岸很远的地方停下,朝我们的海岸线打了一些炮弹。

9月19日,星期六

今天上午在航空作战指挥大楼,我们目睹了我军的俯冲轰炸机起飞,北上执行某些任务。它们很可能是去轰炸吉佐、莱卡塔湾或者所罗门群岛的另外某个日本基地。最近几天我军经常攻击这样的目标,虽然破坏了一些岸上设施,但运气不太好,没有找到多少日本船只。

我翻看了我的记录,想统计一下,自从近一个月前首批飞机到达这里以来,我们的俯冲轰炸机击沉了多少船只。我发现击沉的船只总计是三艘驱逐舰、一艘巡洋舰和两艘运输船。很可能还有十来艘其他舰船(主要是巡洋舰和驱逐舰)被命中弹或近失弹击伤。总的说来,考虑到恶劣的天气状况和在夜间作战中寻找敌船的普遍难度,这是一个很不错的成绩。

敌军在瓜岛的登陆仍在继续。他们正在一点一滴地积蓄兵力——即使到了现在,虽然他们旨在突破我军防线并占领机场的第二次大规模进攻刚刚以失败告终,他们的力量仍在增长。昨天晚上那队过来炮击我们的军舰很可能已经把它们当天搭载的部队送上了岸。

今天下午,我们和一些奇袭营的官兵谈起山脊之战,听说了一些关于日本人的有趣故事。例如,日本人被俘后经常求我们杀了他们,但是一旦发现我们不会照办,他们似乎就会感到宽慰。此时他们觉得自己已经尽到了在受辱之前求死的义务,再也不会尝试剥夺自己的生命。

有几个在山脊上被俘的日本人,一开始嘴里喊着"刀",还在自己肚子上比画着剖腹的动作。但是当明白不会有人给他们递刀时,他们似乎就松了一口气,此后再也没有自杀的尝试。

今天下午晚些时候我们听说，我军明天将会派出大队人马，对机场南边进行一次武力侦察，设法查明日军究竟后撤了多大距离。德丁、麦卡锡、道林和我决定随军前往。

9月20日，星期天

我们的侦察在今天凌晨5点左右开始，之后的整整13个小时里，我们一直在丛林中艰难跋涉，一步一滑地翻越我有生以来攀登过的最陡峭的山岭。这是一场我永生难忘的瓜岛地理课。

在我们这趟远足中，许多时候是在山坡上穿行。因为今天早晨下了一场雨，山间小路泥泞湿滑，我发现保持站立的最佳方式是采用模仿三脚架的姿势，也就是用两条腿和一只手支撑自己。

我们还花了相当多的时间，在我这辈子见过的最茂密、最憋闷的丛林里穿行。大部分时间我们是沿着小路行走，即便是这些小路上，也长满了带刺的藤蔓、锯齿边的叶子和有长刺保护的树枝。

不过，埃德森上校率领下的我们这队人至少没遇到日本人。一同执行侦察任务的另几队人发现了几个狙击手。有一队人由新来的援兵组成，他们就和我们刚到瓜岛时一样，不停地开枪。他们对各种阴影神经过敏，而且"扣扳机上瘾"，和当初的我们如出一辙。

我们发现了日军在极度匆忙和混乱中撤退的证据。我们找到一些宿营地，那里有他们丢下的背包、鞋子和旗帜。我还在一条小路边看见一堆帆布箱，里面装着各种零件，足可拼成一门能够作战的75毫米轻型榴弹炮。其他人还发现了步枪和弹药。我们找到几个被我军炮火击中的日本人的残肢断臂，还有一些显然因伤重而死的尸体。

我们回到营地以后得知，今天我军出动俯冲轰炸机和鱼雷机轰炸了莱卡塔湾，他们轰炸并扫射了基地，还在附近发现一艘巡洋舰。那艘巡洋舰挨了一枚炸弹，虽然被击伤，但没有沉没。

9月21日，星期一

给我们送来援军的船队还带来不少物资，包括衣服。今天上午我去军需仓库领了一些衣服，它们散发着令人愉快的气味，让我想起百货商店里的纺织品专柜。于是我去伦加好好洗了个澡，再换上这些新衣服。接着我前往被陆战队员们称作"布克-凯迪拉克酒店"[①]的胡安·莫雷拉大厨食堂，饱餐一顿后觉得整个人都焕然一新了。

我们坐在亨特上校的指挥部，讨论日军空袭强度降低的原因。乐观主义者认为，日军遭到我军战斗机的沉重打击，已经没剩下多少飞机了。悲观主义者则说，敌人只是在整合力量，准备发动更大规模的攻势——也许他们会降低空袭频率，但增加每次空袭的规模，而不是每天派出25—27架飞机。

9月22日，星期二

今天下午在库库姆，我见到了迪克·曼格伦（如今他已经是中校）和特纳·考德威尔上尉，他俩分别率领陆战队的战机和海军的俯冲轰炸机进驻了这个岛上的亨德森机场。特纳和迪克原先的中队已经在很大程度上被新来的飞行员替换，但两位队长直到最近都在带队飞行。

---

① 译注：底特律著名的地标建筑，1924年开业。

自从我上次见到这两人以来，他们都变瘦了，面容憔悴得就像稻草人。他们告诉我，没日没夜的连轴转工作已经让他们心力交瘁。

"以前医生跟我们谈起飞行员疲劳症的时候，"特纳说，"我还以为说的都是老家伙。现在我知道他们是什么意思了。累到一定程度，你整个人就都很糟糕了，你彻底废掉了——而且你一点办法都没有。"

今晚我听说，特纳和迪克很快会被送到瓜岛之外，去某些和平的地方休假。

9月23日，星期三

"瓜岛正在出现文明的迹象。"范德格里夫特将军今天上午说。他告诉我，有个工程师来到他的住处，问他要不要电灯。将军说，自己惊讶地发现，那个工程师身后真的拖着一根电线。我军占领的日本发电站已经开始正常运转，他们还把电线接到了将军的营地。

将军说，他觉得我们在瓜岛的形势变得光明了一点。他说援军带来了很大帮助，而且他似乎很有把握地认为，海军对我方海岸线的保护将会改善。当天晚些时候我得知，后方已经派出了一队鱼雷快艇，它们将帮助保护我们的海岸线，阻止日军的持续登陆行动。

有许多"流言"说，更多的援军将会来到瓜岛。但是将军觉得，如果上级派来的是陆军部队，那么他们只会作为增援，而不会替换岛上的陆战队，至少暂时是这样。一直以来回家过圣诞节的梦想正变得越来越渺茫。

但是我们有许多军官正被送往后方休假，以及训练新的部队。这是证明我们至少有了喘息之机的另一个迹象。而今天，日本人的空袭又中断了一天，甚至在今天晚上也没有像往常那样派军舰送部队登陆，这进一步证实了这个猜想。

9月24日,星期四

今天上午,我们去奇袭营的指挥部吃早饭,大家就着煎饼愉快地聊了一阵。我们谈到了各自在这场战役中差点丧命的经历,图拉吉岛和山脊之战的英雄之一肯·贝利少校说了一些令人动情的话。

"和这些孩子共事,我会和他们混得很熟,"他说,"他们都是那么好的孩子,所以有时碰到特别难人的任务,我宁可自己上,也不愿意派他们去冒险。"①

---

① 原注:三天后,贝利少校在一次巡逻行动中不幸阵亡。

第八章
去布干维尔的轰炸机

9月25日，星期五

今天上午，我们去航空作战指挥部了解昨晚攻击日本军舰的结果。这些日本军舰是昨天下午被发现的，当时它们离埃斯佩兰斯角大约100英里。我们的攻击机群，出动投下了炸弹，但是日本舰队继续朝瓜岛开来。天气条件（很可能也包括坏运气）再一次干扰了我军投弹的准头，所有炸弹无一命中。但是在我军攻击了4次以后，日本舰队在距离埃斯佩兰斯角大约8英里的地方终于掉头撤退了。我们的飞行员注意到，这些军舰拖曳着成群的登陆艇。

我向将军申请离岛的许可，他笑着告诉我说，我挑了个好时间。"过几天他们会给我搭个淋浴房，"他说，"当这样奢侈的享受到来时，记者就该走了。"

我想离开瓜岛的一个原因是，我已经穿坏了最后一双合用的鞋子——而且很不幸，岛上的库存里没有我能穿的特大号鞋子。我现在穿着一双橡胶底的网球鞋——这可不是在丛林里跋涉时该穿的东西。我今天去了军需营地，想找一双符合我的尺码（14号）的鞋子，那位好心的军需官听到以后害怕地举起了双手。

今天来了一架B-17，飞行员是个非常冷静、非常沉稳的人——保罗·佩恩(Paul Payne)上尉［来自艾奥瓦州的得梅因(Des Moines)］。我问他能不能让我搭机从瓜岛飞到南方某地，然后我自己想办法回檀香山。

佩恩说："当然可以，只要你不介意路过布干维尔。"

这听起来很危险。布干维尔是所罗门群岛中最北面的一个岛，也是最大的一个。从日本的重要海空基地拉包尔(Rabaul)起飞的飞机可以轻易攻击布干维尔。而且在布干维尔最北端的布卡岛(Buka Island)上还有一个日本机场，有众多零式战斗机守卫。

佩恩上尉说，这架B-17将去那里执行侦察任务。我要去吗？我说，当然要去。

9月26日，星期六

我们在黎明时爬上飞机。上尉给了我一个巧克力棒。"我们平时的早餐。"他说。然后他们转动螺旋桨，启动装置发出尖叫，我们飞机的发动机开始预热。

我们在跑道上一路颠簸，然后腾空而起，飞到图拉吉湾上空。我的座位在狭窄的机头。我蹲坐在领航员用于工作的小桌旁。我们透过透明的树脂玻璃，注视着在身边掠过的蓝天大海的美景。我得到了一副耳机，好让我听到通信频道里的对话。

阳光从头顶的窗户照进来，暖洋洋的。领航员脱掉了衬衫，他是个瘦瘦的年轻中尉，名叫克林特·本杰明［克林顿·W. 本杰明(Clinton W. Benjamin)，来自宾夕法尼亚州的诺克森(Noxan)］。他的皮肤已经晒得很黑，显然就是这样的飞行造成的。

"时间很长，什么事都干不了，只能干坐几个小时。"他用盖过发动机轰鸣的嗓门喊道。这就是我们到达布干维尔之前一直做的事。

我们"沿槽海北上"（沿着所罗门群岛的几排岛屿之间的水路飞行），俯瞰下方，只见无数长着茂密丛林的险峻岛屿在机翼下方掠过。时间过得很慢。

我们在一堆堆高大的积雨云之间穿梭。最后，佩恩上尉的声音终于传进了我的耳机："领航员，报告布干维尔的方向。"

领航员回答了方向。飞机做了一个优雅的转弯。我们看见前方有一团形状不规则的黑色岛屿，静卧在云层之下。

然后我们就看见了第一架敌机。"有飞机，方向角二五。"一个声音在耳机里说道。

佩恩用平静的声音说："二五还是三五？"

"二五。"对方回答。然后我们就看见了那架飞机，它朝着和我们完全相反的方向移动，在右上方2000码左右的距离外。它远在我们飞机的射程之外。我只来得及瞥见一眼，然后它就从后方飞出了我们的视线。

"他很可能会俯冲过来。"佩恩上尉说。但是那架飞机并没有返回。不过机枪手们还是在各自的岗位上严阵以待。我们现在随时可能遭遇一大群日本飞机。

领航员说："驾驶员，布干维尔最南端的港湾里可能有船只。"

"前面就是布干维尔吗？"佩恩上尉问。

"是的。"

接着一个陌生的声音在通信系统里大喊："两架零式从我们后面过来了！"这是机尾机枪手的声音。

从此时起，我们要战斗了。

"他们过来了。"机尾机枪手说。几秒钟后,他又说:"他们掉头了。"零式战斗机很忌惮火力强大的B-17,但是在这样的时刻,我立刻想到我们正孤独地飞行在敌军领空,周围肯定有成群的敌机。

我们看到前方有一艘船正在航行,因为距离很远,小得就像玩具。

"那是什么类型的船?"驾驶员问。

"要我说的话,是货船。"领航员说。

"机枪手,机枪预备。"佩恩上尉说。

我们此时正飞过敌方船只上空,而它也在提速。我们能看到它正全速航行,船舷两侧掀起道道白色的浪花。它正在海上转着圈子,企图躲避它以为我们将会密集投下的炸弹。我能想象到它甲板上的慌乱景象,因为我自己也曾在好几艘船上遭到过飞机轰炸。但我们此时只是在执行侦察任务,并不会轰炸。

一个机枪手报告说:"两架飞机从下方过来,速度很快。它们离我们2000码。"接着他说:"它们掉头了。"

我看见我们左侧有一架飞机。那是一架单翼的水上飞机——零式水上飞机。它此时的航向与我们相同。我们机头的一个机枪手开始射击。曳光弹画着弧线在敌机周围跳动,并逐渐接近。空弹壳噼里啪啦地落在我们轰炸机的地板上。

此时那架零式机翼一点,朝着我们做了一个急转弯。我心想,它来了!然后我就看见那飞机飞快地朝我们冲过来,看见它的曳光弹喷涌而出。在那一瞬间,我想起了我在这种时候总会想起的念头:我真是个该死的傻瓜,落得这个下场是自作自受。

我们机身侧面的另几挺机枪也纷纷开火。一道道曳光弹的轨迹先是在那架日本飞机的前方划过,然后在它后方纷飞。它掉头离开,消失在后方。①

此时一艘又一艘其他船只出现在我们下方的水面上。领航员正在清点它们。我看见右边有一艘巡洋舰线条硬朗的修长身影。还有其他舰船。

"右侧有高射炮火!"有人喊道。然后我们听见炮弹破片重重打在机身底部的声音。

"好像是我们的右侧副翼被打中了。"有人说。

接着高射炮停止射击,我们前方出现又一架零式,正在飞近。它转身飞向我们,曳光弹纷纷射向我们的机身。在那漫长的几秒钟时间里,他似乎笔直冲向我们的机头,而机头机枪手在拼命打着长点射。机头里充满了烟雾。

"你提前量太多了。"佩恩上尉镇静地说。

然后那架零式就在我们后方消失了。

"有人中弹吗?"上尉问。没人应声。零式飞行员的射击准头很差,而且过于谨慎。他们没有再回来。

这时候我们已经远离了出现在布干维尔岛南端附近的那些舰船。

"那里有多少船?"驾驶员问。

"有27艘。"领航员说。

他是唯一没有光顾着和零式交火的人,他一直在抽空观察。其他人都太忙了。

"打高射炮的是船还是岸上的设施?"驾驶员问。

"船。"投弹手简要地回答。

---

① 原注:我们打中它了,机尾机枪手说,那架日本飞机飞下去时螺旋桨不转,最后在水面上迫降了。

我们平安无事地做完了剩下的侦察任务,没有再遇到敌机或敌舰。多云的天气帮了我们的忙。

几个小时后,我们降落在所罗门群岛以外的一个美军基地,向着比较和平的地区迈出了一大步。

今天被零式攻击时,我曾经自怨自艾,后悔不该以身犯险。此刻我很高兴自己活了下来。按照陆战队员们的说法,一想到我们在那该死的岛上日子过得有多难熬,搭乘B-17离开瓜岛并路过布干维尔就显得特别合适。

尾声

我们降落的航空基地是圣埃斯皮里图(Espiritu Santo),不过陆军、海军的将士们更熟悉它的军事代号"纽扣"。

瓜达尔卡纳尔岛也有一个代号——"仙人掌"——但是军人们更喜欢称它为"卡纳尔"。这个昵称听起来有一丝爱意。人们诅咒并痛恨瓜达尔卡纳尔,那是散发着死亡、争斗和疾病气息的瘟疫之地,但"卡纳尔"就像个不成器的亲兄弟或表兄弟。如果你曾为某人或某个东西做出了巨大牺牲,为之流血流汗或耗尽了最后一点气力,你对那东西或那个人就会有这样的感情。

"纽扣"则不然。它只是一个后方基地,人们从来没有为它战斗过。那里的生活条件很简陋,但和那个名叫瓜达尔卡纳尔的、日日夜夜都在吃苦的地方相比,它是个令人愉快的休息营地。

我在"纽扣"开始整理我那本黑色皮革封面的日记,把它润色成这本书。然后我去了下一个后方基地新喀里多尼亚(New Caledonia),那里也是绰号"公牛"的威廉·哈尔西(William Halsey)上将指挥的南太平洋部队总部所在地。我从一个法国女人那里以一美元一天的价格租了座房子,在房里继续写作,直到搭上一架回珍珠港的飞机。

珍珠港的海军官员们认为，我这本黑皮日记密级太高，不能再让我自己保管。他们担心间谍（夏威夷**确实**有间谍活动）会把它偷走或翻看其中的内容。也许他们是对的，因为这本日记里提到了珊瑚海和中途岛的海战，杜立特对东京的空袭，以及瓜岛的战斗。

总之，海军的人员拿走我的日记，把它放进珍珠港一间办公室的保险柜里。我不得不每天早上去那间办公室，从他们手里拿到日记，在他们眼皮底下写作，每天晚上再把日记还回去锁好。

在我整理那本日记，撰写本书时，瓜岛的战斗依然久拖不决。我很想回到那里——但是从战况看，我估计战斗还会持续好几个月，不必急在一时。

陆战队的官兵们坚守着机场周边的一小块土地。这一地带长九英里左右，纵深只有三英里，和这个大岛相比只是一块弹丸之地。范德格里夫特将军很想扩大这个立足点，控制岛上的更多区域，但是他没有足够的兵力。陆战队只能原地坚守，等待其他部队的增援。几乎每个夜晚，日军都会用舰炮火力和航空炸弹袭击他们。"东京特快"不断运来日军部队，增强日方在岛上的兵力。因为害怕我们的空中力量，日军的舰船和飞机在白天始终隐忍不发。而在黑夜的掩护下，它们就会像流浪猫一样出动捕猎。

在10月，日本人集合他们的海上、空中和地面部队，又一次在瓜岛发动了大规模进攻。他们下定决心，要把陆战队从那片小小的滩头阵地赶出去。但是为了达成这个目的，他们首先需要将成千上万的士兵运送到岛上，增强岛上部队的兵力——而要想实施大规模登陆行动，他们又必须先削弱我军在亨德森机场的航空兵力。

10月14日夜里，一支包括强大的战列舰"金刚"号和"榛名"号在内的日本特混舰队驶入亨德森机场附近的"不眠潟湖"，开始炮击机场。近距离发射的14英寸大口径炮弹精准击中目标,掀翻跑道,炸毁飞机,使许多陆战队员尸骨无存,还将仓库里储存的汽油和弹药化作熊熊烈火。在炮击持续的1小时20分钟内,陆战队员们能做的只有祈祷或咒骂。当日本军舰撤离时,机场上的90架飞机已经损毁过半,汽油储备几乎全部化为乌有。

10月15日,对瓜岛上的陆战队员们来说是个充满煎熬的日子。当天上午,日本运输船队在光天化日下抵达塔萨法隆加角(Tassafaronga Point)卸载部队,而陆战队的将士们只能无助地旁观。但是他们从丛林中一处隐蔽仓库里挖出一些桶装汽油,还抽干了损坏的B-17的油箱,满载航空汽油的运输机也开始从"纽扣"基地抵达。接着陆战队员们奋力拼搏,为战斗机和轰炸机装满汽油、炸弹和机枪子弹,让它们出动去打击运输船。三艘日本运输船被击毁在滩头,日本海军舰队随即撤退。但是成千上万的日本士兵以及大量给养、枪炮和弹药已经被送到岸上。

在珍珠港指挥整个太平洋上的海军作战的尼米兹上将对瓜岛的未来忧心忡忡。他说,战局处于危急关头。而在后方更高层的指挥部里,坐镇华盛顿的海军部长弗兰克·诺克斯(Frank Knox)坦言:"每个人都希望我们顶住。"

我在珍珠港完成写作后,再次奔赴瓜岛。在前往所罗门群岛时,我发现沿途各个基地都有一些人确信瓜岛将会失守。当时看来,美国在战争的这一阶段,既要支援北非的两栖登陆,又要在英国积聚强大军力,或许已经没有余力支持瓜岛的作战。

但是这些人不知道,我也不知道的是,罗斯福总统已经亲自干预了瓜岛的未来。因为对亨德森机场一带旷日持久的战事感到不安,他下令大力增援所罗门群岛。

我在11月抵达这一地区时,搭乘的是一艘刚刚投入战斗的新式战列舰。它就是绰号"清妖"的威利斯·A. 李(Willis A. Lee)将军麾下的"华盛顿"号(Washington)。不久前它刚和另一艘战列舰"南达科他"号(South Dakota)一起,与两艘一直在骚扰瓜岛的日本战列舰展开了一场殊死搏斗。在那场从11月13日打到15日的海战中,我们的海军部队惊险地战胜了一支庞大的日本舰队——也为瓜岛的陆战队减轻了一些压力。当我在12月重登瓜岛时,陆军的增援部队已经到达那里帮助陆战队。而被战斗伤亡、疟疾和痢疾严重削弱的陆战队第1师也得到了陆战队第2师一部的加强。

此时岛上已有5万美军作战人员。陆战队第2师的大部分人马已到达,陆军第132、182和164团也已登陆,而陆军第25师的2万人正在路上。在兵力足够的情况下,一些老战士终于可以得到他们分内应得的休息了。因此,在12月初,著名的陆战队第1师除第1团和第7团外,大约一半的官兵来到海滩,登上运输船,驶向后方区域。他们已经在"卡纳尔"战斗了4个月。

几个星期后,随着更多陆军增援部队到达,陆战队第1团和第7团也能离开了。而昵称"桑迪"的陆军将领亚历山大·M. 帕奇(Alexander M. Patch)也从英勇善战的范德格里夫特将军手中接过了指挥权。

帕奇将军在地面、海上和空中都拥有比范德格里夫特将军更多的兵力,他着手制订计划,旨在扩大陆战队小小的滩头阵地,将日本人逐出岛上的其余区域。

很快敌人就颓势尽现。自从在海上吃了大败仗,他们的补给线就被寸寸磔断。缴获的日记表明,他们食物短缺,而且饱受热带疾病折磨。此时帕奇将军以陆军第132团和约翰·阿瑟(John Arthur)上校的陆战队第2师第2团为前锋,发动了他的第一次攻势。具体目标是一个名叫"岐阜"(Gifu)的硬钉子。这是一座高耸的山峰,可以俯瞰亨德森机场——用军人的话说，是"居高临下盯着我们的咽喉"。"岐阜"陡峭的阶地就像大型电影院的包厢楼座，高悬在机场上方——山上长满了茂密的树丛。日本人知道这是个关键阵地。我们后来发现，负责这一阵地的日本军官冈明之助大佐命令他的部下与阵地共存亡。这些守军确实死战不退。

美军的进攻在12月17日发起，双方围绕岐阜打了3个星期的拉锯战，不断进行决死突击和反突击。

最终，依靠重炮支援和第25师源源不断的增援，美军冲上山顶并站稳了脚跟。与此同时，美军还沿着海岸发起进攻，日军不支败退。他们的抵抗似乎终于崩溃了。

但我们并不知道的是，日军大本营此时已经下达了从瓜岛疏散的命令。他们借着黑夜的掩护，用驱逐舰将一些特遣队送到岛上，掩护主力部队撤退。近12000名日本士兵被撤出瓜岛。说句公道话，这确实是一次成功的撤退。

与此同时，在绰号"闪电乔"的J. 劳顿·科林斯（J. Lawton Collins）少将指挥下，第25师也在无情地攻击日军的后卫。

1943年2月9日，在第1批部队登陆瓜岛6个月后，帕奇将军的副官把我们这些记者叫到指挥部，给我们看了这一条发给哈尔西海军上将的电文："截至今日16:25，瓜达尔卡纳尔岛上的日军部队已被完全、彻底地击败。"

瓜岛战役就这样结束了：经过6个月艰苦卓绝的浴血奋战，坚定和勇敢战胜了恐怖和惊骇。在地面和空中，我军有1600多人死亡，数千人负伤。在海战中，还有至少2000名美国人为这个迄今（20世纪50年代）为止仍默默无闻的小岛献出了生命。

它值得我们付出这样的代价吗？从军事角度讲，绝对值得。我军在陆地、海洋和天空都遭遇了日本最精锐的部队，并决定性地击败了他们。有2万多日本人死于所罗门群岛的战斗——是我方损失的5倍之多。

除了打破日军不可战胜的神话之外,我们还在由一个个岛屿连成的血腥阶梯上,向着东京和最终的胜利第一次迈出了一大步。

在这6个月的战役中,日军大本营自始至终都明白瓜岛的重要性。但幸运的是,他们出于惯常的傲慢,一直低估了我军在所罗门群岛的实力和谋略。直到1942年的圣诞节,他们还相信自己会赢。日本天皇裕仁在1943年元旦的公开讲话中说:"黑暗非常深重,但东方的天空即将破晓。如今,日本陆海空部队的精华正在集结。他们迟早将前往所罗门群岛,展开日本和美国之间的决战。"

但是,当时决战已经打完了。罗斯福总统就认识到了这一点,他说:"看来这场战争的转折点终于到了。"瓜岛上成排的坟墓,铁底湾深处上百艘舰船的残骸,以及我们意志坚定、向着北方的东京无情挺进的战斗部队——这些生者和死者都是这一转折点的纪念碑,象征着瓜岛的胜利。

图集

图1：仍是一名中尉的勒罗伊·亨特，摄于1917年3月。几个月后，他随美国第5海军陆战团（陆战5团）前往法国，在那里凭借优异的表现获得了海军十字勋章和杰出服役十字勋章

图2：1940年1月，刚晋升为上校的亨特，他后来在瓜岛战役初期担任陆战5团团长

图3和图4：一辆陆战队的M2A4轻型坦克从"右辖"号（以一颗乌鸦座恒星的名字命名）货船被吊放到一艘LCM（机械化登陆艇，Landing Craft Mechanized）上，摄于1942年8月7日

图5：一架美国海军的格鲁曼F4F-3战斗机，摄于1942年年初。在太平洋战争前半段，这种舰载战斗机不仅对美国海军很重要，对海军陆战队同样如此，特别是在瓜岛战役期间

图6：陆战队第1坦克营的营徽。1942年8月，该营的A连和B连随第1海军陆战师（陆战1师）登陆瓜岛，该营的一部还参与了1942年9月的山脊之战。直至当年年底，第1坦克营的这两个连一直是岛上主要的装甲力量

图集 / 237

图7：皇家澳大利亚海军"堪培拉"号巡洋舰在图拉吉岛附近海域保护盟军运输船，可能摄于1942年8月7日

图8：陆战1师1团的士兵从LCP (L) [大型人员登陆艇，Landing Craft Personnel (Large)] 上跃下，登上瓜岛海滩，摄于1942年8月7日

图9：驶向瓜岛海滩的LVT-1［履带式登陆车1型，Landing Vehicle, Tracked (LVT) Mark 1］，背景是"海斯总统"号运兵舰。在瓜岛登陆行动中，陆战1师投入了约128辆LVT-1，主要用于运送补给上岸。在此后的太平洋岛屿争夺战中，LVT将有更广泛的应用

图10：行驶在瓜岛上的陆战队坦克，三辆坦克中，一前一后都为M2A4轻型坦克，中间一辆为M3轻型坦克。这些车辆应该来自陆战队第1坦克营，该营是美军中唯一一个将所装备的M2A4轻型坦克投入实战的单位

图集 / 239

图11：时任陆战1师师长的亚历山大·阿彻·范德格里夫特少将在瓜岛上他的帐篷里工作，摄于1942年

图12：运兵舰"麦考利"号（后来被归类为"攻击运兵舰"）上，范德格里夫特与师部的参谋们交谈，从左至右：师长范德格里夫特少将、师作战参谋杰拉尔德·C. 托马斯（即书中的杰里·托马斯）中校、师后勤参谋伦道夫·M. 佩特中校、师情报参谋弗兰克·G. 格特奇中校、师参谋长威廉·卡帕斯·詹姆斯上校

图13：范德格里夫特将军与本书作者的合影，照片中可能无法充分展现作者约2米的身高，这在当时的瓜岛可能并不多见

图14：右舷舰首视角的"乔治·F. 艾略特"号运兵舰，1942年1月摄于诺福克海军造船厂

图集 / 241

图15：燃起熊熊大火的"乔治·F. 艾略特"号，摄于1942年8月8日，火灾是由一架撞向右舷上层建筑附近的日军一式陆上攻击机引起的

图16：一架正在飞行的团结飞机公司PBY（巡逻轰炸机Y，Patrol Bomber Y）"卡特琳娜"。该系列是第二次世界大战期间美国海军装备的产量最大、应用最广的水上飞机

图17：佩戴少将军衔的威廉·H. 鲁佩图斯。在范德格里夫特升迁后，陆战1师副师长鲁佩图斯于1943年7月接替其指挥该师。鲁佩图斯对后世最大的影响是起草了此后每名陆战队员必须熟记的《步枪手信条》

图18：晋升为少将的梅里特·A. 埃德森，他是在退役的同时被晋升的。瓜岛战役期间，担任奇袭营营长的他先后经历了图拉吉攻坚战和山脊防御战，后来由于陆战1师师长和师作战参谋对勒罗伊·亨特的表现不满，埃德森又被命令接替陆战5团团长一职

图19：攻占图拉吉岛后，十来名美军军官在岛上一处房屋的台阶前合影。从前到后，从左到右，第一排，陆战队 O. K. 普雷斯利中校、M. A. 埃德森上校、R. E. 罗斯克兰斯中校、R. E. 希尔中校；第二排，E. B. 麦克纳尼海军医疗中尉，陆战队 W. H. 鲁佩图斯准将、R. C. 基尔马丁中校、威廉·恩赖特少校；第三排，陆战队拉尔夫·鲍威尔上尉、达里尔·西利上尉、托马斯·菲尔波特上尉

图20：哈罗德·埃利特·罗斯克兰斯的最终军衔为准将，同时也被列入退休名单。1942年8月，罗斯克兰斯指挥陆战5团2营协助突袭营攻下了图拉吉

图21：肯尼思·狄龙·贝利少校，瓜岛战役期间担任陆战队第1突袭营C连连长，在1942年9月的一次战斗中阵亡，死后被追授国会荣誉勋章

图22：一队正在瓜岛上执行巡逻任务的陆战队员，摄于1942年8月

图23：担任陆战队司令的克里夫顿·B. 凯茨临时上将。瓜岛战役期间，凯茨的职务是陆战1师1团团长

图24：美国第1海军陆战师师徽，其上书写有醒目的"Guadalcanal"字样，可见瓜岛战役在陆战1师历史中是颇为浓墨重彩的一笔

图25：1942年10月，凯茨上校与麾下营级军官的合影，从左至右：陆战1团1营营长伦纳德·B. 克雷斯维尔中校，副团长埃德温·A. 波洛克中校，团长克里夫顿·B. 凯茨上校，3营营长威廉·N. 麦凯尔维中校，2营营长威廉·W. 斯蒂克尼中校

图集 / 245

图26：刚被晋升为准将的克雷斯维尔，摄于1951年7月

图27：从空中俯瞰亨德森机场，摄于1942年8月22日。这个机场实际上决定了后来瓜岛战役的走向

图28：一张流传很广的关于瓜岛战役中泰纳鲁河之战的照片，日军一木支队士兵的尸体横七竖八地躺在泰纳鲁河河口附近（实际是被称为"鳄鱼溪"的潟湖附近），可能摄于1942年8月21日上午，战斗是在21日凌晨发生的

图29：另一个视角的亨德森机场，摄于1942年8月，此时美军战机似乎尚未抵达

图30：亨德森机场上，一架F4F战斗机的螺旋桨飞速旋转着，机身后已被一片烟尘遮挡

图集 / 247

图31：瓜岛上的一架美国陆军航空队第67驱逐机中队的驱逐机，摄于1942年。该机可能是一架贝尔P-400，由P-39衍生而来，这两种绰号"空中眼镜蛇"的战机是第67驱逐机中队的主要装备

图32：托马斯·乔纳森·杰克逊·克里斯蒂安上校，大约摄于1944年3—8月间。他就是1942年8月时第67驱逐机中队的那位克里斯蒂安上尉，也是美国内战期间南军名将托马斯·乔纳森·"石墙"·杰克逊的外曾孙

图33：被晋升为少将的马里恩·尤金·卡尔，摄于1967年8月。卡尔是一名陆战队的王牌飞行员，获得了18.5个击落战果（0.5为合作击落），据说其中包括日本海军王牌飞行员笹井淳一

图34：停放在亨德森机场的陆战队 SBD（Scout Bomber Douglas，道格拉斯侦察轰炸机）"无畏"，可能摄于1942年。不论是从航母还是从亨德森机场起飞的 SBD，都将对瓜岛附近的日军舰船构成不容忽视的威胁

图35：一名士兵正在一架 SBD-3 的蒙皮上画空战胜利的记号，摄于1942年8月26日。这些记号表明这架 SBD 击落了3架日本飞机——这本来不是俯冲轰炸机的本职工作

图36:"企业"号第6俯冲轰炸机中队(VB-6)的SBD-3飞行编队,摄于1942年。东所罗门海战后,由于受损的"企业"号必须返回珍珠港,第6侦察轰炸机中队(VS-6)的指挥官特纳·考德威尔便率领这两个中队飞往亨德森机场,以那里为基地又活动了一个月

图37:飞往圣伊莎贝尔途中的SBD,隶属于"企业"号第6侦察轰炸机中队

图38：高速运输舰"格里高利"号（左侧）与"利特尔"号（右侧）正在登陆演练中进行机动，摄于1942年7月末。这项演练是为登陆瓜岛和图拉吉岛做准备

图39：第11海军陆战炮兵团第1营的75毫米轻型榴弹炮正向科利角方向开火，以支援攻击那附近日军的陆战队和陆军部队。陆战炮兵11团1营是1942年9月18日登陆瓜岛的增援部队之一，一同登陆的还有陆战7团

科尼利厄斯·瑞恩
战争三部曲

欧美媒体公认"非虚构文学创作典范"
"战争纪实里程碑之作"

历经二十多年，寻访亲历者5000余人，
"无一字无出处"

全球销量累计超过2000万册

遥远的桥	最后一战	最长的一天
遗恨阿纳姆	决胜柏林	登陆诺曼底
1944年9月17—26日	1945年4月16日—5月9日	1944年6月6日
Arnhem	Berlin	Normandy